D0833105

L'ÉTRANGE VOYAGE DE MONSIEUR DALDRY

Marc Levy

L'ÉTRANGE VOYAGE
DE MONSIEUR DALDRY

roman

ROBERT LAFFONT

© Éditions Robert Laffont, S.A., Susanna Lea Associates, Paris, 2011
ISBN 978-2-221-11679-1

« Les prévisions sont difficiles à faire, surtout lorsqu'elles concernent l'avenir. »

Pierre DAC

À Pauline
À Louis
À Georges

— Je ne croyais pas à la destinée, aux petits signes de la vie censés nous guider vers les chemins à prendre. Je ne croyais pas aux histoires des diseuses de bonne aventure, aux cartes qui vous prédisent l'avenir. Je croyais à la simplicité des coïncidences, à la vérité du hasard.

— Alors, pourquoi avoir entrepris un si long voyage, pourquoi être venue jusqu'ici si tu ne croyais à rien de tout cela ?

— À cause d'un piano.

— Un piano ?

— Il était désaccordé, comme ces vieux pianos de bastringue échoués dans les mess d'officiers. Il avait quelque chose de particulier, ou peut-être était-ce celui qui en jouait.

— Qui en jouait ?

— Mon voisin de palier, enfin, je n'en suis pas tout à fait certaine.

— C'est parce que ton voisin jouait du piano que tu es là ce soir ?

— D'une certaine façon. Lorsque ses notes résonnaient dans la cage d'escalier, j'entendais ma solitude ; c'était pour la fuir que j'avais accepté ce week-end à Brighton.

— Il faut que tu me racontes tout depuis le début, les choses m'apparaîtraient plus clairement si tu me les présentais dans l'ordre.

— C'est une longue histoire.

— Rien ne presse. Le vent vient du large, le temps est à la pluie, dit Rafael en s'approchant de la fenêtre. Je ne reprendrai la mer que dans deux ou trois jours, au mieux. Je vais nous préparer du thé et tu me raconteras ton histoire, et tu dois me promettre de n'oublier aucun détail. Si le secret que tu m'as confié est vrai, si nous sommes désormais liés pour toujours, j'ai besoin de savoir.

Rafael s'agenouilla devant le poêle en fonte, ouvrit la trappe et souffla sur les braises.

La maison de Rafael était aussi modeste que sa vie. Quatre murs, une seule pièce, une toiture sommaire, un plancher usé, un lit, une vasque surplombée d'un vieux robinet d'où l'eau coulait à la température du jour, glaciale en hiver et tiède en été quand il aurait fallu le contraire. Une seule fenêtre, mais elle ouvrait sur l'embouchure du Bosphore ; depuis la table où Alice était assise on pouvait voir les grands navires s'engager dans le détroit et, derrière eux, les rives de l'Europe.

Alice but une gorgée du thé que Rafael venait de lui servir et commença son récit.

1.

Londres, vendredi 22 décembre 1950

L'averse tambourinait sur la verrière qui surplombait le lit. Une lourde pluie d'hiver. Il en faudrait bien d'autres pour finir de laver la ville des salissures de la guerre. La paix n'avait que cinq ans et la plupart des quartiers portaient encore les stigmates des bombardements. La vie reprenait son cours, on se rationnait, moins que l'année précédente, mais suffisamment pour se souvenir des jours où l'on avait pu manger à satiété, consommer de la viande autrement qu'en conserve.

Alice passait la soirée chez elle, en compagnie de sa bande d'amis. Sam, libraire chez Harrington & Sons et excellent contrebassiste, Anton, menuisier et trompettiste hors pair, Carol, infirmière récemment démobilisée et aussitôt engagée à l'hôpital de Chelsea, et Eddy qui gagnait sa vie un jour sur deux, en chantant au pied des escaliers de la gare Victoria ou dans les pubs quand cela lui était permis.

C'est lui qui suggéra, pendant la soirée, d'aller faire une virée le lendemain à Brighton pour célébrer la venue de Noël. Les attractions qui s'étendaient le long de la grande jetée avaient rouvert et, un samedi, la fête foraine battrait son plein.

Chacun avait compté la monnaie au fond de ses poches. Eddy avait récolté un peu d'argent dans un bar de Notting Hill, Anton avait reçu de son patron une petite prime de fin d'année, Carol n'avait pas un sou, mais elle n'en avait jamais et ses vieux copains étaient habitués à toujours tout payer pour elle, Sam avait vendu à une cliente américaine une édition originale de *La Traversée des apparences* et une seconde édition de *Mrs Dalloway*, de quoi toucher en un jour le salaire d'une semaine. Quant à Alice, elle disposait de quelques économies, elle méritait bien de les dépenser, elle avait travaillé toute l'année comme une forcenée et, de toute façon, elle aurait trouvé n'importe quelle excuse pour passer un samedi en compagnie de ses amis.

Le vin qu'Anton avait apporté avait un goût de bouchon et un arrière-goût de vinaigre, mais tous en avaient bu suffisamment pour chanter en chœur, un peu plus fort de chanson en chanson, jusqu'à ce que le voisin de palier, M. Daldry, vienne frapper à la porte.

Sam, le seul qui eut le courage d'aller ouvrir, promit que le bruit cesserait sur-le-champ, il était d'ailleurs temps que chacun rentre chez soi. M. Daldry avait accepté ses excuses, non sans avoir déclaré d'un ton un peu hautain qu'il cherchait le sommeil et apprécierait que son voisinage ne rende pas la chose impossible. La maison victorienne qu'ils partageaient n'avait pas vocation à se transformer en club de jazz, entendre leurs conversations à travers les murs était déjà suffisamment désagréable. Puis il était retourné dans son appartement, juste en face.

Les amis d'Alice avaient passé manteaux, écharpes et bonnets, et l'on s'était donné rendez-vous le lendemain matin à dix heures à Victoria Station, sur le quai du train de Brighton.

Une fois seule, Alice remit un peu d'ordre dans la grande pièce qui, selon le moment de la journée, servait d'atelier, de salle à manger, de salon ou de chambre à coucher.

Elle transformait son canapé en lit, quand elle se redressa brusquement pour regarder la porte d'entrée. Comment son voisin avait-il eu le toupet de venir interrompre une si belle soirée et de quel droit avait-il fait ainsi intrusion chez elle ?

Elle attrapa le châle qui pendait au porte-manteau, se regarda dans le petit miroir de l'entrée, reposa le châle qui la vieillissait, et alla d'un pas décidé frapper à son tour chez M. Daldry. Mains sur les hanches, elle attendit qu'il lui ouvre.

— Dites-moi qu'il y a le feu et que votre hystérie soudaine n'a d'autre raison que de me sauver des flammes, soupira ce dernier d'un air pincé.

— D'abord, onze heures du soir une veille de

15

week-end n'est pas une heure indue, et puis je supporte vos gammes assez souvent pour que vous tolériez un peu de bruit pour une fois que je reçois !

— Vous recevez vos bruyants camarades tous les vendredis, et vous avez pour regrettable coutume de forcer systématiquement sur la bouteille, ce qui n'est pas sans effet sur mon sommeil. Et, pour votre gouverne, je ne possède pas de piano, les gammes dont vous vous plaignez doivent être l'œuvre d'un autre voisin, peut-être la dame du dessous. Je suis peintre, mademoiselle, et non musicien, la peinture, elle, ne fait pas de bruit. Que cette vieille maison était calme quand j'en étais le seul occupant !

— Vous peignez ? Que peignez-vous exactement, monsieur Daldry ? demanda Alice.

— Des paysages urbains.

— C'est drôle, je ne vous voyais pas peintre, je vous imaginais...

— Vous imaginiez quoi, mademoiselle Pendelbury ?

— Je m'appelle Alice, vous devriez connaître mon prénom puisque aucune de mes conversations ne vous échappe.

— Je n'y suis pour rien si les murs qui nous séparent ne sont pas épais. Maintenant que nous sommes officiellement présentés, puis-je retourner me coucher ou souhaitez-vous poursuivre cette conversation sur le palier ?

Alice regarda son voisin quelques instants.

– Qu'est-ce qui ne tourne pas rond chez vous ? demanda-t-elle.

– Je vous demande pardon ?

– Pourquoi campez-vous ce personnage distant et hostile ? Entre voisins, nous pourrions faire un petit effort afin de nous entendre, ou au moins faire semblant.

– Je vivais ici bien avant vous, mademoiselle Pendelbury, mais depuis que vous vous êtes installée dans cet appartement, que j'espérais récupérer, ma vie est pour le moins perturbée et ma tranquillité n'est plus qu'un lointain souvenir. Combien de fois êtes-vous venue frapper à ma porte parce qu'il vous manquait du sel, de la farine ou un peu de margarine, quand vous cuisiniez pour vos si charmants amis, ou une bougie, lorsque le courant est coupé ? Vous êtes-vous jamais demandé si vos fréquentes intrusions venaient troubler mon intimité ?

– Vous vouliez occuper mon appartement ?

– Je voulais en faire mon atelier. Vous êtes la seule dans cette maison à bénéficier d'une verrière. Hélas, vos charmes ont eu les faveurs de notre propriétaire, alors je me contente de la pâle lumière qui traverse mes modestes fenêtres.

– Je n'ai jamais rencontré notre propriétaire, j'ai loué cet appartement par l'intermédiaire d'une agence.

– Pouvons-nous en rester là pour ce soir ?

– C'est pour cela que vous me battez froid

depuis que je vis ici, monsieur Daldry ? Parce que j'ai obtenu l'atelier que vous désiriez ?

— Mademoiselle Pendelbury, ce qui est froid à l'instant présent, ce sont mes pieds. Les pauvres sont soumis aux courants d'air que notre conversation leur impose. Si vous n'y voyez pas d'inconvénient, je vais me retirer avant de m'enrhumer. Je vous souhaite une agréable nuit, la mienne sera écourtée grâce à vous.

M. Daldry referma délicatement sa porte au nez d'Alice.

— Quel étrange personnage ! marmonna-t-elle en rebroussant chemin.

— Je vous ai entendue, cria aussitôt Daldry depuis son salon. Bonsoir, mademoiselle Pendelbury.

De retour chez elle, Alice fit un brin de toilette avant d'aller se blottir sous ses draps. Daldry avait raison, l'hiver avait envahi la maison victorienne et le faible chauffage ne suffisait pas à faire grimper le mercure. Elle attrapa un livre sur le tabouret qui lui servait de table de chevet, en lut quelques lignes et le reposa. Elle éteignit la lumière et attendit que ses yeux s'accommodent à la pénombre. La pluie ruisselait sur la verrière, Alice eut un frisson et se mit à songer à la terre détrempée en forêt, aux feuilles qui se décomposent à l'automne dans les chênaies. Elle inspira profondément et une note tiède d'humus l'envahit.

Alice avait un don particulier. Ses facultés olfactives bien supérieures à la normale lui permettaient

de distinguer la moindre senteur et de la mémoriser
à jamais. Elle passait ses journées, penchée sur la
longue table de son atelier, travaillant à combiner
des molécules pour obtenir l'accord qui deviendrait
peut-être un jour un parfum. Alice était « nez ».
Elle travaillait en solitaire, et faisait chaque mois la
tournée des parfumeurs de Londres pour leur proposer ses formules. Au printemps dernier, elle avait
réussi à convaincre l'un d'eux de commercialiser
une de ses créations. Son « eau d'églantine » avait
séduit un parfumeur de Kensington et rencontré un
certain succès auprès de sa clientèle huppée, de quoi
lui assurer une petite rente mensuelle qui lui per-
mettait de vivre un peu mieux que les années précédentes.

Elle ralluma sa lampe de chevet et s'installa à sa
table de travail. Elle saisit trois mouillettes qu'elle
plongea dans autant de flacons et, jusque tard dans
la nuit, elle recopia sur son cahier les notes qu'elle
obtenait.

*

La sonnerie du réveil tira Alice de son sommeil,
elle lança son oreiller pour le faire taire. Un soleil
voilé par la brume matinale éclairait son visage.

– Fichue verrière ! grommela-t-elle.

Puis le souvenir d'un rendez-vous sur un quai
de gare eut raison de son envie de paresser.

Elle se leva d'un bond, prit quelques vêtements au hasard dans son armoire et se précipita vers la douche.

En sortant de chez elle, Alice jeta un coup d'œil à sa montre, en autobus elle n'arriverait jamais à temps à Victoria Station. Elle siffla un taxi et, aussitôt à bord, supplia le chauffeur de prendre l'itinéraire le plus rapide.

Lorsqu'elle arriva à la gare, cinq minutes avant le départ du train, une longue file de voyageurs s'étirait devant les guichets. Alice regarda vers le quai et s'y rendit au pas de course.

Anton l'attendait devant le premier wagon.

– Mais que faisais-tu, bon sang ? Dépêche-toi, grimpe ! lui dit-il en l'aidant à monter sur le marche-pied.

Elle s'installa à bord du compartiment où sa bande d'amis l'attendait.

– Selon vous, quelle est la probabilité que nous soyons contrôlés ? demanda-t-elle en s'asseyant, essoufflée.

– Je te donnerais bien mon billet si j'en avais acheté un, répondit Eddy.

– Je dirais une chance sur deux, enchaîna Carol.

– Un samedi matin ? Moi, je pencherais pour une sur trois... Nous verrons bien à l'arrivée, conclut Sam.

Alice appuya sa tête contre la vitre et ferma les yeux. Une heure de trajet séparait la capitale de la station balnéaire. Elle dormit pendant tout le voyage.

Gare de Brighton, un contrôleur récupérait les billets des voyageurs à la sortie du quai. Alice s'arrêta devant lui et fit semblant de chercher dans ses poches. Eddy l'imita. Anton sourit et remit à chacun d'eux un titre de transport.

– C'est moi qui les avais, dit-il au contrôleur.

Il prit Alice par la taille et l'entraîna vers le hall.

– Ne me demande pas comment je savais que tu serais en retard. Tu es toujours en retard ! Quant à Eddy, tu le connais aussi bien que moi, c'est un resquilleur dans l'âme et je ne voulais pas que cette journée soit gâchée avant même de commencer.

Alice sortit deux shillings de sa poche et les tendit à Anton, mais ce dernier referma la main de son amie sur les pièces de monnaie.

– Allons-y maintenant, dit-il. La journée va passer si vite, je ne veux rien rater.

Alice le regarda s'éloigner en gambadant ; elle eut une vision fugace de l'adolescent qu'elle avait connu, et cela la fit sourire.

– Tu viens ? dit-il en se retournant.

Ils descendirent Queen's Road et West Street vers la promenade qui longe le bord de mer. La foule y était déjà dense. Deux grandes jetées avançaient sur les flots. Les édifices en bois qui les surplombaient leur donnaient des allures de grands navires.

C'est sur le Palace Pier que se trouvaient les attractions foraines. La bande d'amis arriva au pied de l'horloge qui en marquait l'entrée. Anton acheta le billet d'Eddy et fit signe à Alice qu'il s'était déjà chargé du sien.

— Tu ne vas pas m'inviter toute la journée, lui souffla-t-elle à l'oreille.

— Et pourquoi pas, si cela me fait plaisir ?

— Parce qu'il n'y a aucune raison pour que...

— Me faire plaisir n'est pas une bonne raison ?

— Quelle heure est-il ? demanda Eddy. J'ai faim.

À quelques mètres de là, devant le grand bâtiment qui abritait le jardin d'hiver, se trouvait un stand de *fish and chips*. Les relents de friture et de vinaigre parvenaient jusqu'à eux. Eddy se frotta le ventre et entraîna Sam vers la guérite. Alice fit une moue de dégoût en se joignant au groupe. Chacun passa commande, Alice paya le vendeur et sourit à Eddy en lui offrant une barquette de poisson frit.

Ils déjeunèrent accoudés à la balustrade. Anton, silencieux, regardait les vagues se faufiler entre les piliers de la jetée. Eddy et Sam refaisaient le monde. Eddy avait pour passe-temps favori de critiquer le gouvernement. Il accusait le Premier ministre de ne rien faire ou pas assez pour les plus démunis, de n'avoir pas su engager de grands travaux pour accélérer la reconstruction de la ville. Après tout, il aurait suffi d'embaucher tous ceux qui n'avaient pas de boulot et ne mangeaient pas à leur faim. Sam lui parlait économie, arguait de la difficulté à trouver de la main-d'œuvre qualifiée, et quand Eddy bâillait, il le traitait d'anarchiste fainéant, ce qui ne déplaisait pas tant que cela à son copain. Ils avaient fait la guerre dans le même régiment et l'amitié qui les liait était indéfectible, quelles que soient leurs divergences d'opinions.

Alice se tenait un peu à l'écart du groupe, pour fuir les odeurs de friture trop soutenues à son goût. Carol la rejoignit, elles restèrent toutes deux un moment sans rien dire, le regard rivé sur le large.

— Tu devrais faire attention à Anton, murmura Carol.

— Pourquoi, il est malade ? interrogea Alice.

— D'amour pour toi ! Pas besoin d'être infirmière pour s'en rendre compte. Passe un jour à l'hôpital, je ferai examiner tes yeux, tu as dû devenir bien myope pour ne pas t'en rendre compte.

— Tu dis n'importe quoi, nous nous connaissons depuis l'adolescence, il n'y a rien d'autre entre nous qu'une très longue amitié.

— Je te demande juste de faire attention à lui, l'interrompit Carol. Si tu éprouves des sentiments à son égard, inutile de tergiverser. Nous serons tous heureux de vous savoir ensemble, vous vous méritez l'un l'autre. Dans le cas contraire, ne sois pas si ambiguë, tu le fais souffrir pour rien.

Alice changea de place pour tourner le dos au groupe et se mettre face à Carol.

— En quoi suis-je ambiguë ?

— En feignant d'ignorer que j'ai le béguin pour lui, par exemple, répondit Carol.

Deux mouettes se régalèrent des restes de poisson et de chips que Carol lança à la mer. Elle jeta sa barquette dans une corbeille et alla retrouver les garçons.

— Tu restes là à guetter le reflux de la marée ou tu viens avec nous ? demanda Sam à Alice. Nous allons nous promener dans la galerie des jeux d'arcade, j'ai repéré une machine où l'on peut gagner un cigare d'un coup de massue, ajouta-t-il en retroussant ses manches.

On alimentait l'appareil à raison d'un quart de penny par tentative. Le ressort sur lequel il fallait frapper, le plus fort possible, envoyait valdinguer en l'air une boule de fonte ; si celle-ci faisait tinter la cloche située à sept pieds de hauteur, on repartait un cigare au bec. Même si c'était loin d'être un havane, Sam trouvait que fumer le cigare avait un chic fou. Il s'y reprit à huit fois et abandonna deux pennies, probablement le double de ce qu'il aurait déboursé pour en acheter un d'aussi mauvaise qualité chez le marchand de tabac, à quelques pas de là.

— File-moi une pièce et laisse-moi faire, dit Eddy.

Sam lui tendit un quart de penny et recula. Eddy souleva la masse comme s'il s'était agi d'un simple marteau et la laissa retomber sur le ressort sans plus d'effort que cela. La boule de fonte jaillit et fit tinter la cloche. Le forain lui remit son gain.

– Celui-ci est pour moi, déclara Eddy, redonne-moi une pièce, je vais essayer de t'en gagner un.

Une minute plus tard, les deux compères allumaient leur cigare, Eddy était ravi, Sam faisait ses comptes à voix basse. À ce prix-là, il aurait pu s'offrir un paquet de cigarettes. Vingt Embassy contre un mauvais cigare, cela laissait à réfléchir.

Les garçons repérèrent le circuit d'autos tamponneuses, ils échangèrent un regard et se retrouvèrent presque aussitôt assis chacun dans une voiture. Tous trois donnaient du volant et écrasaient la pédale d'accélérateur pour percuter les autres, le plus fort possible, sous les regards consternés des filles. À la fin du tour, ils prirent d'assaut le stand de tir. Anton était de loin le plus habile. Pour avoir placé cinq plombs dans le mille, il remporta une théière en porcelaine qu'il offrit à Alice.

Carol, à l'écart du groupe, observait le carrousel où des chevaux de bois tournaient sous des guirlandes illuminées. Anton s'approcha d'elle et la prit par le bras.

– Je sais, c'est un truc de gosse, soupira Carol, mais si je te disais que je n'en ai jamais fait...

– Tu n'es jamais montée sur un manège quand tu étais petite ? demanda Anton.

– J'ai grandi à la campagne, aucune fête foraine ne s'arrêtait dans mon village. Et, lorsque je suis venue à Londres faire mes études d'infirmière, j'avais passé l'âge et puis la guerre est arrivée et...

– Et maintenant tu voudrais bien faire un tour...

Alors, suis-moi, dit Anton en entraînant Carol vers la guérite où l'on achetait les billets, je t'offre ton baptême de chevaux de bois. Tiens, grimpe sur celui-ci, dit-il en désignant une monture à la crinière dorée, les autres me paraissent plus nerveux et, pour une première fois, mieux vaut être prudent.

— Tu ne viens pas avec moi ? demanda Carol.

— Ah non, très peu pour moi, rien que de les regarder, ça me donne le tournis. Mais je te promets de faire un effort, je ne te quitterai pas des yeux.

Une sonnerie retentit, Anton descendit de l'estrade. Le carrousel prit de la vitesse.

Sam, Alice et Eddy se rapprochèrent pour observer Carol, seule adulte au milieu d'une kyrielle de gamins qui se moquaient d'elle et la montraient du doigt. Au deuxième tour, des larmes coulaient sur les joues de leur amie, qui les séchait tant bien que mal d'un revers de la main.

— C'est malin ! dit Alice à Anton en lui assenant un coup sur l'épaule.

— Je pensais bien faire, je ne comprends pas ce qu'elle a, c'est elle qui voulait...

— Faire une promenade à cheval avec toi, imbécile, et non se ridiculiser en public.

— Puisque Anton te dit qu'il voulait bien faire ! rétorqua Sam.

— Si vous étiez un tant soit peu gentlemen, vous iriez la chercher au lieu de rester plantés là.

Le temps que l'un et l'autre se consultent, Eddy avait déjà grimpé sur le carrousel et remontait la file de chevaux, administrant par-ci par-là une giflette aux mômes qui ricanaient trop à son goût. Le manège continuait sa ronde infernale, Eddy arriva enfin à la hauteur de Carol.

— Vous avez besoin d'un palefrenier, à ce qu'il paraît, mam'selle ? dit-il en posant sa main sur la crinière du cheval de bois.

— Je t'en supplie, Eddy, aide-moi à descendre.

Mais Eddy s'installa à califourchon sur la croupe du cheval et enserra la cavalière dans ses bras. Il se pencha à son oreille.

— Si tu crois qu'on va laisser ces petits morveux s'en tirer comme ça ! On va tellement s'amuser qu'ils vont en crever de jalousie. Ne te sous-estime pas, ma vieille, souviens-toi que, pendant que je me pochtronnais dans des pubs, tu portais des brancards sous les bombes. La prochaine fois que nous passerons devant nos imbéciles d'amis, je veux t'entendre rire aux éclats, tu m'as compris ?

— Et comment veux-tu que je fasse ça, Eddy ? demanda Carol en hoquetant.

— Si tu crois être ridicule sur ce canasson au milieu de ces moutards, pense à moi, derrière toi, avec mon cigare et ma casquette.

Et, au tour suivant, Eddy et Carol riaient à gorge déployée.

Le manège ralentit et s'immobilisa.

Pour se faire pardonner, Anton offrit une tournée de bière à la buvette, un peu plus loin. Les haut-parleurs grésillèrent et, soudain, un fox-trot endiablé envahit la coursive. Alice regarda l'affichette placardée sur un mât : Harry Groombridge et son orchestre accompagnaient une comédie musicale dans l'ancien grand théâtre de la jetée transformé en café après la guerre.

— On y va ? suggéra Alice.

— Qu'est-ce qui nous en empêcherait ? questionna Eddy.

— Nous raterions le dernier train et, en cette saison, je ne me vois pas dormir sur la plage, répondit Sam.

— Pas si sûr, rétorqua Carol. Le spectacle terminé, nous aurons une bonne demi-heure pour rejoindre la gare à pied. C'est vrai qu'il commence à faire drôlement froid, je ne serais pas contre me réchauffer un peu en dansant. Et puis, juste avant Noël, ce serait un merveilleux souvenir, vous ne trouvez pas ?

Les garçons n'avaient pas de meilleure idée à proposer. Sam fit un rapide calcul ; l'entrée coûtait deux pennies, s'ils faisaient demi-tour, ses amis voudraient probablement aller dîner dans un pub et il était plus économique d'opter pour le spectacle.

La salle était comble, les spectateurs se pressaient devant la scène, la plupart dansaient. Anton entraîna Alice et poussa Eddy dans les bras de Carol, Sam s'amusa des deux couples et s'éloigna de la piste.

Comme Anton l'avait pressenti, la journée avait passé bien trop vite. Lorsque la troupe vint saluer l'auditoire, Carol fit signe à ses amis, il était temps de rebrousser chemin. Ils se faufilèrent vers la sortie.

Les lampions ballottés par la brise donnaient à l'immense jetée, en cette nuit d'hiver, l'air d'un étrange paquebot illuminant de tous ses feux une mer qu'il ne prendrait jamais.

La bande d'amis avançait vers la sortie, une diseuse de bonne aventure fit un grand sourire à Alice depuis son kiosque.

— Tu n'as jamais rêvé de savoir ce que te réserve l'avenir ? demanda Anton.

— Non, jamais. Je ne crois pas que le futur soit écrit, répondit Alice.

— Au début de la guerre, une voyante avait prédit à mon frère qu'il survivrait, à condition de déménager, dit Carol. Il avait oublié depuis longtemps cette prophétie quand il a incorporé son unité ; deux semaines plus tard, son immeuble s'est effondré sous les bombes allemandes. Aucun de ses voisins ne s'en est tiré.

— Tu parles d'un don de voyance ! répondit sèchement Alice.

— Personne ne savait alors que Londres connaîtrait le Blitz, rétorqua Carol.

— Tu veux aller consulter l'oracle ? demanda Anton d'un ton amusé.

— Ne sois pas idiot, nous avons un train à prendre.

– Pas avant trois quarts d'heure, le spectacle s'est terminé un peu plus tôt que prévu. Nous avons le temps. Vas-y, je te l'offre !

– Je n'ai aucune envie d'aller écouter les boniments de cette vieillarde.

– Laisse Alice tranquille, intervint Sam, tu ne vois pas que ça lui fiche la trouille ?

– Mais vous m'agacez tous les trois, je n'ai pas peur, je ne crois pas aux cartomanciennes ni aux boules de cristal. Et puis en quoi cela vous intéresse de connaître mon avenir ?

– Peut-être que l'un de ces gentlemen rêve secrètement de savoir s'il finira par t'avoir dans son lit ? souffla Carol.

Anton et Eddy se retournèrent, stupéfaits. Carol avait rougi et, pour faire bonne figure, elle leur adressa un petit sourire narquois.

– Tu pourrais lui demander si nous allons ou non rater notre train, ce serait au moins une révélation intéressante, enchaîna Sam, et puis nous pourrions le vérifier assez rapidement.

– Blaguez tant que vous voulez, moi j'y crois, continua Anton. Si tu y vas, j'y vais juste après.

Les amis d'Alice avaient formé un cercle autour d'elle et ne la quittaient pas des yeux.

– Vous savez que vous devenez vraiment stupides, dit-elle en se frayant un passage.

– Froussarde ! lança Sam.

Alice se retourna brusquement.

– Bien, puisque j'ai affaire à quatre gamins

attardés qui veulent tous rater leur train, je vais aller écouter les inepties de cette femme et ensuite nous rentrerons. Cela vous va comme ça ? demanda-t-elle en tendant la main vers Anton. Tu me donnes ces deux pennies oui ou non ?

Anton fouilla sa poche et remit les deux pièces à Alice qui se dirigea vers la diseuse de bonne aventure.

Alice avançait vers le kiosque, la voyante continuait de lui sourire, la brise marine redoubla, griffant ses joues et la forçant à baisser la tête comme s'il lui était soudain interdit de soutenir le regard de la vieille dame. Sam avait peut-être raison, la perspective de cette expérience la dérangeait plus qu'elle ne l'avait supposé.

La voyante invita Alice à prendre place sur un tabouret. Ses yeux étaient immenses, son regard d'une profondeur abyssale, et le sourire qui ne la quittait pas, envoûtant. Il n'y avait ni boule de cristal ni jeu de tarots sur son guéridon, seulement ses longues mains tachetées de brun qu'elle tendait vers celles d'Alice. À leur contact, Alice ressentit une étrange douceur l'envahir, un bien-être qu'elle n'avait pas connu depuis longtemps.

— Toi ma fille, j'ai déjà vu ton visage, siffla la voyante.

— Depuis le temps que vous m'observez !

— Tu ne crois pas à mes dons, n'est-ce pas ?

— Je suis d'une nature rationnelle, répondit Alice.

– Menteuse, tu es une artiste, une femme autonome et volontaire, même s'il arrive que la peur te freine.

– Mais qu'est-ce que vous avez tous ce soir à vouloir que je sois apeurée ?

– Tu n'avais pas l'air rassuré en venant vers moi.

Le regard de la voyante plongea plus avant dans celui d'Alice. Son visage était maintenant tout près du sien.

– Mais où ai-je déjà croisé ces yeux ?

– Dans une autre vie, peut-être ? répondit Alice d'un ton ironique.

La voyante, troublée, se redressa brusquement.

– Ambre, vanille et cuir, chuchota Alice.

– De quoi parles-tu ?

– De votre parfum, de votre amour pour l'Orient. Moi aussi je perçois certaines choses, dit Alice, encore plus insolente.

– Tu as un don, en effet, mais plus important encore, tu portes une histoire en toi dont tu ignores tout, répondit la vieille dame.

– Ce sourire qui ne vous quitte jamais, demanda Alice narquoise, c'est pour mieux mettre vos proies en confiance ?

– Je sais pourquoi tu es venue me voir, dit la voyante, c'est amusant quand on y pense.

– Vous avez entendu mes amis me mettre au défi ?

– Tu n'es pas du genre que l'on défie facilement et tes amis ne sont pour rien dans notre rencontre.

— Qui d'autre alors ?

— La solitude qui te hante et te tient éveillée la nuit.

— Je ne vois rien d'amusant à cela. Dites-moi quelque chose qui me surprenne vraiment, ce n'est pas que votre compagnie soit désagréable, mais, sans mauvais jeu de mots, j'ai vraiment un train à prendre.

— Non, c'est en effet plutôt attristant, mais ce qui est amusant en revanche c'est que...

Son regard se détacha d'Alice pour se perdre au loin. Alice en ressentit presque un sentiment d'abandon.

— Vous alliez dire quelque chose ? demanda Alice.

— Ce qui est vraiment amusant, poursuivit la voyante en reprenant ses esprits, c'est que l'homme qui comptera le plus dans ta vie, celui que tu cherches depuis toujours sans savoir même s'il existe, cet homme-là est passé il y a quelques instants à peine juste derrière toi.

Le visage d'Alice se figea et elle ne put résister à l'envie de se retourner. Elle pivota sur son tabouret pour n'apercevoir au loin que ses quatre amis qui lui faisaient signe qu'il fallait partir.

— C'est l'un d'eux ? balbutia Alice. Cet homme mystérieux serait Eddy, Sam ou Anton ? C'est cela votre grande révélation ?

— Écoute ce que je te dis Alice, et non ce que tu souhaiterais entendre. Je t'ai confié que l'homme qui comptera le plus dans ta vie était passé derrière toi. Il n'est plus là maintenant.

— Et ce prince charmant, où se trouve-t-il désormais ?

— Patience, ma fille. Il te faudra rencontrer six personnes avant d'arriver jusqu'à lui.

— La belle affaire, six personnes, rien que ça ?

— Le beau voyage, surtout... Tu comprendras un jour, mais il est tard, et je t'ai révélé ce que tu devais savoir. Et puisque tu ne crois pas un mot de ce que je viens de te dire, ma consultation est gratuite.

— Non, je préfère vous payer.

— Ne sois pas sotte, disons que ce moment passé ensemble était une visite amicale. Je suis heureuse de t'avoir vue, Alice, je ne m'y attendais pas. Tu es quelqu'un de particulier, ton histoire l'est, en tout cas.

— Mais quelle histoire ?

— Nous n'avons plus le temps, et puis tu y croirais encore moins. Va-t'en, ou tes amis t'en voudront de leur avoir fait rater leur train. Dépêchez-vous, et soyez prudents, un accident est vite arrivé. Ne me regarde pas comme cela, ce que je viens de te dire ne relève plus du domaine de la voyance, mais du bon sens.

La voyante ordonna à Alice de la laisser. Alice la regarda quelques instants, les deux femmes échangèrent un dernier sourire et Alice rejoignit ses amis.

— Tu fais une de ces têtes ! Qu'est-ce qu'elle t'a dit ? questionna Anton.

— Plus tard, vous avez vu l'heure !

Et, sans attendre de réponse, Alice s'élança vers le portique à l'entrée de la jetée.

— Elle a raison, dit Sam, il faut vraiment se presser, le train part dans moins de vingt minutes.

Ils se mirent tous à courir. Au vent qui soufflait sur la grève s'était ajoutée une fine pluie. Eddy prit Carol par le bras.

— Fais attention, les rues sont glissantes, dit-il en l'entraînant dans sa course.

Ils dépassèrent la promenade et remontèrent la rue déserte. Les lampadaires à gaz éclairaient faiblement la chaussée. Au loin, on apercevait les lumières de la gare de Brighton, il leur restait moins de dix minutes. Une carriole à cheval surgit alors qu'Eddy traversait la rue.

— Attention ! hurla Anton.

Alice eut la présence d'esprit de retenir Eddy par la manche. L'attelage faillit les renverser et ils sentirent le souffle de la bête que le cocher tentait désespérément de freiner.

— Tu m'as sauvé la vie ! hoqueta Eddy, choqué.

— Tu me remercieras plus tard, répondit Alice, dépêchons-nous.

En arrivant sur le quai, ils se mirent à hurler en direction du chef de gare qui retint sa lanterne et leur ordonna de monter dans la première voiture. Les garçons aidèrent les filles à s'y hisser, Anton était encore sur le marchepied quand le convoi s'ébranla.

Eddy l'attrapa par l'épaule et le tira à l'intérieur avant de refermer la portière.

— C'était à la seconde près, souffla Carol. Et toi Eddy, tu m'as fichu une de ces peurs, tu aurais vraiment pu passer sous les roues de cette carriole.

— J'ai l'impression qu'Alice a eu encore plus peur que toi, regardez-la, elle est pâle comme un linge, dit Eddy.

Alice ne disait plus un mot. Elle s'assit sur la banquette et regarda par la vitre la ville s'éloigner. Plongée dans ses pensées, elle se remémora la voyante, ses paroles et, se rappelant sa mise en garde, blêmit plus encore.

— Alors, tu nous racontes ? lança Anton. Après tout, nous avons tous failli dormir à la belle étoile à cause de toi.

— À cause de votre stupide défi, rétorqua sèchement Alice.

— Ça a duré un bon moment, est-ce qu'elle t'a au moins appris quelque chose d'incroyable ? interrogea Carol.

— Rien que je ne savais déjà. Je vous l'ai dit, la voyance est un attrape-nigaud. Avec un bon sens de l'observation, un minimum d'intuition et de conviction dans la voix, on peut abuser n'importe qui et lui faire croire n'importe quoi.

— Mais tu ne nous dis toujours pas ce que cette femme t'a *révélé*, insista Sam.

— Je vous propose de changer de sujet de conversation, intervint Anton. Nous avons passé une très belle journée, nous rentrons à la maison, je ne vois aucune raison de se chercher des poux dans la tête. Je suis désolé, Alice, nous n'aurions pas dû insister, tu n'avais pas envie d'y aller et nous avons été tous un peu...

– ... crétins, et moi la première, poursuivit Alice en regardant Anton. Maintenant j'ai une question bien plus passionnante. Qu'est-ce que vous faites pour la veillée de Noël ?

Carol se rendait à St. Mawes, auprès de sa famille. Anton dînait en ville chez ses parents. Eddy avait promis à sa sœur de passer la soirée chez elle, ses petits neveux attendaient le père Noël, et son beau-frère lui avait demandé de bien vouloir tenir ce rôle. Il avait même loué un costume. Difficile de se défiler alors que son beau-frère le dépannait souvent, sans jamais rien dire à sa sœur. Quant à Sam, il était convié à une soirée organisée par son employeur, au bénéfice des enfants de l'orphelinat de Westminster, et il avait pour mission de distribuer les cadeaux.

– Et toi, Alice ? demanda Anton.

– Je... je suis aussi invitée à une soirée.

– Où ça ? insista Anton.

Carol lui donna un coup de pied dans le tibia. Elle sortit un paquet de biscuits de son sac, déclarant qu'elle avait une faim de loup. Elle proposa un Kit Kat à chacun et lança un regard foudroyant à Anton qui se frottait le mollet, outré.

Le train entra en gare de Victoria. L'âcre fumée de la locomotive envahissait le quai. Au bas des grands escaliers, l'odeur de la rue n'était pas plus agréable. Un brouillard épais emprisonnait le quartier, poussières du charbon qui se consumait à longueur de journée dans les cheminées des maisons, poussières qui flottaient autour des réverbères dont les lampes au tungstène disséminaient une triste lueur orangée dans la brume.

Les cinq compères guettèrent l'arrivée du tram. Alice et Carol furent les premières à en descendre, elles habitaient à trois rues l'une de l'autre.

— Au fait, dit Carol en saluant Alice au bas de son immeuble, si tu changeais d'avis et renonçais à ta soirée, tu pourrais venir passer Noël à St. Mawes, maman rêve de te connaître. Je lui parle souvent de toi dans mes lettres et ton métier l'intrigue beaucoup.

— Tu sais, mon métier, je ne sais pas très bien en parler, dit Alice en remerciant Carol.

Elle embrassa son amie et s'engouffra dans la cage d'escalier.

Elle entendit juste au-dessus les pas de son voisin qui rentrait chez lui. Elle s'arrêta pour ne pas le croiser sur le palier, elle n'était plus d'humeur à discuter.

*

Il faisait presque aussi froid dans son appartement que dans les rues de Londres. Alice conserva son manteau sur ses épaules et ses mitaines aux mains. Elle remplit la bouilloire, la posa sur le réchaud, attrapa un pot de thé sur l'étagère en bois et n'y trouva que trois brins oubliés. Sur la table de son atelier, elle ouvrit le tiroir d'un petit coffret qui contenait des pétales de roses séchés. Elle en émietta quelques-uns dans la théière, y versa l'eau brûlante, s'installa sur son lit et reprit le livre refermé la veille.

Soudain, la pièce fut plongée dans l'obscurité. Alice grimpa sur son lit et regarda par la verrière. Le quartier tout entier était dans le noir. Les coupures de courant fréquentes duraient souvent jusqu'au petit matin. Alice se mit à la recherche d'une bougie ; à côté du lavabo, un petit monticule de cire brune lui rappela qu'elle avait utilisé la dernière la semaine précédente.

Elle tenta en vain d'en rallumer la courte mèche, la flamme vacilla, crépita et finit par s'éteindre.

Ce soir-là, Alice voulait écrire, poser sur le papier des notes d'eau salée, du bois des vieux manèges, des rambardes rongées par les embruns. Ce soir-là, plongée dans la nuit noire, Alice ne trouverait pas le sommeil. Elle avança jusqu'à sa porte, hésita et, soupirant, se résigna à traverser le palier pour demander une fois de plus de l'aide à son voisin.

Daldry lui ouvrit sa porte, une bougie à la main. Il portait un bas de pyjama en coton et un pull à col roulé, sous une robe de chambre en soie bleu marine. La lueur de la bougie donnait une drôle de teinte à son visage.

— Je vous attendais, mademoiselle Pendelbury.

— Vous m'attendiez ? répondit-elle, surprise.

— Depuis que le courant a été coupé. Je ne dors pas en robe de chambre, figurez-vous. Tenez, voilà ce que vous alliez me demander ! dit-il en sortant une bougie de sa poche. C'est bien ce que vous êtes venue chercher, n'est-ce pas ?

— Je suis désolée, monsieur Daldry, dit-elle en baissant la tête, je vais vraiment penser à en racheter.

— Je n'y crois plus beaucoup, mademoiselle.

— Vous pouvez m'appeler Alice, vous savez.

— Bonne nuit, mademoiselle Alice.

Daldry referma sa porte, Alice rentra chez elle. Mais, quelques instants plus tard, elle entendit frapper. Alice ouvrit, Daldry se tenait devant elle, une boîte d'allumettes à la main.

— Je suppose que cela aussi vous manquait ? Les bougies sont bien plus utiles allumées. Ne me regardez pas comme ça, je ne suis pas devin. La dernière fois, vous n'aviez pas non plus d'allumettes et, comme je voudrais vraiment me coucher, j'ai préféré prendre les devants.

Alice se garda bien d'avouer à son voisin qu'elle avait craqué sa dernière allumette pour se préparer une tisane. Daldry alluma la mèche et sembla satisfait quand la flamme mordit la cire.

– J'ai dit quelque chose qui vous a fâchée ? demanda Daldry.

– Pourquoi cela ? répondit Alice.

– Vous avez l'air bien sombre tout à coup.

– Nous sommes dans la pénombre, monsieur Daldry.

– Si je dois vous appeler Alice, il faudra aussi m'appeler par mon prénom, Ethan.

– Très bien, je vous appellerai Ethan, répliqua Alice en souriant à son voisin.

– Mais, quoi que vous en disiez, vous avez quand même l'air contrarié.

– Je suis juste fatiguée.

– Alors, je vous laisse. Bonne nuit, mademoiselle Alice.

– Bonne nuit, monsieur Ethan.

2.

Dimanche 24 décembre 1950

Alice sortit faire quelques courses. Tout était fermé dans son quartier ; elle prit l'autobus en direction du marché de Portobello.

Elle s'arrêta chez l'épicier ambulant, décidée à s'acheter tout ce qui serait nécessaire pour un vrai repas de fête. Elle choisit trois beaux œufs et oublia sa résolution de faire des économies devant deux tranches de bacon. Un peu plus loin, l'étal du boulanger proposait de merveilleux gâteaux, elle s'offrit une brioche aux fruits confits et un petit pot de miel.

Ce soir, elle dînerait dans son lit en compagnie d'un bon livre. Une longue nuit et, le lendemain, elle aurait retrouvé sa joie de vivre. Quand elle manquait de sommeil, Alice était d'humeur maussade, et elle avait passé bien trop de temps à la table de son atelier ces dernières semaines. Un bouquet de roses anciennes disposé dans la vitrine du fleuriste attira son attention. Ce n'était pas très raisonnable, mais, après tout, c'était Noël. Et puis, une fois séchées, elle en utiliserait les pétales. Elle entra dans l'échoppe, déboursa deux shillings et repartit le cœur en liesse. Elle poursuivit sa promenade et fit une nouvelle halte devant la parfumerie. Un panneau « fermé » pendait à la poignée de la porte du magasin. Alice approcha son visage de la vitrine et reconnut parmi les flacons l'une de ses créations. Elle la salua, comme on salue un proche, et repartit vers l'arrêt d'autobus.

De retour chez elle, elle rangea ses achats, mit les fleurs dans un vase et décida d'aller se promener au parc. Elle croisa son voisin au bas des escaliers, lui aussi semblait revenir du marché.

— Noël, que voulez-vous... ! dit-il un peu gêné devant l'abondance de victuailles dans son panier.

— Noël, en effet, répondit Alice. Vous recevez ce soir ? demanda-t-elle.

— Grand Dieu, non ! J'ai horreur des festivités, dit-il en chuchotant, conscient de l'indécence de sa confidence.

— Vous aussi ?

— Et ne me parlez pas du jour de l'an, je crois que c'est encore pire ! Comment décider à l'avance de ce qui sera ou non un jour de fête ? Qui peut savoir avant de se lever s'il sera dans de bonnes dispositions ? Se forcer à être heureux, je trouve cela passablement hypocrite.

— Mais il y a les enfants...

— Je n'en ai pas, raison de plus pour ne pas faire

semblant. Et puis cette obsession de leur faire croire au père Noël... On pourra dire ce qu'on veut, moi, je trouve ça moche. Il faut bien finir un jour par leur avouer la vérité, alors à quoi bon ? Je trouve même cela un peu sadique. Les plus attardés se tiennent à carreau pendant des semaines, guettant la venue du gros bonhomme rougeaud, et se sentent affreusement trahis lorsque leurs parents leur avouent l'infâme supercherie. Quant aux plus malins, ils sont tenus au secret, ce qui est tout aussi cruel. Et vous, vous recevez votre famille ?

— Non.

— Ah ?

— C'est que je n'ai plus de famille, monsieur Daldry.

— C'est en effet une bonne raison de ne pas la recevoir.

Alice regarda son voisin et éclata de rire. Les joues de Daldry s'empourprèrent.

— Ce que je viens de dire est horriblement maladroit, n'est-ce pas ?

— Mais plein de bon sens.

— Moi, j'ai une famille, enfin je veux dire, un père, une mère, un frère, une sœur, d'affreux neveux.

— Et vous ne passez pas la veillée de Noël en leur compagnie ?

— Non, plus depuis des années. Je ne m'entends pas avec eux et ils me le rendent bien.

— C'est aussi une bonne raison de rester chez vous.

— J'ai fait tous les efforts du monde, mais chaque réunion familiale fut un désastre. Mon père et moi ne sommes d'accord sur rien, il trouve mon métier grotesque, moi le sien terriblement ennuyeux, bref, nous ne nous supportons pas. Vous avez pris votre petit déjeuner ?

— Quel rapport entre mon petit déjeuner et votre père, monsieur Daldry ?

— Strictement aucun.

— Je n'ai pas pris mon petit déjeuner.

— Le pub à l'angle de notre rue sert un délicieux porridge, si vous me laissez le temps de déposer chez moi ce cabas qui n'est pas très masculin, je vous le concède, mais cependant fort pratique, je vous y emmène.

— Je m'apprêtais à aller à Hyde Park, répondit Alice.

— L'estomac vide, par un tel froid ? C'est une très mauvaise idée. Allons manger, nous chaparderons un peu de pain à table et nous irons ensuite nourrir les canards de Hyde Park. L'avantage avec les canards, c'est que l'on n'a pas besoin de se déguiser en père Noël pour leur faire plaisir.

Alice sourit à son voisin.

— Montez donc vos affaires, je vous attendrai ici, nous dégusterons votre porridge et irons fêter ensemble le Noël des canards.

– Merveilleux, répondit Daldry en grimpant les escaliers. J'en ai pour une minute.

Et, quelques instants plus tard, le voisin d'Alice réapparut dans la rue, dissimulant du mieux possible son essoufflement.

Ils s'installèrent à une table derrière la vitre du pub. Daldry commanda un thé pour Alice et un café pour lui. La serveuse leur apporta deux assiettes de porridge. Daldry réclama une corbeille de pain et en cacha aussitôt plusieurs morceaux dans la poche de sa veste, ce qui amusa beaucoup Alice.

– Quel genre de paysages peignez-vous ?

– Je ne peins que des choses totalement inutiles. Certains s'extasient devant la campagne, les bords de mer, les plaines ou les sous-bois, moi, je peins des carrefours.

– Des carrefours ?

– Exactement, des intersections de rues, d'avenues. Vous n'imaginez pas à quel point la vie à un carrefour est riche de mille détails. Les uns courent, d'autres cherchent leur chemin. Tous les types de locomotion s'y rencontrent, carrioles, automobiles, motocyclettes, vélos ; piétons, livreurs de bière poussent leurs chariots, femmes et hommes de toutes conditions s'y côtoient, se dérangent, s'ignorent ou se saluent, se bousculent, s'invectivent. Un carrefour est un endroit passionnant !

– Vous êtes vraiment un drôle de bonhomme, monsieur Daldry.

– Peut-être, mais reconnaissez qu'un champ de

coquelicots est d'un ennui à périr. Quel accident
de la vie pourrait bien s'y produire ? Deux abeilles
se télescopant en rase-mottes ? Hier, j'avais installé
mon chevalet à Trafalgar Square. C'est assez compliqué d'y trouver un point de vue satisfaisant sans se
faire bousculer en permanence, mais je commence à
avoir du métier et j'étais donc au bon endroit. Une
femme, effrayée par une averse soudaine, et qui
voulait probablement mettre à l'abri son chignon
ridicule, traverse sans prendre garde. Une carriole
tirée par deux chevaux fait une terrible embardée
pour l'éviter. Le cocher a du talent, car la dame en
question s'en tire avec une belle frousse, mais les
tonneaux qu'il transporte basculent sur la chaussée
et le tramway qui arrive en sens inverse ne peut rien
faire pour les éviter. L'un des fûts explose littéra-
lement sous l'impact. Un torrent de Guinness se
répand sur le pavé. J'ai vu deux soûlards prêts à
s'allonger par terre pour étancher leur soif. Je vous
passe l'altercation entre le conducteur du tramway
et le propriétaire de la carriole, les passants qui s'en
mêlent, les policiers qui tentent de mettre un peu
d'ordre au milieu de cette cohue, le pickpocket
profitant de la confusion pour faire ses affaires de
la journée et la principale responsable de ce chaos
qui s'enfuit sur la pointe des pieds, honteuse du
scandale provoqué par son insouciance.

— Et vous avez peint tout cela ? demanda Alice
stupéfaite.

— Non, pour l'instant, je me suis contenté de

peindre le carrefour, j'ai encore beaucoup de travail devant moi. Mais j'ai tout mémorisé, c'est l'essentiel.

— Jamais l'idée ne m'est venue en traversant une rue de prêter attention à tous ces détails.

— Moi, j'ai toujours eu la passion des détails, de ces petits événements, presque invisibles, autour de nous. Observer les gens vous apprend tant de choses. Ne vous retournez pas, mais, à la table derrière vous, il y a une vieille dame. Attendez, levez-vous si vous le voulez bien, et changeons de place, comme si de rien n'était.

Alice obéit et s'assit sur la chaise qu'occupait Daldry tandis que lui s'installait sur la sienne.

— Maintenant qu'elle se trouve dans votre champ de vision, dit-il, regardez-la attentivement et dites-moi ce que vous voyez.

— Une femme d'un certain âge qui déjeune seule. Elle est plutôt joliment habillée et porte un chapeau.

— Soyez plus attentive, que voyez-vous d'autre ?

Alice observa la vieille dame.

— Rien de particulier, elle s'essuie la bouche avec sa serviette de table. Dites-moi plutôt ce que je ne vois pas, elle va finir par me remarquer.

— Elle est maquillée, n'est-ce pas ? De façon très légère, mais ses joues sont poudrées, elle a mis du rimmel sur ses cils, un peu de rouge sur ses lèvres.

— Oui, en effet, enfin je crois.

— Regardez ses lèvres maintenant, sont-elles immobiles ?

— Non, en effet, dit Alice étonnée, elles remuent légèrement, un tic dû à l'âge probablement ?

— Pas du tout ! Cette femme est veuve, elle parle à son défunt mari. Elle ne déjeune pas seule, elle continue de s'adresser à lui comme s'il se trouvait en face d'elle. Elle s'est mise en beauté parce qu'il fait toujours partie de sa vie. Elle l'imagine présent à ses côtés. N'est-ce pas quelque chose de tout à fait touchant ? Imaginez l'amour qu'il faut pour réinventer sans relâche la présence de l'être aimé. Cette femme a raison, ce n'est pas parce que quelqu'un vous a quitté qu'il cesse d'exister. Avec un peu de fantaisie à l'âme, la solitude n'existe plus. Plus tard, au moment de payer, elle repoussera de l'autre côté de la table la coupelle contenant son argent, parce que son mari réglait toujours l'addition. Lorsqu'elle s'en ira, vous verrez, elle attendra quelques instants sur le trottoir avant de traverser, parce que son mari s'engageait toujours, comme il se doit, le premier sur la chaussée. Je suis certain que chaque soir avant de se coucher elle s'adresse à lui et fait de même le matin en lui souhaitant une bonne journée, où qu'il soit.

— Et vous avez vu tout cela en quelques instants ?

Alors que Daldry souriait à Alice, un vieil homme mal fagoté et au bord de l'ivresse entra d'un pas mal assuré dans le restaurant, il s'approcha de la veille dame et lui fit comprendre qu'il était temps de

50

s'en aller. Elle régla la note, se leva et quitta la salle dans le sillage de son ivrogne de mari qui devait sans doute revenir du champ de courses.

Daldry, dos tourné à la scène, n'avait rien vu.

– Vous aviez raison, dit Alice. Votre vieille dame a fait exactement ce que vous aviez prédit. Elle a repoussé la coupelle de l'autre côté de la table, s'est levée et, en sortant du restaurant, j'ai cru la voir remercier un homme invisible qui lui tenait la porte.

Daldry avait l'air heureux. Il engloutit une cuillère de porridge, s'essuya la bouche et regarda Alice.

– Alors, ce porridge ? Fameux, non ?

– Vous croyez à la voyance ? demanda Alice.

– Je vous demande pardon ?

– Est-ce que vous croyez que l'on puisse prédire l'avenir ?

– Vaste question, répondit Daldry en faisant signe à la serveuse de lui resservir du porridge. L'avenir serait déjà écrit ? L'idée serait ennuyeuse, non ? Et le libre arbitre de chacun ! Je crois que les voyants ne sont que des gens très intuitifs. Mettons de côté les charlatans et accordons un certain crédit aux plus sincères d'entre eux. Sont-ils pourvus d'un don qui leur permette de voir en nous ce à quoi nous aspirons, ce que nous finirons par entreprendre tôt ou tard ? Après tout, pourquoi pas ? Prenez mon père, par exemple, sa vue est parfaite et pourtant il est tout à fait aveugle, ma mère en revanche est myope comme une taupe et voit tant de choses que son mari serait bien incapable de deviner. Elle savait depuis ma première enfance que je deviendrais peintre, elle me le disait souvent. Remarquez, elle voyait aussi mes toiles exposées dans les plus grands musées du monde. Je n'ai pas vendu un tableau en cinq ans ; que voulez-vous, je suis un piètre artiste. Mais je vous parle de moi et je ne réponds pas à votre question. D'ailleurs, pourquoi me posiez-vous une telle question ?

– Parce que, hier, il m'est arrivé une chose étrange, à laquelle je n'aurais jamais cru pouvoir accorder la moindre attention. Et pourtant, depuis, je ne cesse d'y penser au point de trouver cela presque dérangeant.

– Commencez donc par m'expliquer ce qui vous est arrivé hier et je vous dirai ce que j'en pense.

Alice se pencha vers son voisin, lui fit le récit de sa soirée à Brighton et plus particulièrement de sa rencontre avec la voyante.

Daldry l'écouta sans l'interrompre. Quand elle eut terminé de lui relater son insolite conversation de la veille, Daldry se retourna vers la serveuse, demanda l'addition et proposa à Alice d'aller prendre l'air.

Ils sortirent du restaurant et firent quelques pas.

– Si j'ai bien compris, dit-il faussement contrarié, il vous faudrait croiser la route de six personnes avant de pouvoir enfin rencontrer l'homme de votre vie ?

— Celui qui comptera le plus dans ma vie, précisa-t-elle.

— C'est la même chose, j'imagine. Et vous ne lui avez posé aucune question concernant cet homme, son identité, l'endroit où il pouvait bien se trouver ?

— Non, elle m'a juste affirmé qu'il était passé derrière moi alors que nous parlions, rien d'autre.

— C'est bien peu de chose en effet, poursuivit Daldry songeur. Et elle vous a parlé d'un voyage ?

— Oui, je crois, mais tout cela est absurde, je suis ridicule de vous raconter cette histoire à dormir debout.

— Mais cette histoire à dormir debout, comme vous dites, vous a tenue éveillée une bonne partie de la nuit.

— J'ai l'air si fatigué ?

— Je vous ai entendue faire les cent pas chez vous. Les murs qui nous séparent sont vraiment faits de papier mâché.

— Je suis désolée de vous avoir dérangé...

— Bien, je ne vois qu'une solution pour que nous retrouvions tous les deux le sommeil, je crains que le Noël de nos canards ne doive attendre jusqu'à demain.

— Pourquoi cela ? questionna Alice alors qu'ils arrivaient devant chez eux.

— Montez vous chercher un lainage et une bonne écharpe, je vous retrouve ici dans quelques minutes.

« Quelle drôle de journée ! » se dit Alice en grimpant l'escalier. Cette veille de Noël ne se déroulait pas du tout telle qu'elle l'avait imaginée. D'abord ce petit déjeuner impromptu avec son voisin qu'elle supportait à peine, ensuite leur conversation plutôt inattendue... et pourquoi lui avoir confié cette histoire qu'elle jugeait absurde et inconséquente ?

Elle ouvrit le tiroir de sa commode, il avait dit un lainage et une bonne écharpe, elle eut un mal fou à en choisir qui s'accordent. Elle hésita devant un cardigan bleu marine qui lui faisait une jolie silhouette et une veste en laine à grosses mailles.

Elle se regarda dans le miroir, remit un peu d'ordre dans ses cheveux, renonça à rajouter la moindre touche de maquillage, puisqu'il ne s'agissait là que d'une simple promenade de courtoisie.

Elle sortit enfin de chez elle, mais, quand elle arriva dans la rue, Daldry n'était pas là. Peut-être avait-il déjà changé d'avis ; après tout, l'homme était plutôt original.

Deux petits coups de klaxon, et une Austin 10, couleur bleu nuit, se rangea le long du trottoir. Daldry en fit le tour pour ouvrir la portière passager à Alice.

— Vous avez une voiture ? dit-elle, surprise.

— Je viens de la voler.

— Sérieusement ?

– Si votre voyante avait prédit que vous alliez rencontrer un éléphant rose dans la vallée du Pendjab, vous l'auriez crue ? Évidemment que j'ai une voiture !

– Merci de vous moquer de moi aussi ouvertement, et pardonnez mon étonnement, mais vous êtes la seule personne que je connaisse qui possède sa propre automobile.

– C'est un modèle d'occasion et c'est loin d'être une Rolls, vous le constaterez très vite aux suspensions, mais elle ne chauffe pas et remplit honorablement sa mission. Je la gare toujours quelque part aux carrefours que je peins, elle est présente dans chacune de mes toiles, c'est un rituel.

– Il faudrait qu'un jour vous me montriez ces toiles, dit Alice en s'installant à bord.

Daldry bredouilla quelques mots incompréhensibles, l'embrayage craqua un peu et la voiture s'élança sur la route.

– Je ne voudrais pas vous paraître curieuse, mais pourriez-vous me dire où nous allons ?

– Où voulez-vous que l'on aille, répondit Daldry, à Brighton bien sûr !

– À Brighton ? Pour quoi faire ?

– Pour que vous interrogiez cette voyante et lui posiez toutes les questions que vous auriez dû lui poser hier.

– Mais c'est totalement dingue...

– Nous y arriverons dans une heure trente, deux heures si la route est verglacée, je ne vois rien

de dingue à cela. Nous serons rentrés avant le cré-
puscule et, quand bien même la nuit nous surpren-
drait sur la route du retour, les deux grosses boules
chromées que vous apercevez devant vous de chaque
côté de la calandre, ce sont des phares... Vous voyez,
rien de bien périlleux ne nous attend.

— Monsieur Daldry, auriez-vous l'extrême ama-
bilité d'arrêter de vous moquer de moi à tout bout
de champ ?

— Mademoiselle Pendelbury, je vous promets de
faire un effort, mais ne me demandez tout de même
pas l'impossible.

Ils quittèrent la ville par Lambeth, roulèrent
jusqu'à Croydon, où Daldry demanda à Alice de bien
vouloir prendre la carte routière dans la boîte à
gants et de localiser Brighton Road, quelque part
au sud. Alice lui indiqua de tourner à droite, puis
de faire demi-tour, car elle tenait la carte dans le
mauvais sens. Après quelques errements, un piéton
les remit sur le bon chemin.

À Redhill, Daldry s'arrêta pour refaire le plein
d'essence et vérifier l'état des pneumatiques. Il lui
semblait que la direction de l'Austin tirait un peu à
droite. Alice préféra rester à sa place, la carte sur
ses genoux.

Après Crawley, Daldry dut ralentir l'allure, la
campagne était blanche, le pare-brise givrait et la
voiture dérapait dangereusement dans les virages.
Une heure plus tard, ils avaient si froid qu'il leur
était impossible de tenir la moindre conversation.

Daldry avait poussé le chauffage à fond, mais le petit ventilateur ne pouvait lutter contre l'air glacial qui s'engouffrait sous la capote. Ils firent une halte à l'auberge des Huit Cloches et s'y réchauffèrent un long moment, attablés au plus près de la cheminée. Après une dernière tasse de thé brûlant, ils reprirent la route.

Daldry annonça que Brighton n'était plus très loin. Mais n'avait-il pas promis que le voyage ne durerait que deux heures au plus ? Il s'en était écoulé le double depuis leur départ de Londres.

Lorsqu'ils arrivèrent enfin à destination, les attractions foraines commençaient à fermer, la longue jetée était déjà presque déserte, les derniers promeneurs rentraient chez eux pour se préparer à fêter Noël.

— Bien, dit Daldry en descendant de la voiture et sans s'inquiéter de l'heure. Où se trouve donc cette voyante ?

— Je doute qu'elle nous ait attendus, répondit Alice en se frictionnant les épaules.

— Ne soyons pas pessimistes et allons-y.

Alice entraîna Daldry vers la billetterie ; le guichet était fermé.

— Parfait, dit Daldry, l'entrée est gratuite.

Devant le kiosque où elle avait la veille fait cette étrange rencontre, Alice ressentit un profond mal-être, une inquiétude soudaine qui lui serrait la gorge. Elle s'arrêta, et Daldry, devinant son malaise, se tourna face à elle.

— Cette voyante n'est qu'une femme comme vous et moi... enfin, surtout comme vous. Bref, ne soyez pas inquiète, nous allons faire le nécessaire pour vous désenvoûter.

— Vous vous moquez encore de moi, et ce n'est vraiment pas gentil de votre part.

— Je voulais juste vous faire sourire. Alice, allez écouter sans crainte ce que cette vieille folle a à vous dire et, sur la route du retour, nous rirons tous les deux de ses inepties. Et puis une fois à Londres, dans l'état de fatigue où nous nous trouverons, voyante ou pas, nous dormirons comme des anges. Alors, soyez courageuse, je vous attends, je ne bouge pas d'un pouce.

— Merci, vous avez raison, je me conduis comme une gamine.

— Oui... bon... maintenant, filez, il vaudrait quand même mieux rentrer avant qu'il ne fasse nuit noire, ma voiture n'a qu'un seul phare qui fonctionne.

Alice avança vers le kiosque. La devanture était fermée, mais un rai de lumière s'échappait des volets. Elle fit le tour et frappa à la porte.

La voyante parut étonnée en découvrant Alice.

— Qu'est-ce que tu fais là ? Quelque chose ne va pas ? demanda-t-elle.

— Non, répondit Alice.

— Tu n'as pas l'air d'être très en forme, tu es toute pâlotte, reprit la vieille femme.

— Le froid certainement, je suis transie jusqu'aux os.

— Entre, ordonna la voyante, viens te réchauffer près du poêle.

Alice s'engouffra dans la guérite et reconnut aussitôt les odeurs de vanille, d'ambre et de cuir, plus intenses à l'approche du réchaud. Elle s'installa sur une banquette, la voyante s'assit à côté d'elle et prit ses mains entre les siennes.

— Alors comme ça tu es revenue me voir.

— Je... je passais par là, j'ai vu de la lumière.

— Tu es tout à fait charmante.

— Qui êtes-vous ? demanda Alice.

— Une voyante que les forains de cette jetée respectent ; les gens viennent de loin pour que je leur prédise l'avenir. Mais hier, à tes yeux, je n'étais qu'une vieille folle. Je suppose que, si tu es revenue aujourd'hui, c'est que tu as dû réviser ton jugement. Que veux-tu savoir ?

— Cet homme qui passait dans mon dos pendant que nous discutions, qui est-il et pourquoi devrais-je aller à la rencontre de six autres personnes avant de le connaître ?

— Je suis désolée, ma chérie, je n'ai pas de réponse à ces questions, je t'ai dit ce qui m'est apparu ; je ne peux rien inventer, je ne le fais jamais, je n'aime pas les mensonges.

— Moi non plus, protesta Alice.

— Mais tu n'es pas passée par hasard devant ma roulotte, n'est-ce pas ?

Alice acquiesça d'un signe de la tête.

— Hier, vous m'avez appelée par mon prénom, je ne vous l'avais pas dit, comment l'avez-vous su ? demanda Alice.

— Et toi, comment fais-tu pour nommer dans l'instant tous les parfums que tu sens ?

— J'ai un don, je suis nez.

— Et moi, voyante ! Nous sommes chacune douée dans notre domaine.

— Je suis revenue parce que l'on m'y a poussée. C'est vrai, ce que vous m'avez dit hier m'a troublée, avoua Alice, et je n'ai pas fermé l'œil de la nuit à cause de vous.

— Je te comprends ; à ta place, il me serait peut-être arrivé la même chose.

— Dites-moi la vérité, vous avez vraiment vu tout cela hier ?

— La vérité ? Dieu merci, le futur n'est pas gravé dans le marbre. Ton avenir est fait de choix qui t'appartiennent.

— Alors vos prédictions ne sont que des boniments ?

— Des possibilités, pas des certitudes. Tu es seule à décider.

— Décider de quoi ?

— De me demander ou non de te révéler ce que je vois. Mais réfléchis à deux fois avant de me répondre. Savoir n'est pas toujours sans conséquence.

— Alors j'aimerais d'abord savoir si vous êtes sincère.

— Est-ce que je t'ai demandé de l'argent hier ? ou aujourd'hui ? C'est toi qui es venue frapper deux fois à ma porte. Mais tu sembles si inquiète, si tourmentée qu'il est probablement préférable que nous en restions là. Rentre chez toi, Alice ; si cela peut te rassurer, rien de grave ne te guette.

Alice regarda longuement la voyante. Elle ne l'intimidait plus, bien au contraire, sa compagnie lui était devenue agréable et sa voix rocailleuse l'apaisait. Elle n'avait pas fait tout ce chemin pour repartir sans en apprendre un peu plus, et l'idée de défier la voyante n'était pas pour lui déplaire. Alice se redressa et lui tendit ses mains.

— D'accord, dites-moi ce que vous voyez, vous avez raison, à moi seule de décider de ce que je veux croire ou non.

— Tu en es certaine ?

— Chaque dimanche, ma mère me traînait à la messe. En hiver, il faisait un froid insoutenable dans l'église de notre quartier. J'ai passé des heures à prier un Dieu que je n'ai jamais vu et qui n'a épargné personne, alors je crois que je peux passer quelques minutes à vous écouter...

— Je suis désolée que tes parents n'aient pas survécu à la guerre, dit la voyante en interrompant Alice.

— Comment le savez-vous ?

— Chut, dit la voyante en posant son index sur les lèvres d'Alice, tu es venue ici pour écouter et tu ne fais que parler.

La voyante retourna les mains d'Alice, paumes vers le ciel.

— Il y a deux vies en toi, Alice. Celle que tu connais et une autre qui t'attend depuis longtemps. Ces deux existences n'ont rien en commun. L'homme dont je te parlais hier se trouve quelque part sur le chemin de cette autre vie, et il ne sera jamais présent dans celle que tu mènes aujourd'hui. Partir à sa rencontre te forcera à accomplir un long voyage. Un voyage au cours duquel tu découvriras que rien de tout ce que tu croyais être n'était réalité.

— Ce que vous me racontez n'a aucun sens, protesta Alice.

— Peut-être. Après tout, je ne suis qu'une simple voyante de fête foraine.

— Un voyage vers où ?

— Vers là d'où tu viens, ma chérie, vers ton histoire.

— J'arrive de Londres et je compte bien y retourner ce soir.

— Je parle de la terre qui t'a vue naître.

— C'est toujours Londres, je suis née à Holborn.

— Non, crois-moi, ma chérie, répondit la voyante en souriant.

— Je sais quand même où ma mère a accouché, bon sang !

— Tu as vu le jour au sud, pas besoin d'être voyante pour le deviner, les traits de ton visage en témoignent.

— Je suis désolée de vous contredire, mais mes ancêtres sont tous natifs du Nord, de Birmingham du côté de ma mère, du Yorkshire de celui de mon père.

— De l'Orient pour les deux, chuchota la voyante. Tu viens d'un empire qui n'existe plus, d'un très vieux pays, distant de milliers de kilomètres. Le sang qui coule dans tes veines a pris sa source entre la mer Noire et la Caspienne. Regarde-toi dans une glace et constate par toi-même.

— Vous dites n'importe quoi ! s'insurgea Alice.

— Je te le répète, Alice, pour entreprendre ce voyage encore faut-il que tu te prépares à accepter certaines choses. Et j'ai l'impression, à en juger par ta réaction, que tu n'es pas prête. Il est préférable d'en rester là.

— Pas question, j'en ai soupé des nuits blanches ! Je ne repartirai à Londres que lorsque j'aurai acquis la conviction que vous êtes un charlatan.

La voyante considéra Alice d'un air grave.

— Pardonnez-moi, je suis désolée, reprit aussitôt Alice, ce n'est pas ce que je pensais, je ne voulais pas vous manquer de respect.

La voyante lâcha les mains d'Alice et se leva.

— Rentre chez toi et oublie tout ce que je t'ai dit ; c'est moi qui suis désolée. La vérité c'est que je ne suis qu'une vieille folle qui divague et s'amuse de la faiblesse des gens. À force de vouloir prédire l'avenir, je finis par me prendre à mon jeu. Vis ta vie sans aucune inquiétude. Tu es jolie femme, pas besoin d'être voyante pour te prédire que tu rencontreras homme à ton goût, quoi qu'il arrive.

La voyante avança vers la porte de sa bicoque, mais Alice ne bougea pas.

– Je vous trouvais plus sincère tout à l'heure. D'accord, jouons le jeu, dit Alice. Après tout, rien ne m'empêche de considérer qu'il s'agit là d'un jeu. Imaginons que je prenne au sérieux vos prédictions, par où devrais-je commencer ?

– Tu es fatigante, ma chérie. Une fois pour toutes, je ne t'ai rien prédit. Je dis ce qui me passe par la tête, alors inutile de perdre ton temps. Une veille de Noël, tu n'as pas mieux à faire ?

– Inutile aussi de vous dénigrer pour que je vous fiche la paix, je vous promets de partir dès que vous m'aurez répondu.

La voyante regarda une petite icône byzantine accrochée à la porte de sa roulotte, elle caressa le visage presque effacé d'un saint et se retourna vers Alice, l'air encore plus grave.

– À Istanbul, tu rencontreras quelqu'un qui te guidera vers la prochaine étape. Mais n'oublie jamais : si tu poursuis cette quête jusqu'à son terme, la réalité que tu connais n'y survivra pas. Maintenant, laisse-moi, je suis épuisée.

La voyante ouvrit la porte, l'air froid de l'hiver s'engouffra dans la roulotte. Alice resserra son manteau, sortit un porte-monnaie de sa poche, mais la voyante refusa son argent. Alice noua son écharpe autour du cou et salua la vieille dame.

La coursive était déserte, les lampions s'agitaient au vent, composant dans leurs tintements une étrange mélodie.

Un phare de voiture clignota en face d'elle. Daldry lui faisait de grands gestes derrière le pare-brise de son Austin. Elle courut vers lui, transie.

*

– Je commençais à m'inquiéter. Je me suis demandé cent fois si je devais venir vous chercher. Impossible de vous attendre dehors avec un froid pareil, se plaignit Daldry.

– Je crois que nous allons devoir rouler de nuit, dit Alice en regardant le ciel.

– Vous êtes restée un sacré moment dans cette bicoque, ajouta Daldry en lançant le moteur de l'Austin.

– Je n'ai pas vu le temps passer.

– Moi si. J'espère que cela en valait la peine.

Alice récupéra la carte routière sur la banquette arrière et la posa sur ses genoux. Daldry lui fit remarquer que, pour rentrer à Londres, il était désormais préférable de la tenir dans l'autre sens. Il accéléra et la voiture chassa de l'arrière.

— C'est une drôle de façon de vous faire passer le soir de Noël, n'est-ce pas ? dit Alice en s'excusant presque.

— Bien plus drôle que de m'ennuyer devant mon poste de radio. Et puis si la route n'est pas trop difficile, il sera toujours temps de dîner en arrivant. Minuit est encore loin.

— Londres aussi, je le crains, soupira Alice.

— Vous allez me faire languir longtemps ? Est-ce que cet entretien fut concluant ? Êtes-vous désormais délivrée des inquiétudes suscitées par cette femme ?

— Pas vraiment, répondit Alice.

Daldry entrouvrit sa vitre.

— Cela vous dérangerait si j'allumais une cigarette ?

— Pas si vous m'en offrez une.

— Vous fumez ?

— Non, répondit Alice, mais ce soir, pourquoi pas ?

Daldry sortit un paquet d'Embassy de la poche de son imperméable.

— Tenez-moi ce volant, dit-il à Alice. Vous savez conduire ?

— Non plus, répondit-elle en se penchant pour agripper le volant pendant que Daldry glissait deux cigarettes entre ses lèvres.

— Essayez de garder les roues dans l'axe de la route.

Il alluma son briquet, corrigea de sa main libre la trajectoire de l'Austin qui déviait vers le bas-côté et tendit une cigarette à Alice.

— Donc, nous avons fait chou blanc, dit-il, et vous semblez encore plus troublée qu'hier.

— Je crois que j'accorde trop d'importance aux propos de cette voyante. La fatigue, sans doute. Je n'ai pas assez dormi ces derniers temps, je suis épuisée. Cette femme est plus folle que je ne l'avais imaginé.

À la première bouffée de cigarette inhalée, Alice toussa. Daldry la lui ôta des doigts et la jeta dehors.

— Alors reposez-vous. Je vous réveillerai lorsque nous serons arrivés.

Alice posa sa tête contre la vitre, elle sentit ses paupières s'alourdir.

Daldry la regarda dormir un instant, puis se concentra sur la route.

*

L'Austin se rangea le long du trottoir, Daldry coupa le moteur et se demanda comment réveiller Alice. S'il lui parlait, elle sursauterait, poser une main sur son épaule manquerait de convenance, un toussotement ferait peut-être l'affaire, mais si elle avait ignoré les grincements de la suspension pendant tout le trajet, il faudrait tousser drôlement fort pour la tirer de son sommeil.

— Nous allons mourir de froid si nous passons la nuit ici, chuchota-t-elle en ouvrant un œil.

Pour le coup, ce fut Daldry qui sursauta.

Arrivés à leur étage, Daldry et Alice restèrent un instant à ne savoir ni l'un ni l'autre ce qu'il convenait de dire. Alice prit les devants.

— Il n'est que onze heures finalement.

— Vous avez raison, répondit Daldry, onze heures à peine passées.

— Qu'avez-vous acheté au marché ce matin ? demanda Alice.

— Du jambon, un pot de Piccalilli, des haricots rouges et un morceau de chester, et vous ?

— Des œufs, du bacon, de la brioche, du miel.

— Un véritable festin ! s'exclama Daldry. Je meurs de faim.

— Vous m'avez invitée à prendre un petit déjeuner, je vous ai coûté une fortune en essence, et je ne vous ai même pas encore remercié. Je vous dois une invitation.

— Ce sera avec un grand plaisir, je suis libre toute la semaine.

— Ethan, je parlais de ce soir !

— Ça tombe bien, je suis libre aussi ce soir.

— Je m'en doutais un peu.

— Je reconnais qu'il serait idiot de fêter Noël chacun de son côté du mur.

— Alors je vais nous préparer une omelette.

— C'est une merveilleuse idée, dit Daldry, je dépose cet imperméable chez moi et je reviens sonner à votre porte.

Alice alluma le réchaud, poussa la malle au milieu de la pièce, installa deux gros coussins de chaque côté, la recouvrit d'une nappe et mit le couvert pour deux. Puis elle grimpa sur son lit, ouvrit la verrière et récupéra la boîte d'œufs et le beurre qu'elle conservait sur le toit, à la fraîcheur de l'hiver.

Daldry frappa quelques instants plus tard. Il entra dans la pièce, en veston et pantalon de flanelle, son cabas à la main.

— À défaut de fleurs, impossible d'en trouver à cette heure, je vous ai apporté tout ce que j'avais acheté au marché ce matin ; avec l'omelette, ce sera délicieux.

Daldry sortit une bouteille de vin de son cabas et un tire-bouchon de sa poche.

— C'est quand même Noël, nous n'allions pas rester à l'eau.

Au cours du dîner, Daldry raconta à Alice quelques souvenirs de son enfance. Il lui parla du rapport impossible qu'il entretenait avec les siens, de la souffrance de sa mère qui, mariage de raison oblige, avait épousé un homme ne partageant ni ses goûts ni sa vision des choses, et encore moins sa finesse d'esprit, de son frère aîné, dépourvu de poésie mais pas d'ambition, et qui avait tout fait pour l'éloigner de sa famille, trop heureux à la perspective d'être le seul héritier de l'affaire de leur père. Maintes fois, il demanda à Alice s'il ne l'ennuyait pas, et chaque fois Alice l'assura du contraire, elle trouvait ce portrait de famille fascinant.

– Et vous, demanda-t-il, comment fut votre enfance ?

– Joyeuse, répondit Alice. Je suis fille unique, je ne vous dirai pas qu'un frère ou une sœur ne m'ait pas terriblement manqué, car cela m'a terriblement manqué, mais j'ai bénéficié de toute l'attention de mes parents.

– Et quel était le métier de votre père ? demanda Daldry.

– Il était pharmacien, et chercheur à ses heures. Passionné par les vertus des plantes médicinales, il en faisait venir des quatre coins du monde. Ma mère travaillait avec lui, ils s'étaient rencontrés sur les bancs de la faculté. Nous ne dormions pas sur des matelas cousus d'or, mais la pharmacie était prospère. Mes parents s'aimaient et l'on riait beaucoup à la maison.

– Vous avez eu de la chance.

– Oui, je le reconnais et, en même temps, être témoin de tant d'amour vous fait aspirer à un idéal difficile à atteindre.

Alice se leva et emporta les assiettes vers l'évier. Daldry débarrassa les restes de leur repas et la rejoignit. Il s'arrêta devant la table de travail et examina les petits pots en terre cuite d'où dépassaient de longues tiges de papier, et la multitude de flacons rangés par groupes sur l'étagère.

— À droite ce sont des absolus, on les obtient à partir de concrètes ou de résinoïdes. Au milieu ce sont des accords sur lesquels je travaille.

— Vous êtes chimiste, comme votre père ? demanda Daldry, étonné.

— Les absolus sont des essences, les concrètes sont obtenues après avoir extrait les principes odorants de certaines matières premières d'origine végétale, comme la rose, le jasmin ou le lilas. Quant à cette table qui semble tant vous intriguer, on appelle cela un orgue. Parfumeurs et musiciens ont beaucoup de vocabulaire en commun, nous aussi parlons de notes et d'accords. Mon père était pharmacien, moi je suis ce que l'on appelle un nez. J'essaie de créer des compositions, de nouvelles fragrances.

— C'est très original comme métier ! Et vous en avez déjà inventé ? Je veux dire, des parfums que l'on achète dans le commerce ? quelque chose que je connaisse ?

— Oui, cela m'est arrivé, répondit Alice, un rire dans la voix. Cela reste encore assez confidentiel, mais on peut trouver l'une ou l'autre de mes créations dans les vitrines de certains parfumeurs de Londres.

— Cela doit être merveilleux de voir son travail

exposé. Un homme a peut-être réussi à séduire une femme grâce au parfum qu'il portait et que vous avez créé.

Cette fois, Alice laissa échapper un rire franc.

— Je suis désolée de vous décevoir, je n'ai jusqu'à ce jour réalisé que des concentrés féminins, mais vous me donnez une idée. Je devrais chercher une note poivrée, une touche boisée, masculine, un cèdre ou un vétiver. Je vais y réfléchir.

Alice découpa deux tranches de brioche.

— Goûtons à ce dessert et, ensuite, je vous laisserai partir. Je passe une excellente soirée, mais je tombe de sommeil.

— Moi aussi, dit Daldry en bâillant, il a beaucoup neigé sur la route du retour et j'ai dû redoubler de vigilance.

— Merci, souffla Alice en posant une tranche de brioche devant Daldry.

— C'est moi qui vous remercie, je n'ai pas mangé de brioche depuis très longtemps.

— Merci de m'avoir accompagnée jusqu'à Brighton, c'était très généreux de votre part.

Daldry leva les yeux vers la verrière.

— La lumière dans cette pièce doit être extraordinaire pendant la journée.

— Elle l'est, je vous inviterai un jour à prendre le thé, vous pourrez le constater par vous-même.

Les dernières miettes de brioche avalées, Daldry se leva, et Alice le raccompagna jusqu'à la porte.

– Je ne vais pas très loin, dit-il en s'engageant sur le palier.

– Non, en effet.

– Joyeux Noël, mademoiselle Pendelbury.

– Joyeux Noël, monsieur Daldry.

3.

La verrière était recouverte d'une fine pellicule soyeuse, la neige avait gagné la ville. Alice se dressa sur son lit, tentant de regarder au-dehors. Elle souleva un pan de la vitre et le referma aussitôt, glacée par le froid.

Les yeux encore embués de sommeil, elle tituba jusqu'à son réchaud et mit la bouilloire sur la flamme. Daldry avait eu la générosité de laisser sa boîte d'allumettes sur l'étagère. Elle sourit en repensant à la soirée de la veille.

Alice n'avait pas envie de se mettre au travail. Un jour de Noël, à défaut de famille à visiter, elle irait se promener au parc.

Chaudement vêtue, elle quitta son appartement sur la pointe des pieds. La maison victorienne était silencieuse, Daldry devait probablement encore dormir.

La rue était d'un blanc immaculé et cette vision l'enchanta. La neige a ce pouvoir de recouvrir toutes les salissures de la ville et même les quartiers les plus tristes trouvent une certaine beauté au creux de l'hiver.

Un tramway approchait, Alice courut vers le carrefour, grimpa à bord, acheta son billet auprès du machiniste et s'assit sur une banquette au fond de la rame.

Une demi-heure plus tard, elle entra dans Hyde Park par Queen's Gate et remonta l'allée diagonale vers Kensington Palace. Elle s'arrêta devant le petit lac. Les canards glissaient sur l'eau sombre, venant vers elle dans l'espoir de recevoir un peu de nourriture. Alice regretta de n'avoir rien à leur offrir. De l'autre côté du lac, un homme assis sur un banc lui fit un signe de la main. Il se leva. Ses gestes de plus en plus amples l'invitaient à venir le rejoindre. Les canards se détournèrent d'Alice et firent demi-tour, filant à toute vitesse vers l'inconnu. Alice longea la berge, elle s'approcha de l'homme qui s'était accroupi pour donner à manger aux palmipèdes.

– Daldry ? Quelle surprise de vous trouver ici, vous me suiviez ?

– Ce qui est surprenant, c'est qu'un inconnu vous sollicite et que vous couriez à sa rencontre. J'étais ici avant vous, comment aurais-je pu vous suivre ?

– Que faites-vous là ? demanda Alice

– Le Noël des canards, vous l'aviez oublié ? En sortant prendre l'air, j'ai retrouvé dans la poche de mon manteau le pain que nous avions chipé au pub, alors je me suis dit, quitte à me promener, autant venir nourrir les canards. Et vous, qu'est-ce qui vous amène ici ?

— C'est un endroit que j'aime.

Daldry brisa deux bouts de pain et en partagea les morceaux avec Alice.

— Ainsi, dit Daldry, notre petite escapade n'aura pas servi à grand-chose.

Alice ne répondit pas, occupée à nourrir un canard.

— Je vous ai encore entendue faire les cent pas durant une bonne partie de la nuit. Vous n'avez pas réussi à trouver le sommeil ? Vous étiez pourtant fatiguée.

— Je me suis endormie et réveillée peu de temps après. Un cauchemar, pour ne pas dire plusieurs.

Daldry avait donné tout son pain, Alice aussi, il se redressa et lui tendit la main pour l'aider à se relever.

— Pourquoi ne pas me dire ce que cette voyante vous a révélé hier ?

Il n'y avait pas grand monde dans les allées enneigées de Hyde Park. Alice fit le compte rendu fidèle de sa conversation avec la voyante, évoquant même le moment où celle-ci s'était accusée de n'être qu'imposture.

— Quelle étrange volte-face de sa part. Mais puisqu'elle vous a avoué sa charlatanerie, pourquoi vous entêter ?

— Parce que c'est justement là que j'ai commencé à croire en elle. Je suis pourtant très rationnelle et je vous jure que si ma meilleure amie me racontait le quart de ce que j'ai entendu, je me moquerais d'elle sans retenue.

— Laissez votre meilleure amie tranquille et concentrons-nous sur votre affaire. Qu'est-ce qui vous trouble à ce point ?

— Tout ce que cette voyante m'a dit est choquant, mettez-vous à ma place.

— Et elle vous a parlé d'Istanbul ? Quelle drôle d'idée ! Il faudrait peut-être vous y rendre pour en avoir le cœur net.

— C'est effectivement une drôle d'idée. Vous voulez m'y conduire dans votre Austin ?

— Je crains fort que cela se trouve hors de son rayon d'action. Je disais cela comme ça.

Ils croisèrent un couple qui remontait l'allée. Daldry se tut et attendit qu'ils se soient éloignés pour reprendre sa conversation.

— Je vais vous dire ce qui vous perturbe dans cette histoire. C'est que la voyante vous ait promis que l'homme de votre vie vous attendait au bout de ce voyage. Je ne vous jette pas la pierre, c'est en effet d'un romantisme fou et très mystérieux.

— Ce qui me tracasse, répondit sèchement Alice, c'est qu'elle prétende avec tant d'assurance que je suis née là-bas.

— Mais votre état civil vous prouve le contraire.

— Je me souviens, lorsque j'avais dix ans, d'être

passée devant le dispensaire d'Holborn avec ma mère et je l'entends encore me dire qu'elle m'y avait mise au monde.

— Alors, oubliez tout cela ! Je n'aurais pas dû vous conduire à Brighton, je croyais bien faire, mais ce fut tout le contraire et je vous ai poussée à accorder de l'importance à quelque chose qui n'en a pas.

— Il est temps que je me remette au travail, l'oisiveté ne me réussit guère.

— Qu'est-ce qui vous en empêche ?

— J'ai eu la très mauvaise idée hier de m'enrhumer, ce n'est pas bien grave, mais assez invalidant dans mon métier.

— On raconte que si l'on soigne un rhume, il ne dure qu'une semaine et que si l'on ne fait rien, il faut sept jours pour en guérir, dit Daldry en ricanant. Je crains que vous ne deviez prendre votre mal en patience. Si vous avez pris froid, vous feriez mieux de rentrer vous mettre au chaud. Ma voiture est garée devant Prince's Gate, c'est au bout de ce chemin. Je vous raccompagne.

L'Austin refusait de démarrer, Daldry pria Alice de s'installer au volant, il allait pousser. Dès que la voiture prendrait un peu de vitesse, elle n'aurait qu'à relâcher la pédale d'embrayage.

— Ce n'est pas compliqué, assura-t-il, pied gauche enfoncé, puis un petit coup sur le pied droit quand le moteur sera lancé et ensuite les deux pieds sur les deux pédales de gauche, le tout en gardant bien les roues dans l'axe de la rue.

— C'est très compliqué ! protesta Alice.

Les pneus patinaient sur la neige, Daldry glissa et s'étala de tout son long sur la chaussée. À l'intérieur de l'Austin, Alice, qui avait observé la scène dans le rétroviseur, riait aux éclats. Dans l'euphorie du moment, l'idée lui vint de tourner la clé de contact, le moteur toussa et démarra, et Alice rit de plus belle.

— Vous êtes certaine que votre père était pharmacien et non mécanicien ? demanda Daldry en s'installant à la place du passager.

Son pardessus était couvert de neige et son visage n'avait pas meilleure allure.

— Je suis désolée, ça n'a rien de drôle, mais c'est plus fort que moi, répondit Alice, hilare.

— Eh bien allez-y, grommela Daldry, engagez-vous sur la route puisque cette saleté de voiture semble vous avoir adoptée, nous verrons si elle sera aussi soumise quand vous accélérerez.

— Vous savez que je n'ai jamais conduit, répliqua Alice toujours enjouée.

— Il faut une première fois à tout, répondit Daldry, impassible. Appuyez sur la pédale de gauche, embrayez et relâchez doucement en accélérant un peu.

Les roues chassaient sur le pavé glacé. Alice, agrippée au volant, remit la voiture dans l'axe avec une dextérité qui impressionna son voisin.

En cette fin de matinée de Noël, les rues étaient presque désertes, Alice conduisait en écoutant scrupuleusement les conseils de Daldry. Hormis quelques freinages un peu brusques qui lui valurent de caler deux fois, elle réussit à les ramener chez eux sans le moindre incident.

– Ce fut une expérience épatante, dit-elle en coupant le contact. J'ai adoré conduire.

– Eh bien, nous pourrons vous donner une seconde leçon cette semaine, si le cœur vous en dit.

– Ce sera avec un immense plaisir.

Arrivés sur leur palier, Daldry et Alice se saluèrent. Alice se sentait fébrile et l'idée de se reposer n'était pas pour lui déplaire. Elle remercia Daldry et, une fois chez elle, elle étendit son manteau sur son lit et se blottit sous les draps.

*

Une fine poussière flottait dans l'air, brassée par un vent chaud. Du sommet d'une ruelle en terre, un grand escalier descendait vers un autre quartier de la ville.

Alice avançait, pieds nus, regardant de tous côtés. Les rideaux de fer des petits commerces aux couleurs bariolées étaient tous baissés.

Une voix l'appela dans le lointain. En haut des marches, une femme lui fit signe de se presser, comme si un danger les guettait.

Alice courut pour la rejoindre, mais la femme s'enfuit et disparut.

Une clameur grondait dans son dos, des cris, des hurlements. Alice se précipita vers l'escalier, la femme l'attendait au bas des marches, mais elle lui interdit d'avancer. Elle lui jura son amour et lui fit ses adieux.

Tandis qu'elle s'éloignait, sa silhouette rapetissait jusqu'à devenir minuscule tout en grandissant dans le cœur d'Alice jusqu'à devenir immense.

Alice s'élança vers elle, les marches se lézardaient sous ses pas, une longue fissure fendit l'escalier en deux et le grondement dans son dos devint insoutenable. Alice releva la tête, un soleil rouge brûlait sa peau, elle sentit la moiteur sur son corps, le sel sur ses lèvres, la terre dans ses cheveux. Des nuages de poussière virevoltaient autour d'elle, rendant l'air irrespirable.

À quelques mètres, elle entendit une plainte lancinante, un gémissement, des mots murmurés dont elle ne comprenait pas le sens. Sa gorge se serra, Alice suffoquait.

Une main audacieuse la prit par le bras et la souleva de terre juste avant que le grand escalier ne se dérobe sous ses pieds.

Alice poussa un hurlement, elle se débattit du mieux qu'elle le put, mais celui qui l'empoignait était bien trop fort et Alice sentit qu'elle perdait connaissance, un abandon contre lequel il était inutile de lutter. Au-dessus d'elle, le ciel était immense et rouge.

*

Alice rouvrit les yeux, éblouie par la blancheur de la verrière couverte de neige. Elle grelottait, son front était brûlant de fièvre. Elle chercha à tâtons le verre d'eau qui se trouvait sur sa table de nuit et fut prise d'une quinte de toux en avalant la première gorgée. Elle était à bout de forces. Il fallait qu'elle se lève, qu'elle aille chercher une couverture, de quoi chasser ce froid qui la glaçait jusqu'aux os. Elle essaya de se redresser, en vain, et sombra à nouveau.

*

Elle entendit chuchoter son nom, une voix familière tentait de l'apaiser.

Elle était cachée dans un réduit, recroquevillée, la tête entre les genoux. Une main plaquée sur sa bouche lui interdisait de parler. Elle avait envie de pleurer, mais celle qui la retenait dans ses bras la suppliait de se taire.

Elle entendit le martèlement d'un poing à la porte. Les assauts devenaient plus violents, on donnait maintenant de sérieux coups de pied. Des bruits de pas, quelqu'un venait d'entrer. À l'abri du petit cagibi, Alice retenait son souffle, il lui sembla que sa respiration s'était arrêtée.

*

— Alice, réveillez-vous !

Daldry s'approcha du lit et posa une main sur son front.

— Ma pauvre, vous êtes brûlante.

Daldry l'aida à se soulever, redressa l'oreiller et l'allongea convenablement.

— Je vais appeler un médecin.

Il revint à son chevet quelques instants plus tard.

— Je crains que vous n'ayez attrapé bien plus qu'un rhume. Le docteur sera là bientôt, reposez-vous, je reste auprès de vous.

Daldry s'assit au pied du lit et fit exactement ce qu'il avait promis. Le médecin arriva dans l'heure. Il examina Alice, prit son pouls, écouta attentivement les battements de son cœur et sa respiration.

— Son état n'est pas à prendre à la légère, c'est très probablement la grippe. Qu'elle reste au chaud et qu'elle transpire. Faites-la boire, dit-il à Daldry, de l'eau tiède légèrement sucrée et des tisanes, par petites quantités chaque fois, mais le plus souvent possible.

Il confia de l'aspirine à Daldry.

— Voilà qui devrait faire retomber sa fièvre. Si ce n'était le cas d'ici à demain, conduisez-la à l'hôpital.

Daldry paya le médecin et le remercia de s'être déplacé un jour de Noël. Il alla chercher chez lui deux grandes couvertures dont il recouvrit Alice. Il repoussa au milieu de la pièce le fauteuil qui se trouvait devant la longue table de travail et s'y installa pour la nuit.

– Je me demande si je ne préférais tout de même pas lorsque vos bruyants amis me tenaient éveillé ; au moins, j'étais dans mon lit, grommela-t-il.

*

Dans la chambre, le bruit a cessé. Alice repousse la porte du placard où elle s'est réfugiée. Tout n'est plus que silence et absence. Les meubles sont renversés, le lit est défait. Par terre gît un cadre brisé. Alice écarte délicatement les éclats de verre et remet le dessin à sa place, sur la table de chevet. C'est un dessin à l'encre de Chine où deux visages lui sourient. La fenêtre est ouverte, un air doux souffle au-dehors et soulève les rideaux. Alice s'approche, le rebord de la fenêtre est trop haut, il lui faut grimper sur un tabouret pour voir la rue en contrebas. Elle se hisse, la lumière du jour est vive, elle plisse les yeux.

Sur le trottoir, un homme la regarde et lui sourit, un visage bienveillant, plein d'amour. Elle aime cet homme d'un amour sans retenue. Elle l'a toujours aimé ainsi, elle l'a toujours connu. Elle voudrait s'élancer vers lui, qu'il la prenne dans ses bras, elle voudrait le retenir, crier son prénom, mais elle n'a plus de voix. Alors Alice lui fait un petit signe de la main ; en réponse, l'homme agite sa casquette, lui sourit, avant de disparaître.

*

Alice rouvrit les yeux. Daldry la soutenait, portant un verre d'eau à ses lèvres en la suppliant de boire lentement.

— Je l'ai vu, murmura-t-elle, il était là.

— Le médecin est venu, dit Daldry. Un dimanche et jour de Noël, il faut qu'il soit consciencieux.

— Ce n'était pas un médecin.

— Il en avait pourtant tout l'air.

— J'ai vu l'homme qui m'attend là-bas.

— Très bien, dit Daldry, nous en reparlerons dès que vous irez mieux. En attendant, reposez-vous. J'ai l'impression que vous avez déjà un peu moins de fièvre.

— Il est bien plus beau que je ne l'imaginais.

— Je n'en doute pas une seconde. Je devrais attraper la grippe moi aussi, Esther Williams viendrait peut-être me rendre visite... Elle était irrésistible dans *Emmenez-moi au bal*.

— Oui, murmura Alice dans un demi-délire, il m'emmènera au bal.

— Parfait, pendant ce temps-là je pourrai dormir tranquille.

— Je dois partir à sa recherche, chuchota Alice, les yeux clos, il faut que j'aille là-bas, je dois le retrouver.

— Excellente idée ! Je vous suggère néanmoins d'attendre quelques jours. Je ne suis pas tout à fait certain que, dans votre état, le coup de foudre soit réciproque.

Alice s'était rendormie. Daldry soupira et reprit place dans son fauteuil. Il était quatre heures du matin, il avait le dos meurtri par la position inconfortable qu'il occupait, sa nuque lui faisait un mal de chien, mais Alice semblait reprendre des couleurs. L'aspirine agissait, la fièvre retombait. Daldry éteignit la lumière et pria pour que le sommeil le gagne.

*

Un lancinant ronflement réveilla Alice. Ses membres étaient encore endoloris, mais le froid avait quitté son corps pour laisser place à une douce tiédeur.

Elle rouvrit les yeux et découvrit son voisin, affalé dans le fauteuil, une couverture à ses pieds. Alice s'amusa de ce que le sourcil droit de Daldry se levait et retombait au rythme de sa respiration. Elle comprit enfin que son voisin avait passé la nuit à la veiller, et cela la mit dans un terrible embarras. Elle souleva délicatement la couverture, s'enroula dedans et se dirigea discrètement vers le réchaud. Elle prépara un thé, usant de mille précautions pour ne pas faire de bruit, et attendit devant le réchaud. Les ronflements de Daldry avaient redoublé, si fort qu'il en fut gêné dans son sommeil. Il se tourna sur le côté, glissa et s'étala de tout son long sur le parquet.

– Qu'est-ce que vous faites debout ? dit-il en bâillant.

– Du thé, répondit Alice en le versant dans les tasses.

Daldry se releva et s'étira en se frottant les reins.

– Voulez-vous aller vous recoucher tout de suite.

– Je vais beaucoup mieux.

– Vous me faites penser à ma sœur et ce n'est pas un compliment. Aussi têtue et insouciante. À peine avez-vous récupéré quelques forces que vous vous exposez au froid. Allez, pas de discussion, filez au lit ! Je vais m'occuper de votre thé. Enfin, si mes bras veulent bien coopérer, ce ne sont plus quelques fourmis qui me parcourent le corps, mais une colonie tout entière.

– Je suis confuse du mal que vous vous êtes donné, répondit Alice en obéissant à Daldry.

Elle s'assit dans son lit et accueillit le plateau qu'il déposa sur ses genoux.

– Vous avez un peu d'appétit ? demanda-t-il.

– Non, pas vraiment.

– Eh bien vous allez manger quand même, c'est nécessaire, dit Daldry.

Il traversa le palier et revint avec une boîte de biscuits en métal.

– Ce sont de vrais *shortbreads* ? demanda-t-elle. Je n'en ai pas goûté depuis une éternité.

– Aussi vrais que possible, ils sont faits maison,

dit-il fièrement en trempant un biscuit dans sa tasse de thé.

— Ils ont l'air délicieux, dit Alice.

— Évidemment ! Puisque je vous dis que je les ai faits moi-même.

— C'est fou...

— Qu'est-ce que mes *shortbreads* peuvent donc avoir de fou ? s'offusqua Daldry.

— ... comme certaines saveurs vous rappellent votre enfance. Ma mère en préparait le dimanche, nous les mangions avec un chocolat chaud, chaque soir de la semaine, aussitôt mes devoirs terminés. À l'époque, je ne les appréciais pas beaucoup, je les laissais fondre au fond de ma tasse, et maman ne voyait rien à mon manège. Plus tard, pendant la guerre, alors que nous attendions dans les abris que les sirènes se taisent, le souvenir des *shortbreads* m'envahissait. Au fond d'une cave ébranlée par les bombes qui tombaient à proximité, j'ai si souvent rêvé à ces goûters.

— Je crois que je n'ai jamais eu le bonheur de vivre un moment aussi intime avec ma mère, dit Daldry. Je ne prétendrai pas que mes biscuits égalent ceux de vos souvenirs, mais j'espère qu'ils sont à votre goût.

— Pourrais-je vous en redemander un ? dit Alice.

— À propos de rêves, vous avez fait de sérieux cauchemars cette nuit, marmonna Daldry.

— Je sais, je m'en souviens, je me promenais pieds nus dans une ruelle surgie d'un autre temps.

— Le temps n'a pas de prise dans les rêves.

— Vous ne comprenez pas, j'avais l'impression de connaître cet endroit.

— Probablement quelques réminiscences. Tout s'emmêle dans les cauchemars.

— C'était un mélange effrayant, Daldry, j'avais encore plus peur que sous les V1 allemands.

— Ils faisaient peut-être aussi partie de votre cauchemar ?

— Non, je me trouvais bien ailleurs. On me traquait, on me voulait du mal. Et, lorsqu'il est apparu, la peur s'est effacée, j'avais la sensation que plus rien ne pouvait m'arriver.

— Lorsque qui est apparu ?

— Cet homme dans la rue, il me souriait. Il m'a saluée avec sa casquette et puis il est parti.

— Vous l'évoquez avec une émotion troublante de vérité.

Alice soupira.

— Vous devriez aller vous reposer, Daldry, vous avez une mine de papier mâché.

— C'est vous la malade, mais je reconnais que votre fauteuil n'est pas très confortable.

On frappa à la porte. Daldry alla ouvrir, et trouva Carol sur le palier, un gros panier en osier à la main.

— Qu'est-ce que vous faites là ? Ne me dites pas qu'Alice vous dérange aussi quand elle est seule ? demanda Carol en entrant dans la pièce.

90

Puis elle vit son amie au lit et s'en étonna.

— Votre copine a contracté une bonne grippe, répondit Daldry en défroissant sa veste, un peu gêné devant Carol.

— Alors, j'arrive à point nommé. Vous pouvez nous laisser, je suis infirmière, Alice est entre de bonnes mains maintenant.

Elle raccompagna Daldry à la porte, le pressant de quitter les lieux.

— Allez, dit-elle, Alice a besoin de repos, je vais m'occuper d'elle.

— Ethan ? appela Alice depuis son lit.

Daldry se hissa sur la pointe des pieds pour la voir par-dessus l'épaule de Carol.

— Merci pour tout, souffla Alice.

Daldry lui fit un sourire forcé et se retira.

La porte refermée, Carol s'approcha du lit, posa sa main sur le front d'Alice, lui palpa le cou et lui ordonna de tirer la langue.

— Tu as encore un peu de fièvre. Je t'ai rapporté plein de bonnes choses de la campagne. Des œufs frais, du lait, de la confiture, de la brioche que maman a faite hier. Comment te sens-tu ?

— Comme au milieu d'une tempête depuis que tu es arrivée.

— « Merci pour tout, Ethan », minauda Carol en remplissant la bouilloire. Votre relation a drôlement évolué depuis notre dernier dîner chez toi. Tu as quelque chose à me raconter ?

– Que tu es idiote et que tes sous-entendus sont déplacés.

– Je n'ai fait aucun sous-entendu, je constate, c'est tout.

– Nous sommes voisins, rien d'autre.

– Vous l'étiez la semaine dernière et il te servait du « mademoiselle Pendelbury » et toi du « monsieur le grincheux qui vient troubler la fête ». Il s'est bien passé quelque chose qui vous a rapprochés ainsi.

Alice se tut. Carol l'observait, la bouilloire à la main.

– À ce point-là ?

– Nous sommes retournés à Brighton, soupira Alice.

– C'était lui ta mystérieuse invitation de Noël ? Tu as raison, quelle idiote je suis ! Et moi qui croyais que tu avais inventé une sortie pour donner le change devant les garçons. Toute la soirée de Noël, je m'en suis voulu de t'avoir laissée seule à Londres et de ne pas avoir insisté pour que tu viennes chez mes parents. Et, pendant ce temps-là, mademoiselle batifolait avec son voisin au bord de la mer. Je suis vraiment la reine des buses.

Carol posa une tasse de thé sur le tabouret près du lit d'Alice.

– Il ne t'est jamais venu à l'idée d'acheter des meubles, une vraie table de nuit par exemple ? Attends, attends, mademoiselle la cachottière, poursuivit-elle tout excitée, ne me dis pas que, la dernière fois, l'intrusion de ton voisin était un petit numéro que vous aviez concocté pour nous mettre dehors et finir la soirée ensemble ?

— Carol ! chuchota Alice, en montrant le mur mitoyen de l'appartement de son voisin. Tais-toi et assieds-toi ! Tu es plus épuisante que la pire des grippes.

— Ce n'est pas la grippe, c'est juste un gros coup de froid, répondit Carol, furieuse de s'être fait rabrouer.

— Cette escapade n'était pas prévue. Un acte de générosité de sa part. Et arrête avec ce petit air narquois, il n'y a rien d'autre entre Daldry et moi qu'une sympathie polie et réciproque. Ce n'est pas du tout mon type d'homme.

— Pourquoi es-tu retournée à Brighton ?

— Je suis épuisée, laisse-moi me reposer, supplia Alice.

— C'est touchant de voir combien ma sollicitude te bouleverse.

— Fais-moi goûter un peu de cette brioche au lieu de dire des âneries, répondit Alice, juste avant d'éternuer.

— Tu vois, c'est un gros rhume.

— Il faut que je m'en débarrasse et que je me remette au travail au plus vite, dit Alice en se redressant sur son lit. Je vais devenir folle à rester sans rien faire.

— Tu vas devoir prendre ton mal en patience.

Ce petit séjour à Brighton te coûtera une bonne semaine sans odorat. Bon, tu vas enfin me dire ce que vous êtes allés faire là-bas ?

Plus Alice avançait dans son récit, plus Carol semblait sidérée.

— Eh bien, siffla-t-elle, moi aussi je serais terrifiée à ta place, ne cherche pas pourquoi tu es tombée malade en rentrant.

— Très drôle, répondit Alice en haussant les épaules.

— Enfin Alice, c'est grotesque, ce ne sont que des balivernes. Qu'est-ce que ça veut dire : « Rien de tout ce que tu croyais être n'est réalité » ? En tous les cas, c'est une belle attention de la part de ton voisin d'avoir fait autant de kilomètres pour te faire entendre de telles stupidités. Même si je connais d'autres garçons qui en auraient fait bien plus pour te promener dans leur voiture. La vie est vraiment injuste, c'est moi qui ai de l'amour à revendre et c'est toi qui plais aux hommes.

— Quels hommes ? Je suis seule du matin au soir et ce n'est pas mieux la nuit.

— Tu veux que l'on reparle d'Anton ? Si tu es seule, c'est uniquement de ta faute. Tu es une idéaliste qui ne sait pas prendre du bon temps. Mais c'est peut-être toi qui as raison dans le fond. Je crois que j'aurais aimé connaître un premier baiser sur des chevaux de bois, reprit Carol d'une voix triste. Il faut que j'y aille, je vais être en retard à l'hôpital. Et si ton voisin revenait, je ne voudrais surtout pas vous déranger.

— Ça suffit, je te dis qu'il n'y a rien entre nous.

— Je sais, ce n'est pas ton genre d'homme ; et puis, maintenant qu'un prince charmant t'attend quelque part dans une contrée lointaine... Tu devrais peut-être prendre des vacances et partir à sa recherche. Si j'en avais les moyens, je t'accompagnerais volontiers. Je me moque de toi, mais un voyage entre filles, ce serait une sacrée aventure... Il fait chaud en Turquie, les garçons doivent avoir la peau dorée.

Alice s'était assoupie. Carol prit la couverture au pied du fauteuil et l'étendit sur le lit.

— Dors, ma belle, chuchota-telle, je suis une peau de vache, jalouse, mais tu es ma meilleure amie et je t'aime comme une sœur. Je repasserai te voir demain à la fin de ma garde. Tu vas guérir vite.

Carol mit son manteau et s'en alla sur la pointe des pieds. Elle croisa Daldry sur le palier, il sortait faire des courses. Ils descendirent ensemble. Une fois dans la rue, Carol se tourna vers lui.

— Elle sera bientôt remise, dit-elle.

— Heureuse nouvelle.

— C'est gentil à vous de vous être occupé d'elle ainsi.

— C'était la moindre des choses, répondit-il, entre voisins...

— Au revoir, monsieur Daldry.

– Une dernière chose, mademoiselle. Même si cela ne vous regarde pas, sachez, pour votre gouverne, qu'elle n'est pas non plus mon type de femme, mais alors pas du tout !

Et Daldry s'éclipsa sans saluer Carol.

4.

La semaine passa, interminable. Alice n'avait plus de fièvre, mais elle était incapable de se remettre au travail, elle sentait à peine le goût des aliments. Daldry ne s'était plus manifesté. Alice avait frappé plusieurs fois à sa porte, l'appartement de son voisin restait invariablement silencieux.

Carol lui avait rendu visite entre chacune de ses gardes, lui apportant des provisions et les journaux qu'elle chapardait dans la salle d'attente de l'hôpital. Un soir, elle était même restée dormir, trop épuisée pour traverser dans le froid de l'hiver les trois rues qui la séparaient de chez elle.

Carol avait partagé le lit d'Alice, et avait secoué son amie de toutes ses forces au milieu de la nuit, pour la réveiller d'un cauchemar qui occupait désormais presque tous ses sommeils.

Samedi, alors qu'Alice se réjouissait de se retrouver à sa table de travail, elle entendit des pas sur le palier. Elle repoussa son fauteuil et se précipita à la porte. Daldry rentrait chez lui, une petite valise à la main.

— Bonjour Alice, dit-il sans se retourner.

Il fit tourner la clé dans la serrure et hésita avant d'entrer.

— Je suis désolé, je n'ai pas pu vous rendre visite, j'ai dû m'absenter quelques jours, ajouta-t-il, toujours le dos tourné.

— Vous n'avez pas à vous excuser, je m'inquiétais simplement de ne plus vous entendre.

— Je suis parti en voyage, j'aurais pu vous laisser un mot, mais je ne l'ai pas fait, dit-il le visage collé à sa porte.

— Pourquoi me tournez-vous le dos ? demanda Alice.

Daldry se retourna lentement, il avait une mine blafarde, une barbe de trois jours, les paupières cernées, les yeux rouges et humides.

— Ça ne va pas ? demanda Alice, inquiète.

— Si, moi ça va, répondit Daldry, mon père en revanche a eu la fâcheuse idée de ne pas se réveiller lundi dernier. Nous l'avons enterré il y a trois jours.

— Venez, dit Alice, je vais vous faire du thé.

Daldry abandonna sa valise et suivit sa voisine. Il se laissa choir dans le fauteuil, en grimaçant. Elle tira le tabouret et s'installa en face de lui.

Daldry contemplait la verrière, le regard perdu. Elle respecta son silence et resta ainsi presque une heure, sans dire un mot. Puis Daldry soupira et se leva.

— Merci, dit-il, c'était exactement ce dont j'avais besoin. Je vais rentrer chez moi maintenant, prendre une bonne douche et, hop, au lit.

— Juste avant le hop, venez dîner, je préparerai une omelette.

— Je n'ai pas très faim, répondit-il.

— Vous mangerez quand même, c'est nécessaire, répondit Alice.

Daldry revint un peu plus tard, il portait un pull à col roulé sur un pantalon de flanelle, les cheveux toujours en bataille et les yeux cernés.

— Pardonnez mon apparence, dit-il, je crains d'avoir oublié mon rasoir dans la demeure de mes parents et il est un peu tard pour en trouver un autre ce soir.

— La barbe vous va plutôt bien, répondit Alice en l'accueillant chez elle.

Ils dînèrent devant la malle, Alice avait ouvert une bouteille de gin. Daldry buvait volontiers, mais n'avait aucun appétit. Il se força à manger un peu d'omelette, par pure courtoisie.

— Je m'étais juré, dit-il au milieu d'un silence, d'aller un jour m'entretenir d'homme à homme avec lui. De lui expliquer que la vie que je menais était celle que j'avais choisie. Je n'avais jamais jugé la sienne, il y aurait pourtant eu tant à en dire, et j'attendais de lui qu'il fasse de même.

— Même s'il s'interdisait de vous le dire, je suis certaine qu'il vous admirait.

— Vous ne l'avez pas connu, soupira Daldry.

— Quoi que vous pensiez, vous étiez son fils.

— J'ai souffert de son absence pendant quarante ans, je m'y étais résolu. Et maintenant qu'il n'est plus là, étrangement, la douleur semble plus vive.

— Je sais, dit Alice à voix basse.

— Hier soir, je suis entré dans son bureau. Ma mère m'a surpris alors que je fouillais les tiroirs du secrétaire. Elle a pensé que je cherchais son testament, je lui ai répondu que je me moquais bien de ce qu'il pouvait me léguer, je laissais ce genre de préoccupations à mes frère et sœur. La seule chose que j'espérais trouver était un mot, une lettre qu'il m'aurait laissée. Ma mère m'a pris dans ses bras et m'a dit : « Mon pauvre chéri, il ne t'en a écrit aucune. » Je n'ai pas réussi à pleurer alors que son cercueil descendait en terre ; je n'avais pas pleuré depuis l'été de mes dix ans, lorsque je m'étais sérieusement ouvert le genou en tombant d'un arbre. Mais, ce matin, alors que la maison où j'ai grandi disparaissait dans mon rétroviseur, je n'ai pu retenir mes larmes. J'ai dû m'arrêter sur le bord de la route, je n'y voyais plus rien. Je me suis senti si ridicule dans mon automobile à pleurer comme un gosse.

— Vous étiez redevenu un enfant, Daldry, vous veniez d'enterrer votre père.

— C'est drôle, voyez-vous, si j'avais été pianiste, il en aurait peut-être tiré une certaine fierté, peut-être même serait-il venu m'écouter jouer. Mais la peinture ne l'intéressait pas. Pour lui, ce n'était pas

100

un métier, au mieux un passe-temps. Enfin, sa mort m'aura donné l'occasion de revoir ma famille au grand complet.

— Vous devriez peindre son portrait, retourner dans votre maison et l'accrocher en bonne place, dans son bureau par exemple. Je suis certaine que, d'où il est, il en serait bouleversé.

Daldry éclata de rire.

— Quelle horrible idée ! Je ne suis pas assez cruel pour faire un coup aussi vachard à ma mère. Trêve de pleurnicheries, j'ai suffisamment abusé de votre hospitalité. Votre omelette était délicieuse et votre gin, dont j'ai aussi un peu trop abusé, encore meilleur. Puisque vous êtes guérie, je vous donnerai une nouvelle leçon de conduite quand je serai, disons, en meilleure forme.

— Avec plaisir, répondit Alice.

Daldry salua sa voisine. Lui qui se tenait d'ordinaire si droit avait le dos un peu voûté, la démarche hésitante. Au milieu du palier, il se ravisa, fit demi-tour, entra à nouveau chez Alice, saisit la bouteille de gin et repartit chez lui.

Alice se coucha aussitôt après le départ de Daldry, elle était épuisée et le sommeil ne se fit pas attendre.

*

« *Viens, lui souffle la voix, il faut partir d'ici.* »

Une porte s'ouvre sur la nuit, aucune lumière dans la ruelle, les lanterneaux sont éteints et les volets des maisons clos. Une femme lui tient la main et l'entraîne. Elles marchent ensemble, à pas feutrés, longent les trottoirs déserts, se faisant discrètes, veillant à ce qu'aucune ombre née d'un éclat de lune ne trahisse leur présence. Leur bagage ne pèse pas bien lourd. Une petite valise noire qui contient leurs maigres affaires. Elles arrivent en haut du grand escalier. De là, on voit la ville entière. Au loin, un grand feu empourpre le ciel. « *C'est tout un quartier qui brûle, dit la voix. Ils sont devenus fous. Avançons. Là-bas, vous serez en sécurité, ils nous protégeront, j'en suis certaine. Viens, suis-moi, mon amour.* »

Alice n'a jamais eu si peur. Ses pieds meurtris la font souffrir, elle ne porte pas de chaussures, impossible de les retrouver avec le désordre qui règne. Une silhouette apparaît dans l'embrasure d'une porte cochère. Un vieillard les regarde et leur fait signe de rebrousser chemin, il leur montre du doigt une barricade où de jeunes hommes en armes font le guet.

La femme hésite, se retourne, elle porte un bébé dans une écharpe nouée en bandoulière sur sa poitrine, elle lui caresse la tête, pour l'apaiser. La course folle reprend.

Dix petites marches creusées sur un chemin escarpé grimpent vers le sommet d'un talus. Elles dépassent une fontaine, l'eau calme a quelque chose de rassurant. Sur leur droite, une porte est entrouverte dans un long mur d'enceinte. La femme semble bien connaître ce lieu, Alice la suit. Elles traversent un jardin abandonné, les hautes herbes sont immobiles, les chardons griffent Alice aux mollets, comme pour la retenir. Elle pousse un cri et, aussitôt, l'étouffe.

Au fond d'un verger endormi, elle entrevoit la façade éventrée d'une église. Elles traversent l'abside. Tout n'est que ruines, les bancs brûlés sont renversés. Alice relève la tête et distingue sur les voûtes des mosaïques évoquant des histoires d'autres siècles, de temps lointains dont les traces s'effacent. Un peu plus loin, le visage terni d'un Christ semble la regarder. Une porte s'ouvre. Alice entre dans la seconde abside. Au centre se dresse un tombeau, immense et solitaire, recouvert de faïence. Elles le dépassent, silencieuses. Les voilà dans un ancien vestiaire. À l'odeur âcre des pierres brûlées se mêlent des senteurs de thym et de carvi. Alice ne connaît pas encore ces noms, mais elle reconnaît les odeurs, elles lui sont familières. Ces herbes poussaient à profusion sur un terrain vague derrière chez elle. Même ainsi mélangées dans le vent qui les fait voyager jusqu'à elle, elle arrive à les distinguer.

L'église calcinée n'est plus qu'un souvenir, la femme qui l'entraîne lui fait franchir une grille, elles courent maintenant dans une autre ruelle. Alice n'a plus de forces, ses jambes se dérobent, la main qui la retient se desserre et bientôt l'abandonne. Elle est assise sur les pavés, la femme s'éloigne, sans se retourner.

Une lourde pluie se met à ruisseler, Alice appelle à l'aide, mais le bruit de l'averse est trop fort et, bientôt, la silhouette disparaît. Alice reste seule, agenouillée, transie. Elle hurle, un cri long, presque une agonie.

*

Une pluie de grêlons ricochait sur la verrière. Haletante, Alice se redressa sur son lit, cherchant l'interrupteur de sa lampe de chevet. La lumière revenue, elle balaya la pièce du regard, observant un à un les objets qui lui étaient familiers.

Elle tapa des deux poings sur son lit, furieuse de s'être une fois de plus laissé entraîner dans ce même cauchemar qui la terrorise chaque nuit. Elle se leva, se rendit à sa table de travail, ouvrit la fenêtre qui donnait sur l'arrière de la maison et inspira à pleins poumons. L'appartement de Daldry était éclairé et la présence, même invisible, de son voisin la rassura. Demain elle irait voir Carol et lui demanderait conseil. Il devait bien exister un remède pour apaiser son sommeil. Une nuit qui ne soit pas hantée par des terreurs imaginaires, peuplée de fuites effrénées dans des rues étrangères, une nuit pleine et douce, c'est tout ce dont Alice rêvait.

*

Alice passa les jours suivants à sa table de travail. Chaque soir, elle retardait le moment d'aller se coucher, luttant contre le sommeil comme on résiste à une peur, une peur qui la gagnait dès la tombée du jour. Chaque nuit elle refaisait le même cauchemar qui s'arrêtait au milieu d'une ruelle détrempée par la pluie où elle restait prostrée sur le pavé.

Elle rendit visite à Carol à l'heure du déjeuner.

Alice se présenta à l'accueil de l'hôpital et demanda que l'on prévienne son amie. Elle patienta une bonne demi-heure dans un hall, parmi les civières que des brancardiers déchargeaient d'ambulances arrivant toutes sirènes hurlantes. Une femme suppliait que l'on s'occupe de son enfant. Un vieillard divagant déambulait entre les banquettes où d'autres malades guettaient leur tour. Un jeune homme lui adressa un sourire, il avait le teint blafard, l'arcade sourcilière fendue, un sang épais coulait sur sa joue. Un homme d'une cinquantaine d'années se tenait les côtes, semblant souffrir le martyre. Au milieu de cette misère humaine, Alice se sentit soudain coupable. Si ses nuits étaient cauchemardesques, le quotidien de son amie ne valait guère mieux. Carol apparut, poussant un brancard dont les roues couinaient sur le linoléum.

— Qu'est-ce que tu fais ici ? demanda-t-elle en voyant Alice. Tu es souffrante ?

— Je suis juste venue t'emmener déjeuner.

— Voilà une surprise bien agréable. Je range celui-là, dit-elle en désignant son patient, et je te rejoins. Ils sont gonflés quand même, ils auraient pu me prévenir. Tu es là depuis longtemps ?

Carol poussa le brancard vers une collègue, ôta sa blouse, récupéra manteau et écharpe dans son casier et hâta le pas vers son amie. Elle conduisit Alice à l'extérieur de l'hôpital.

— Viens, dit-elle, il y a un pub au coin de la rue, c'est le moins mauvais du quartier et à côté de notre cafétéria on dirait presque un grand restaurant.

— Et tous ces patients qui attendent ?

— Ce hall ne désemplit pas de malades, vingt-quatre heures sur vingt-quatre, chaque jour que Dieu fait, et Dieu m'a donné un estomac que je dois nourrir de temps à autre si je veux être en état de les soigner. Allons déjeuner.

Le pub était bondé. Carol fit un sourire aguicheur au patron qui, depuis son bar, lui désigna une table au fond de la salle. Les deux femmes passèrent devant tout le monde.

— Tu couches avec lui ? demanda Alice en s'installant sur la banquette.

— Je l'ai soigné l'été dernier, un énorme furoncle placé à un endroit qui exige la plus grande discrétion. Depuis, il est mon dévoué serviteur, répondit Carol en riant.

— Je n'avais jamais imaginé à quel point ta vie était...

— ... glamour ? enchaîna Carol.

— ... ardue, répondit Alice.

— J'aime ce que je fais, même si ce n'est pas facile tous les jours. Petite fille, je passais mon temps à faire des bandages à mes poupées. Cela inquiétait terriblement ma mère, et plus je la voyais contrariée, plus ma vocation grandissait. Bon, qu'est-ce qui t'amène ici ? J'imagine que tu n'es pas venue aux urgences à la recherche de senteurs pour inspirer l'un de tes parfums.

— Je suis venue déjeuner avec toi, il te faut une autre raison ?

— Tu sais, une bonne infirmière ne se contente pas de soigner les bobos de ses patients, nous voyons aussi quand quelque chose ne tourne pas rond dans leur tête.

— Mais je ne suis pas une de tes patientes.

— Tu en avais pourtant l'air, quand je t'ai aperçue dans le hall. Dis-moi ce qui ne va pas, Alice.

— Tu as regardé le menu ?

— Oublie le menu, ordonna Carol en ôtant la carte des mains d'Alice. J'ai à peine le temps d'avaler le plat du jour.

Un serveur leur apporta deux assiettes de ragoût de mouton.

— Je sais, dit Carol, cela n'a pas l'air appétissant, mais tu verras c'est très bon.

Alice sépara les morceaux de viande des légumes qui nageaient dans la sauce.

— Cela dit, reprit Carol la bouche pleine, tu retrouveras peut-être l'appétit quand tu m'auras dit ce qui te contrarie.

Alice planta sa fourchette dans un morceau de pomme de terre et fit une moue écœurée.

– D'accord, poursuivit Carol, je suis probablement têtue et arrogante, mais tout à l'heure
quand tu reprendras ton tram, tu te trouveras bien
idiote d'avoir perdu la moitié de ta journée sans
même avoir goûté à ce ragoût infect, d'autant que
c'est toi qui paies l'addition. Alice, dis-moi ce qui
cloche, tu me rends chèvre à rester silencieuse.

Alice se résolut à parler du cauchemar qui
hantait ses nuits, de ce mal-être qui empoisonnait
ses journées.

Carol l'écouta avec la plus grande attention.

– Il faut que je te raconte quelque chose, dit
Carol. Le soir du premier bombardement sur
Londres, j'étais de garde. Les blessés ont débarqué
très vite ; des brûlés pour la plupart d'entre eux, et
qui arrivaient par leurs propres moyens. Certains
membres du personnel avaient déserté l'hôpital
pour se mettre à l'abri, la majorité d'entre nous était
restée à son poste. Moi, si j'étais là, ce n'était pas
par héroïsme, mais par lâcheté. J'avais une peur
bleue de mettre le nez dehors, terrorisée à l'idée de
périr dans les flammes, si je sortais dans la rue. Au
bout d'une heure, le flot des blessés cessa. Il n'en
entrait presque plus. Le chef de service, un certain
Dr Turner, bel homme, assez chic, et des yeux à faire
chavirer une bonne sœur, nous a réunis pour
nous dire : « Si les blessés n'arrivent plus ici, c'est
qu'ils sont sous les décombres, à nous d'aller les
chercher. » Nous l'avons tous regardé, stupéfaits. Et
puis il ajouté : « Je ne force personne, mais, pour

ceux qui en ont le cran, prenez des civières et parcourons les rues. Il y a désormais plus de vies à sauver au-dehors qu'entre les murs de cet hôpital. »

— Et tu y es allée ? demanda Alice.

— J'ai reculé, un pas après l'autre, jusqu'à la salle d'examen, priant pour que le regard du Dr Turner ne croise pas le mien, qu'il ne voie rien de ma dérobade, et j'y suis parvenue. Je me suis cachée dans un vestiaire pendant deux heures. Ne te moque pas de moi ou je m'en vais. Recroquevillée dans ce placard, j'ai fermé les yeux, je voulais disparaître. J'ai fini par réussir à me convaincre que je n'étais pas là, mais dans ma chambre, chez mes parents à St. Mawes, que tous ces gens qui hurlaient autour de moi n'étaient que d'horribles poupées dont il faudrait que je me débarrasse dès le lendemain pour surtout ne jamais devenir infirmière.

— Tu n'as rien à te reprocher, Carol, je n'aurais pas été plus courageuse que toi.

— Si, tu l'aurais certainement été ! Le lendemain, je suis retournée à l'hôpital, honteuse, mais vivante. Les quatre jours suivants, je rasais les murs pour éviter le Dr Turner. La vie n'ayant jamais manqué d'ironie avec moi, j'ai été affectée au bloc pour une amputation réalisée par...

— ... le Dr Turner ?

— En personne ! Et comme si cela ne suffisait pas, nous nous sommes retrouvés tous les deux seuls en salle de préparation. Pendant que nous nous lavions les mains, je lui ai tout avoué, ma fuite, la façon dont je m'étais lamentablement cachée dans un placard, bref, je me suis ridiculisée.

— Comment a-t-il réagi ?

— Il m'a demandé de lui enfiler ses gants et m'a dit : « C'est merveilleusement humain d'avoir peur, vous croyez peut-être que je n'ai pas peur avant d'opérer ? Si vous le croyez, alors je me suis trompé de carrière, j'aurais dû être comédien. »

Carol échangea son assiette vide avec celle d'Alice.

— Et puis je l'ai vu entrer au bloc, avec son masque sur la bouche, il avait laissé sa peur derrière lui. J'ai essayé de coucher avec lui le lendemain, mais cet imbécile est marié et fidèle. Trois jours plus tard, nous avons subi un nouveau bombardement. Je n'avais ni gants ni masque, je suis partie avec le groupe dans la rue. J'ai fouillé les décombres, plus près des flammes que je ne le suis de toi en ce moment. Et si tu veux tout savoir, cette nuit-là, au milieu des ruines, je me suis pissé dessus. Maintenant, écoute-moi bien ma grande, depuis cette soirée de Noël à Brighton, tu n'es plus la même. Quelque chose te ronge de l'intérieur, des petites flammes que tu ne vois pas, mais qui mettent le feu à tes nuits. Alors, fais comme moi, sors de ton placard et fonce. J'ai parcouru les rues de Londres avec la trouille au ventre, mais c'était plus supportable que de rester recroquevillée dans ce cagibi où j'ai cru devenir folle.

— Qu'est-ce que tu veux que je fasse ?

– Tu crèves de solitude, tu rêves d'un grand amour et rien ne t'effraie plus que de tomber amoureuse. L'idée de t'attacher, de dépendre de quelqu'un te panique. Tu veux que l'on reparle de ta relation avec Anton ? Bonimenteuse ou pas, cette voyante t'a prédit que l'homme de ta vie t'attendait dans je ne sais quel pays lointain. Eh bien, vas-y ! Tu as des économies, emprunte de l'argent s'il le faut et offre-toi ce voyage. Va découvrir par toi-même ce qui t'attend là-bas. Et même si tu ne croisais pas ce bel inconnu qui t'a été promis, tu te sentirais libérée, et tu n'aurais pas de regrets.

– Mais comment veux-tu que j'aille en Turquie ?

– Là ma princesse, je suis infirmière, pas agent de voyages. Il faut que je file. Je ne te facture pas ma consultation, mais je te laisse régler l'addition.

Carol se leva, enfila son manteau, embrassa son amie et s'en alla. Alice courut à ses trousses et la rattrapa alors qu'elle sortait du pub.

– Tu es sérieuse, tu penses vraiment ce que tu viens de me dire ?

– Tu crois que je t'aurais raconté mes exploits sinon ? Retourne au chaud, dois-je te rappeler que tu étais malade il y a encore peu de temps, j'ai d'autres patients, je ne peux pas m'occuper de toi à plein temps. Allez, file.

Carol s'éloigna en courant.

Alice retourna à sa table et s'installa à la chaise qu'occupait Carol, elle sourit en appelant le serveur pour lui commander une bière... et un plat du jour.

*

La circulation était dense, carrioles, side-cars, camionnettes et automobiles tentaient de franchir le carrefour. Si Daldry avait été là, il se serait régalé. Le tramway s'arrêta. Alice regarda par la vitre. Coincée entre une petite épicerie et la devanture close d'un antiquaire se trouvait la vitrine d'une agence de voyages. Elle l'observa, songeuse, le tramway repartit.

Alice descendit à l'arrêt suivant et remonta la rue. Après quelques pas, elle fit demi-tour et hésita à nouveau avant de reprendre sa direction initiale. Quelques minutes plus tard, elle poussait la porte d'un magasin à l'enseigne des Wagons-Lits Cook.

Alice s'arrêta devant un tourniquet rempli de dépliants publicitaires, près de l'entrée. France, Espagne, Suisse, Italie, Égypte, Grèce, autant de destinations qui la faisaient rêver. Le directeur de l'agence abandonna son comptoir pour l'accueillir.

– Vous projetez un voyage, mademoiselle ? demanda-t-il.

– Non, répondit Alice, pas vraiment, simple curiosité.

– Si c'est en prévision d'un voyage de noces, je vous recommande Venise, c'est absolument magnifique au printemps ; sinon l'Espagne, Madrid, Séville et puis la côte méditerranéenne, j'ai de plus en plus de clients qui s'y rendent et ils en reviennent ravis.

– Je ne me marie pas, répondit Alice en souriant au directeur de l'établissement.

– Rien n'interdit de voyager seule de nos jours. Tout le monde a le droit de prendre des vacances de temps à autre. Pour une femme, je vous conseillerais alors la Suisse, Genève et son lac, c'est paisible et ravissant.

– Auriez-vous quelque chose sur la Turquie ? demanda timidement Alice.

– Istanbul, très bon choix. Je rêve de m'y rendre un jour, la basilique Sainte-Sophie, le Bosphore... Attendez, je dois avoir cela quelque part, mais il y a tellement de désordre ici.

Le directeur se pencha vers un semainier et en ouvrit les tiroirs un à un.

– Voilà, c'était ici, un fascicule assez complet, j'ai aussi un guide touristique que je peux vous prêter si cette destination vous intéresse, mais il faudra me promettre de me le rapporter.

– Je me contenterai du prospectus, répondit Alice en remerciant le directeur.

– Je vous en donne deux, dit-il en tendant les dépliants à Alice.

Il la raccompagna sur le pas de la porte et l'invita à repasser quand bon lui semblerait. Alice le salua et repartit vers l'arrêt du tramway.

Une neige fondue tombait sur la ville. Une vitre de la rame était bloquée et un air glacial avait envahi le tramway. Alice sortit les dépliants de son sac et les feuilleta, cherchant un peu de chaleur dans ces descriptions de paysages étrangers où le soleil régnait sur des ciels bleu azur.

En arrivant au pied de son immeuble, elle inspecta ses poches à la recherche de ses clés, en vain. Prise de panique, elle s'agenouilla, retourna son sac et le vida sur le sol de l'entrée. Le trousseau apparut au milieu du fouillis. Alice le saisit, rangea ses affaires à la hâte et grimpa les marches.

Une heure plus tard, Daldry rentrait à son tour. Son attention fut attirée par une brochure touristique qui traînait par terre dans le hall. Il la ramassa et sourit.

*

On grattait à la porte. Alice releva la tête, posa son stylo avant d'aller ouvrir. Daldry tenait une bouteille de vin dans une main et deux verres à pied dans l'autre.

— Vous permettez ? dit-il en s'invitant.

— Faites comme chez vous, répondit Alice en lui cédant le passage.

Daldry s'installa devant la malle, posa les verres et les remplit généreusement. Il en tendit un à Alice et l'invita à trinquer.

— Nous fêtons quelque chose ? demanda-t-elle à son voisin.

— En quelque sorte, répondit ce dernier. Je

viens de vendre un tableau cinquante mille livres sterling.

Alice écarquilla les yeux et reposa son verre.

– Je ne savais pas que vos œuvres valaient si cher, dit-elle, stupéfaite. Aurai-je le droit d'en voir une un jour, avant que le simple fait de les regarder ne soit au-dessus de mes moyens ?

– Peut-être, répondit Daldry en se resservant.

– Le moins que l'on puisse dire, c'est que vos collectionneurs sont généreux.

– Ce n'est pas très flatteur pour mon travail, mais je vais prendre cela comme un compliment.

– Vous avez vraiment vendu un tableau à ce prix-là ?

– Bien sûr que non, répondit Daldry, je n'ai rien vendu du tout. Les cinquante mille livres dont je vous parle représentent le legs de mon père. Je reviens de chez le notaire où nous étions convoqués cet après-midi. Je ne savais pas que je comptais autant pour lui, je m'étais estimé à moins que cela.

Il y avait une certaine tristesse dans les yeux de Daldry lorsqu'il prononça cette phrase.

– Ce qui est absurde, poursuivit-il, c'est que je n'ai pas la moindre idée de ce que je vais faire de cette somme. Et si je vous rachetais votre appartement ? proposa-t-il, enjoué. Je pourrais m'installer sous cette verrière qui me fait rêver depuis tant d'années, sa lumière me permettrait peut-être enfin de peindre un tableau qui touche quelqu'un...

— Il n'est pas à vendre et je ne suis que locataire ! Et puis où irais-je vivre ? répondit Alice.

— Un voyage ! s'exclama Daldry, voilà une merveilleuse idée.

— Si le cœur vous en dit, pourquoi pas ? Une belle intersection de rues à Paris, une croisée de chemins à Tanger, un petit pont sur un canal d'Amsterdam... Il doit exister de par le monde quantité de carrefours qui pourraient vous inspirer.

— Et pourquoi pas le détroit du Bosphore, j'ai toujours rêvé de peindre des navires et, à Piccadilly, ce n'est pas évident...

Alice reposa son verre et fixa Daldry.

— Quoi ? dit-il d'un air faussement étonné, vous n'avez pas l'exclusivité du sarcasme, j'ai le droit de vous taquiner, non ?

— Et comment pourriez-vous me taquiner avec vos projets de voyage, cher voisin ?

Daldry sortit le dépliant de la poche de sa veste et le posa sur la malle.

— J'ai trouvé ceci dans la cage d'escalier. Je doute qu'il appartienne à notre voisine du dessous. Mme Taffleton est la plus sédentaire des personnes que je connaisse, elle ne sort de chez elle que le samedi pour aller faire ses courses au bout de la rue.

— Daldry, je pense que vous avez assez bu pour la soirée, vous devriez rentrer chez vous, je n'ai pas reçu d'héritage qui me permette de voyager et j'ai du travail à finir si je veux continuer à pouvoir payer mon loyer.

116

– Je croyais que l'une de vos créations vous assurait une rente régulière.

– Régulière, mais pas éternelle, les modes passent et il faut se renouveler, ce que j'essayais de faire avant votre intrusion.

– Et l'homme de votre vie qui vous attend là-bas, insista Daldry en pointant du doigt la brochure touristique, il ne hante plus vos nuits ?

– Non, répondit sèchement Alice.

– Alors pourquoi m'avez-vous réveillé à trois heures du matin en poussant ce cri terrible qui m'a presque fait tomber de mon lit ?

– Je m'étais cogné le pied dans cette stupide malle en voulant regagner le mien. J'avais travaillé tard et mes yeux n'y voyaient plus très clair.

– Menteuse en plus ! Bien, dit Daldry, je vois que ma compagnie vous importune, je vais me retirer.

Il se leva et feignit de sortir, mais il fit tout juste un pas et revint vers Alice.

– Vous connaissez l'histoire d'Adrienne Bolland ?

– Non, je ne connais pas cette Adrienne, répondit Alice sans cacher son exaspération.

– Elle fut la première femme à tenter la traversée de la cordillère des Andes en avion, un Caudron pour être précis, qu'elle pilotait elle-même bien sûr.

– C'est très courageux de sa part.

Au grand désespoir d'Alice, Daldry se laissa choir dans le fauteuil et remplit à nouveau son verre.

— Le plus extraordinaire n'est pas sa bravoure, mais ce qui lui est arrivé quelques mois avant qu'elle prenne les airs.

— Et vous allez certainement m'en donner tous les détails, convaincu que je ne saurais trouver le sommeil avant que vous m'ayez raconté tout cela.

— Exactement !

Alice leva les yeux au ciel. Mais, ce soir-là, son voisin semblait perdu et en mal de conversation, il avait fait preuve d'une grande élégance lorsqu'elle était malade, aussi elle accepta de prendre son mal en patience et lui prêta l'attention qu'il méritait.

— Adrienne était donc partie en Argentine. Pilote chez Caudron, elle devait faire quelques meetings et démonstrations aériennes qui permettraient à l'avionneur français de convaincre les Sud-Américains des qualités des appareils qu'il fabriquait. Imaginez qu'elle n'avait alors à son actif que quarante heures de vol ! La publicité faite par Caudron autour de son arrivée la précédait, et il avait laissé courir la rumeur qu'elle pourrait tenter la traversée des Andes. Elle l'avait prévenu avant de partir qu'elle refuserait de prendre un tel risque avec les deux G3 qu'il mettait à sa disposition. Elle réfléchirait au projet s'il lui expédiait par bateau un avion plus puissant et capable de voler plus haut, ce que Caudron lui promit de faire. Le soir où elle débarqua en Argentine, une nuée de journalistes l'attendaient. On la fêta, et, le lendemain matin, elle découvrit que la presse annonçait : « Adrienne

Bolland profite de son séjour pour traverser la cordillère. » Son mécanicien somma Adrienne de confirmer ou d'infirmer la nouvelle. Elle envoya un télégramme à Caudron et apprit par retour qu'il était impossible de lui faire acheminer l'appareil promis. Tous les Français de Buenos Aires l'adjuraient de renoncer à une pareille folie. Une femme seule ne pouvait entreprendre un tel voyage sans y laisser sa peau. On l'accusa même d'être une folle qui ferait du tort à la France. Elle prit sa décision et releva le défi. Après en avoir fait la déclaration officielle, elle s'enferma dans sa chambre d'hôtel et refusa de parler à quiconque, elle avait besoin de toute sa concentration pour préparer ce qui ressemblait fort à un suicide.

« Quelque temps plus tard, alors que son avion était acheminé par rail vers Mendoza d'où elle avait décidé de décoller, on frappa à sa porte. Furieuse, Adrienne ouvrit et s'apprêta à congédier celle qui venait la déranger. L'intruse était une jeune femme timide, mal à l'aise ; elle annonça qu'elle avait un don de voyance et quelque chose de très important à lui annoncer. Adrienne finit par accepter de la faire entrer. La voyance est une chose sérieuse en Amérique du Sud, on consulte pour savoir quelle décision prendre ou ne pas prendre. Après tout, j'ai appris qu'il était très en vogue à New York de consulter un psychanalyste avant de se marier, de changer de carrière ou de déménager. Chaque société a ses oracles. Bref, à Buenos Aires en 1920, entreprendre un vol aussi risqué sans avoir consulté une voyante aurait été aussi inconcevable que, sous d'autres cieux, partir à la guerre sans être allé se faire recommander à Dieu par un prêtre. Je ne peux vous dire si Adrienne, française de naissance, y croyait ou pas, mais, pour son entourage, la chose serait d'une importance capitale et Adrienne avait besoin de tous les soutiens possibles. Elle alluma une cigarette et dit à la jeune femme qu'elle lui accordait le temps que celle-ci se consume. La voyante lui prédit qu'elle sortirait vivante et triomphante de son aventure, à une seule condition.

– Laquelle ? demanda Alice qui s'était piquée à l'histoire de Daldry.

– J'allais vous le dire ! La voyante lui fit un récit tout à fait incroyable. À un moment, lui confia-t-elle, vous survolerez une grande vallée... Elle lui parla d'un lac, qu'elle reconnaîtrait parce qu'il aurait la forme et la couleur d'une huître. Une huître géante échouée dans un vallon au milieu des montagnes, elle ne pouvait pas se tromper. À gauche de l'étendue d'eau gelée, des nuages obscurciraient le ciel tandis qu'à droite celui-ci serait bleu et dégagé. Tout pilote doté de bon sens emprunterait naturellement cette route, mais la voyante mit Adrienne en garde. Si elle se laissait tenter par la voie qui semblait la plus facile, elle y laisserait la vie. Devant elle se dresseraient des cimes infranchissables. À la verticale de ce fameux lac, il lui faudrait impérativement se diriger vers les nuages, aussi sombres soient-ils. Adrienne trouva la

suggestion stupide. Quel pilote foncerait tête baissée vers une mort certaine ? La voilure de son Caudron ne supporterait pas d'être mise à rude épreuve. Battu dans un ciel tourmenté, son appareil se briserait. Elle demanda à la jeune femme si elle avait vécu dans ces montagnes pour en connaître aussi bien les sommets. La jeune femme répondit timidement qu'elle n'y était jamais allée, et se retira sans un mot de plus.

« Les jours passèrent, Adrienne quitta son hôtel et partit pour Mendoza. Le temps de parcourir en train les mille deux cents kilomètres qui l'en séparaient, elle avait tout oublié de sa rencontre fugace avec la jeune voyante. Elle avait d'autres choses en tête que de ridicules prophéties, et puis comment une fille ignorante pouvait-elle savoir qu'un avion plafonne et que le plafond de son G3 était à peine suffisant pour tenter l'exploit ?

Daldry marqua une pause, il se frotta le menton et regarda sa montre.

— Je n'ai pas vu l'heure tourner, pardonnez-moi, Alice, je vais rentrer. Une fois de plus, j'abuse de votre hospitalité.

Daldry tenta de se relever de son fauteuil, mais Alice l'en empêcha et le repoussa en arrière.

— Puisque vous insistez ! dit-il, content de son petit effet. Vous n'auriez pas une goutte de cet excellent gin que vous m'aviez servi ?

— Vous avez emporté la bouteille.

— Fâcheux. Et elle était orpheline ?

Alice alla chercher une nouvelle bouteille et resservit Daldry.

– Bien, où en étais-je ? reprit-il après avoir bu
deux verres presque d'un trait. Arrivée à Mendoza,
Adrienne gagna le terrain de Los Tamarindos, où
son biplan l'attendait. Le grand jour arriva. Adrienne
aligna son avion sur la piste. La jeune pilote ne manquait ni d'humour ni d'insouciance, elle décolla un
1er avril et oublia d'emporter sa carte de navigation.

« Elle mit le cap au nord-ouest, son avion
grimpait péniblement et devant elle s'élevaient les
redoutables sommets enneigés de la cordillère des
Andes.

« Alors qu'elle survolait une étroite vallée, elle
aperçut sous ses ailes un lac qui avait la forme et
la couleur d'une huître. Adrienne sentait déjà geler
ses doigts sous les gants de fortune qu'elle avait
fabriqués avec du papier journal enduit de beurre.
Frigorifiée dans une combinaison bien trop mince
pour l'altitude à laquelle elle se trouvait, elle fixa
l'horizon, gagnée par la peur. À droite la vallée
s'ouvrait, tandis qu'à gauche tout semblait bouché.
Il fallait prendre une décision, sur-le-champ. Qu'est-
ce qui poussa Adrienne à faire confiance à une petite
voyante venue un soir lui rendre visite dans sa
chambre d'hôtel de Buenos Aires ? Elle entra dans
l'obscurité des nuages, prit encore de l'altitude et
essaya de conserver son cap. Quelques instants plus
tard, le ciel s'éclaircit et face à elle apparut le col à
franchir, avec sa statue du Christ qui culminait à un

peu plus de 4 000 mètres. Elle grimpa encore, au-delà des limites tolérées par son avion, mais celui-ci tint bon.

« Elle volait depuis plus de trois heures quand elle vit des cours d'eau qui filaient dans la même direction qu'elle, et puis bientôt la plaine et au loin une grande ville : Santiago du Chili et son terrain d'aviation où une fanfare l'attendait. Elle avait réussi. Les doigts raidis, le visage ensanglanté par le froid, voyant à peine tant ses joues étaient gonflées par l'altitude, elle posa son avion sans casser de bois et réussit à l'immobiliser devant les trois drapeaux, français, argentin et chilien que l'on avait plantés pour célébrer son improbable arrivée. Tout le monde cria au miracle, Adrienne et son génial mécanicien Duperrier avaient réussi un véritable exploit.

– Pourquoi me racontez-vous tout cela, Daldry ?

– J'ai beaucoup parlé et j'ai la bouche sèche !

Alice resservit du gin à Daldry.

– Je vous écoute, dit-elle en le regardant siffler son verre comme s'il était rempli d'eau.

– Je vous raconte tout cela parce que vous aussi avez croisé la route d'une voyante, parce qu'elle vous a prédit que vous trouveriez en Turquie ce que vous cherchez en vain à Londres et qu'il vous faudrait pour cela faire la rencontre de six personnes. Je devine être la première d'entre elles et je me sens investi d'une mission. Laissez-moi être votre Duperrier, le mécanicien génial qui vous aidera à franchir votre cordillère des Andes, s'exclama Daldry

123

emporté par l'ivresse. Laissez-moi vous conduire au moins jusqu'à la deuxième personne qui vous guidera vers le troisième maillon de la chaîne, puisque la prophétie nous le dit. Laissez-moi être votre ami et donnez-moi une chance de faire quelque chose d'utile de ma vie.

— C'est très généreux de votre part, dit Alice, confuse. Mais je ne suis pas pilote d'essai et encore moins votre Adrienne Bolland.

— Mais comme elle, vous faites des cauchemars toutes les nuits, et rêvez le jour de croire à cette prédiction et d'entreprendre ce voyage.

— Je ne peux pas accepter, murmura Alice.

— Mais vous pouvez au moins y réfléchir.

— C'est impossible, c'est hors de mes moyens, je ne pourrai jamais vous rembourser.

— Qu'en savez-vous ? Si vous ne voulez pas de moi comme mécanicien, ce qui ferait de vous une sacrée rancunière, car je n'y suis pour rien si l'autre soir ma voiture refusait de démarrer, je serai votre Caudron. Supposons que les senteurs que vous pourriez découvrir là-bas vous inspirent un nouveau parfum, imaginons que celui-ci connaisse un immense succès, alors je serai votre associé. Je vous laisse décider du pourcentage que vous daignerez me reverser pour avoir humblement contribué à votre gloire. Et afin que le marché soit équitable, si d'aventure je peignais un carrefour d'Istanbul qui finisse dans un musée, je vous ferais profiter aussi de la valeur que mes tableaux prendraient dans les galeries marchandes.

– Vous êtes ivre, Daldry, ce que vous dites n'a aucun sens et pourtant vous pourriez presque réussir à me convaincre.

– Alors, soyez courageuse, ne restez pas recluse dans votre appartement à redouter la nuit comme une enfant apeurée, affrontez le monde ! Partons en voyage ! Je peux tout organiser, nous pourrions quitter Londres sous huitaine. Je vous laisse réfléchir cette nuit, nous en reparlerons demain.

Daldry se leva, il prit Alice dans ses bras et la serra vigoureusement contre lui.

– Bonne nuit, dit-il en reculant, soudain gêné par son emportement.

Alice le raccompagna sur le palier, Daldry ne marchait plus très droit. Ils échangèrent un petit signe de main, et leurs portes respectives se refermèrent.

5.

Une fois encore, son cauchemar avait été fidèle au rendez-vous de la nuit. En s'éveillant, Alice se sentit épuisée. Elle s'emmitoufla dans sa couverture et alla préparer son petit déjeuner. Elle s'installa dans le fauteuil que Daldry occupait la veille et jeta un coup d'œil au dépliant touristique qu'il avait laissé sur la malle. Une photo de la basilique Sainte-Sophie apparaissait en couverture.

Roses ottomanes, fleurs d'oranger, jasmin, rien qu'en feuilletant les pages, elle avait l'impression de distinguer chacun de ces parfums. Elle s'imagina dans les ruelles du grand bazar, chinant parmi les étals d'épices, humant les senteurs délicates de romarin, de safran, de cannelle, et ce rêve éveillé ravivait ses sens. Elle soupira en reposant le dépliant, son thé lui parut soudain bien fade. Elle s'habilla pour aller frapper à la porte de son voisin. Il lui ouvrit en pyjama et robe de chambre, retenant un bâillement.

— Vous ne seriez pas un tantinet matinale, par
hasard ? demanda-t-il en se frottant les yeux.

— Il est sept heures.

— C'est bien ce que je disais, à dans deux
heures, dit-il en refermant sa porte.

Alice frappa à nouveau.

— Qu'est-ce qu'il y a encore ? interrogea Daldry.

— Dix pour cent, annonça-t-elle.

— De quoi ?

— Dix pour cent de mes rentes si je trouvais en
Turquie la formule d'un parfum original.

Daldry l'observa, impassible.

— Vingt ! répondit-il en refermant sa porte,
qu'Alice repoussa aussitôt.

— Quinze, proposa-t-elle.

— Vous êtes un monstre en affaires, dit Daldry.

— C'est à prendre ou à laisser.

— Et en ce qui concerne mes tableaux ?
demanda-t-il.

— Là, c'est comme vous voudrez.

— Vous êtes blessante, ma chère.

— Alors disons la même chose, quinze pour cent
sur la vente de toutes les toiles que vous peindriez
là-bas, ou à votre retour si elles sont inspirées de
notre voyage.

— C'est bien ce que je disais, un monstre en
affaires !

— Arrêtez de me flatter, ça ne prend pas !
Finissez votre nuit et venez me voir quand vous serez
vraiment réveillé pour que nous discutions de ce

projet auquel je n'ai pas encore dit oui. Et rasez-vous !

— Je croyais que la barbe m'allait bien ! s'exclama Daldry.

— Alors, laissez-la pousser vraiment, l'entre-deux fait négligé et si nous devons être associés, je tiens à ce que vous soyez présentable.

Daldry se frotta le menton.

— Avec ou sans ?

— Et on dit que les femmes sont indécises, répondit Alice en repartant vers son appartement.

Daldry se présenta chez Alice à midi. Il portait un costume, s'était coiffé et parfumé mais pas rasé. Coupant la parole à Alice, il annonça que, pour la barbe, il se donnait jusqu'au jour du départ pour réfléchir à la question. Il invita sa voisine au pub pour discuter en terrain neutre, précisa-t-il. Mais, en arrivant au bout de la rue, Daldry l'entraîna vers sa voiture.

— Nous n'allons plus déjeuner ?

— Si, répondit Daldry, mais dans un vrai restaurant, avec nappe, couverts et mets délicats.

— Pourquoi ne pas l'avoir dit tout de suite ?

— Pour vous en faire la surprise, et puis vous auriez probablement encore discuté et j'ai envie d'une bonne viande.

Il lui ouvrit la portière et l'invita à prendre le volant.

— Je ne crois pas que ce soit une très bonne

idée, dit-elle, la dernière fois, les rues étaient désertes...

— Je vous ai promis une deuxième leçon, je tiens toujours mes promesses. Et puis qui sait si, en Turquie, nous n'aurons pas de la route à faire. Je ne veux pas être le seul à devoir conduire. Allez, fermez cette portière et attendez que je sois assis pour mettre le contact.

Daldry fit le tour de l'Austin. Alice était attentive à chacune de ses instructions, dès qu'il lui indiquait de tourner, elle marquait l'arrêt pour s'assurer de ne croiser la route d'aucun autre véhicule, ce qui avait pour effet d'exaspérer Daldry.

— À cette vitesse, nous allons nous faire doubler par un piéton ! C'est à déjeuner que je vous invite, pas à dîner.

— Vous n'avez qu'à conduire vous-même, vous êtes agaçant à râler tout le temps, je fais de mon mieux !

— Eh bien, continuez en appuyant un peu plus sur la pédale d'accélérateur.

Peu après, il pria Alice de se ranger le long du trottoir, ils étaient enfin arrivés. Un voiturier se précipita vers la portière passager avant de se rendre compte qu'une femme était au volant. Il contourna aussitôt l'Austin pour aider Alice à en descendre.

— Mais vous m'emmenez où ? demanda Alice, inquiète de tant d'attentions.

— Dans un restaurant ! soupira Daldry.

Alice fut subjuguée par l'élégance des lieux. Les murs de la salle à manger étaient habillés de boiseries, les tables alignées dans un ordre parfait, recouvertes de nappes en coton d'Égypte et elles comptaient plus de couverts en argent qu'elle n'en avait vu de sa vie. Un majordome les escorta vers une alcôve et invita Alice à prendre place sur la banquette. Dès qu'il se retira, un maître d'hôtel vint leur présenter les cartes, escorté par un sommelier qui n'eut pas le temps de conseiller Daldry, ce dernier ayant aussitôt commandé un château-margaux 1929.

– Qu'y a-t-il encore ? demanda Daldry en congédiant le sommelier. Vous avez l'air furieux.

– Je suis furieuse ! chuchota Alice pour ne pas attirer l'attention de ses voisins.

– Je ne comprends pas, je vous emmène dans l'un des restaurants les plus fameux de Londres, je vous fais servir un vin d'une finesse rarissime, une année mythique...

– Justement, vous auriez pu me prévenir. Vous, vous êtes en costume, votre chemise est d'un blanc à faire pâlir la meilleure des blanchisseuses et moi, moi, je suis attifée comme une écolière que l'on emmène boire une limonade au bout de la rue. Si vous aviez eu la courtoisie de m'informer de vos projets, j'aurais au moins pris le temps de me maquiller. Les gens autour de nous doivent se dire...

– Que vous êtes une femme ravissante et que j'ai de la chance que vous ayez accepté mon invitation. Quel homme perdrait son temps à observer votre tenue vestimentaire alors que vos yeux peuvent à eux seuls accaparer toute l'attention de la gent masculine. Ne vous inquiétez pas et, par pitié, appréciez ce que l'on va vous servir.

Alice regarda Daldry, dubitative. Elle goûta le vin, grisée par le cru long en bouche et soyeux.

– Vous n'êtes pas en train de flirter avec moi, Daldry ?

Daldry manqua de s'étouffer.

– En vous offrant de vous accompagner en voyage à la recherche de l'homme de votre vie ? Ce serait une drôle de façon de vous faire la cour, vous ne trouvez pas ? Et puisque nous allons nous associer, soyons honnêtes, nous savons tous les deux ne pas être le genre de l'autre. C'est bien pour cela que je peux vous faire cette proposition sans la moindre arrière-pensée. Enfin, presque...

– Presque quoi ?

– C'est justement pour vous entretenir de cela que je voulais que nous déjeunions ensemble. Afin de nous accorder sur un tout dernier détail de notre association.

– Je croyais que nous nous étions mis d'accord sur les pourcentages ?

– Oui, mais j'ai une petite faveur à vous demander.

– Je vous écoute.

Daldry resservit Alice et l'invita à boire.

– Si les prédictions de cette voyante sont avérées, je suis donc la première de ces six personnes à vous mener jusqu'à cet homme. Comme promis, je vous accompagnerai donc jusqu'à la deuxième d'entre elles, et lorsque nous l'aurons trouvée, car je suis sûr que nous la trouverons, j'aurai alors rempli ma mission.

– Où voulez-vous en venir ?

– C'est une manie chez vous de m'interrompre tout le temps ! J'allais précisément vous le dire. Une fois mon devoir accompli, je rentrerai à Londres et vous laisserai poursuivre votre voyage. Je ne vais quand même pas tenir la chandelle au moment de la grande rencontre, ça manquerait de tact ! Bien entendu, selon les termes de notre pacte, je financerai votre voyage jusqu'à son terme.

– Voyage que je vous rembourserai au shilling près, dussé-je travailler pour vous jusqu'à la fin de ma vie.

– Arrêtez vos enfantillages, je ne vous parle pas d'argent.

– Alors de quoi ?

– De ce dernier petit détail justement...

– Eh bien dites-le une fois pour toutes !

– Je voudrais qu'en votre absence, quelle qu'en soit la durée, vous m'autorisiez à venir chaque jour travailler sous votre verrière. Votre appartement sera vide et vous n'en aurez aucune utilité. Je vous promets de l'entretenir, ce qui, de vous à moi, ne lui ferait pas de mal.

Alice dévisagea Daldry.

– Vous ne seriez pas en train de me proposer

de me conduire à des milliers de kilomètres de chez moi et de m'abandonner en des terres lointaines pour avoir enfin le loisir de peindre sous ma verrière ?

À son tour, Daldry regarda gravement Alice.

— Vous avez de beaux yeux, mais vraiment mauvais esprit !

— D'accord, dit Alice. Mais uniquement lorsque nous aurons fait la connaissance de cette fameuse deuxième personne et à condition qu'elle nous donne des raisons de poursuivre l'aventure.

— Évidemment ! s'exclama Daldry en levant son verre. Alors trinquons, maintenant que notre affaire est conclue.

— Nous trinquerons dans le train, rétorqua Alice, je me laisse encore le droit de changer d'avis. Tout cela est assez précipité.

— J'irai chercher nos billets cet après-midi et je m'occuperai aussi de notre hébergement sur place.

Daldry reposa son verre et sourit à Alice.

— Vous avez le regard joyeux, dit-il, et cela vous va bien.

— C'est le vin, murmura-t-elle. Merci, Daldry.

— Ce n'était pas un compliment.

— Ce n'est pas pour cela que je vous remerciais. Ce que vous faites pour moi est très généreux. Soyez assuré qu'une fois à Istanbul je travaillerai jour et nuit à créer ce parfum qui fera de vous le plus heureux des investisseurs. Je vous promets de ne pas vous décevoir...

– Vous dites n'importe quoi. J'ai autant de plaisir que vous à quitter la grisaille londonienne. Dans quelques jours nous serons au soleil et quand je vois la pâleur de mon visage dans le miroir derrière vous, je me dis que ce ne sera pas du luxe.

Alice se retourna et se regarda à son tour dans le miroir. Elle fit une grimace complice à Daldry qui l'épiait. La perspective de ce voyage lui donnait le vertige, mais, pour une fois, elle en goûtait l'ivresse, sans aucune retenue. Et, fixant toujours Daldry dans le miroir, elle lui demanda conseil pour annoncer à ses amis la décision qu'elle venait de prendre. Daldry réfléchit un instant et lui fit remarquer que la réponse se trouvait dans la question. Il suffirait de leur dire qu'elle avait pris une décision qui la rendait heureuse ; si c'étaient de vrais amis, ils ne pourraient que l'encourager.

Sur ces paroles, Daldry renonça à commander un dessert et Alice lui proposa d'aller faire quelques pas.

Au cours de leur promenade, Alice ne cessa de penser à Carol, Eddy, Sam et surtout à Anton. Quelles seraient leurs réactions ? Elle eut l'idée de les convier tous à dîner chez elle. Elle les ferait boire plus que d'habitude, attendrait qu'il soit tard et, l'alcool aidant, leur parlerait de ses projets.

Elle repéra une cabine téléphonique et demanda à Daldry de bien vouloir l'attendre un instant.

135

Après avoir passé quatre appels, Alice eut l'impression qu'elle venait de faire les premiers pas d'un long voyage. Sa décision était prise, elle savait qu'elle ne reculerait plus. Elle rejoignit Daldry qui l'attendait, adossé à un réverbère, en fumant une cigarette. S'approchant de lui, elle l'agrippa et le fit tourner sur lui-même en l'entraînant dans une ronde improvisée.

– Partons aussi vite que possible. Je voudrais fuir l'hiver, Londres et mes habitudes, je voudrais que nous soyons déjà au jour du départ. Je vais visiter Sainte-Sophie, les ruelles du grand bazar, m'enivrer de senteurs, voir le Bosphore, vous regarder croquer les passants au carrefour de l'Occident et de l'Orient. Je n'ai plus peur, et je suis heureuse, Daldry, tellement heureuse.

– Même si je vous suspecte d'être un peu soûle, c'est un ravissement de vous voir aussi joyeuse. Je ne dis pas cela pour vous séduire, chère voisine, c'est sincère. Je vous accompagne à un taxi, de mon côté je vais m'occuper de l'agence. Au fait, vous avez un passeport ?

Alice fit non de la tête, comme une petite fille prise en faute.

– Un grand ami de mon père occupait un poste important au ministère des Affaires étrangères. Je lui passerai un appel, il fera accélérer la procédure, j'en suis certain. Mais, avant tout, changement de programme : nous allons faire des photos d'identité, l'agence attendra, et, cette fois, je prends le volant.

Alice et Daldry se rendirent chez un photographe de quartier. Pendant qu'elle se recoiffait, pour la troisième fois, devant une glace, Daldry lui fit remarquer que la seule personne qui ouvrirait son passeport serait un douanier turc pour apposer un tampon. Il était fort probable qu'il ne fasse pas grand cas de quelques mèches rebelles. Alice finit par s'asseoir sur le tabouret du photographe.

Ce dernier venait de s'équiper d'un tout nouvel appareil qui fascina Daldry. Il tira une feuille du boîtier, la sépara en deux, et quelques minutes plus tard Alice y découvrit son visage qui apparaissait en quatre exemplaires. Puis ce fut au tour de Daldry de prendre place sur le tabouret. Il fit un sourire béat et retint sa respiration.

Leurs documents en poche, ils se rendirent au service des passeports, à St. James. Devant le préposé, Daldry fit part de l'imminence de leur voyage, exagérant son souci de voir des affaires importantes compromises s'ils ne pouvaient pas partir en temps voulu. Alice était effarée du culot dont il faisait preuve. Daldry n'hésita pas à se recommander d'un parent haut placé au gouvernement, mais dont il préférait, par discrétion, taire le nom. Le préposé promit de faire diligence. Daldry le remercia et poussa Alice vers la sortie, craignant qu'elle ne compromette sa supercherie.

— Rien ne vous arrête, dit-elle en redescendant vers la rue.

— Si, vous ! Avec la tête que vous faisiez pendant

que je plaidais notre cause, vous n'étiez pas loin de tout ficher en l'air.

— Excusez-moi d'avoir ri quand vous avez juré à ce pauvre homme que si nous n'étions pas à Istanbul dans quelques jours, l'économie anglaise convalescente ne s'en remettrait pas.

— Les journées de ce fonctionnaire doivent être d'une monotonie épouvantable. Grâce à moi, le voilà investi d'une mission qu'il considérera comme des plus importantes, je ne vois là que de la bienveillance de ma part.

— C'est bien ce que je disais, vous avez tous les culots du monde.

— Je suis bien d'accord avec vous !

En sortant de la préfecture, Daldry salua le policier de faction et fit entrer Alice dans l'Austin.

— Je vous raccompagne et je file à l'agence.

L'Austin roulait bon train dans les rues de la capitale.

— Ce soir, dit-elle, je retrouve mes amis au pub, au bout de notre rue, si vous voulez vous joindre à nous...

— Je préfère vous épargner ma présence, répondit Daldry. À Istanbul vous n'aurez d'autre choix que de me supporter en permanence.

Alice n'insista pas, Daldry la déposa chez elle.

*

Le soir se faisait attendre, Alice avait beau s'appliquer à sa table de travail, il lui était impossible de coucher sur le papier la moindre formule. Elle trempait une bandelette dans un flacon d'essence de rose, et ses pensées filaient vers des jardins orientaux qu'elle imaginait magnifiques. Soudain, elle entendit la mélodie d'un piano. Elle aurait juré qu'elle provenait de l'appartement de son voisin. Elle voulut en avoir le cœur net et traversa la pièce, mais, dès qu'elle ouvrit sa porte, la mélodie s'arrêta et la maison victorienne replongea dans le plus grand silence.

*

Lorsque Alice poussa la porte du pub, ses amis étaient déjà là, en pleine discussion. Anton la vit entrer. Elle remit un peu d'ordre dans ses cheveux et avança vers eux. Eddy et Sam lui prêtèrent à peine attention. Anton se leva pour lui offrir une chaise avant de reprendre le cours de sa conversation.

Carol dévisagea Alice, elle se pencha pour lui demander discrètement au creux de l'oreille ce qui lui était arrivé.

— De quoi tu parles ? chuchota Alice.

— De toi, répondit Carol pendant que les garçons poursuivaient un âpre débat sur la gouvernance du Premier ministre Attlee.

Eddy souhaitait ardemment le retour de Churchill aux affaires, Sam, fervent partisan de son opposant, lui prédisait la disparition de la classe moyenne en Angleterre si le seigneur de la guerre remportait les prochaines élections. Alice voulut donner son avis, mais elle se sentit d'abord obligée de répondre à son amie.

— Il ne m'est rien arrivé de particulier.

— Menteuse ! Tu as quelque chose de changé, ça se voit sur ta figure.

— Tu dis n'importe quoi ! protesta Alice.

— Cela fait longtemps que je ne t'ai pas vue aussi radieuse, tu as rencontré quelqu'un ?

Alice rit aux éclats, ce qui fit taire les garçons.

— C'est vrai que tu as quelque chose de changé, dit Anton.

— Mais enfin qu'est-ce qui vous prend ? Commande-moi plutôt une bière au lieu de dire des âneries, j'ai soif.

Anton se rendit au bar, invitant ses deux camarades à le suivre. Il y avait cinq verres à remplir et il n'avait que deux mains.

Restée seule en compagnie d'Alice, Carol en profita pour poursuivre son interrogatoire.

— Qui est-ce ? À moi, tu peux le dire.

— Je n'ai rencontré personne, mais, si tu veux tout savoir, il n'est pas impossible que cela m'arrive d'ici peu.

— Tu sais d'avance que tu vas rencontrer quelqu'un dans peu de temps ? Tu es devenue voyante ?

140

– Non, mais j'ai décidé de croire celle que vous m'avez forcée à écouter.

Carol, au comble de l'excitation, prit les mains d'Alice dans les siennes.

– Tu pars, c'est ça ? Tu vas faire ce voyage ?

Alice acquiesça et désigna du regard les trois garçons qui revenaient vers elles. Carol se leva d'un bond et leur ordonna de retourner au bar. Elle les préviendrait quand elles auraient fini leur conversation de filles. Les trois garçons restèrent interdits, haussèrent les épaules de concert et tournèrent les talons puisqu'on venait de les chasser.

– Quand ? demanda Carol plus excitée que sa meilleure amie.

– Je ne sais pas encore, mais c'est l'affaire de quelques semaines.

– Si tôt que ça ?

– Nous attendons nos passeports, nous sommes allés en faire la demande cet après-midi.

– Nous ? Tu pars accompagnée ?

Alice rougit et révéla à Carol le marché qu'elle avait passé avec son voisin de palier.

– Es-tu certaine qu'il ne fait pas tout cela pour te séduire ?

– Daldry ? Grand Dieu, non ! Je lui ai même posé la question, aussi ouvertement que ça.

– Tu as eu ce toupet ?

– Je n'ai pas réfléchi, c'est venu dans la conversation, et il m'a fait remarquer qu'accompagner une

141

femme jusque dans les bras de l'homme de sa vie ne serait pas très futé pour quelqu'un qui voudrait lui faire la cour.

— Je l'admets, dit Carol. Alors son intérêt est vraiment d'investir dans tes parfums ? Il a sacrément confiance en ton talent.

— Apparemment plus que toi ! Je ne sais pas ce qui le motive le plus, dépenser un héritage dont il ne veut pas, faire un voyage, ou peut-être simplement profiter de ma verrière pour peindre. Il paraît qu'il en rêve depuis des années et je lui ai promis de lui laisser mon appartement pendant mon absence. Il rentrera bien avant moi.

— Tu comptes partir si longtemps que ça ? demanda Carol, dépitée.

— Je n'en sais rien.

— Écoute, Alice, je ne veux pas jouer les rabat-joie, surtout que j'ai été la première à t'encourager, mais, maintenant que cela devient concret, ça me semble tout de même un peu fou de partir aussi loin juste parce qu'une voyante t'a prédit le grand amour.

— Mais je ne pars pas à cause de ça, grande asperge. Je ne suis pas désespérée à ce point. Seulement, je tourne en rond dans mon atelier, cela fait des mois que je n'ai plus rien créé ; j'étouffe dans cette ville, dans cette vie. Je vais goûter l'air du large, m'enivrer de nouvelles senteurs et de paysages inconnus.

142

— Tu m'écriras ?

— Bien sûr, si tu crois que je passerai à côté d'une telle occasion de te rendre jalouse !

— En attendant, c'est toi qui me laisses les trois garçons pour moi seule ! rétorqua Carol.

— Qui te dit qu'absente je n'occuperai pas encore plus leurs esprits ? Tu n'as jamais entendu dire que le manque intensifiait le désir ?

— Non, je n'ai jamais entendu dire quelque chose d'aussi stupide et je n'ai jamais eu non plus l'impression que tu étais leur principal centre d'intérêt. Quand comptes-tu leur dire que tu pars ?

Alice évoqua le dîner qu'elle voulait organiser chez elle le lendemain. Mais Carol lui répondit qu'elle n'avait pas besoin de faire tant d'histoires ; après tout, elle n'était fiancée à aucun des garçons ! Elle n'avait d'autorisation à demander à personne.

— Une autorisation pour quoi ? demanda Anton en s'asseyant sur la banquette.

— Pour aller visiter des archives secrètes, répondit aussitôt Carol, sans savoir d'où lui venait une telle idée.

— Des archives ? interrogea Anton.

Sam et Eddy s'assirent à leur tour. La bande était au complet. Alice arrêta son regard sur Anton et annonça sa décision de partir en Turquie.

Un long silence s'installa.

Eddy, Sam et Anton, bouche bée, dévisageaient Alice, incapable de sortir le moindre mot ; Carol tapa du poing sur la table.

– Elle ne vous a pas dit qu'elle allait mourir, mais qu'elle partait en voyage, vous pouvez respirer maintenant ?

– Tu étais au courant ? demanda Anton à Carol.

– Depuis un quart d'heure, répondit-elle, irritée. Désolée, je n'ai pas eu le temps de vous envoyer un télégramme.

– Et tu t'absentes longtemps ? demanda Anton.

– Elle n'en sait rien, répondit Carol.

– Partir aussi loin toute seule, demanda Sam, c'est vraiment prudent ?

– Elle voyage avec son voisin de palier, le grincheux qui avait fait irruption chez elle l'autre soir, précisa Carol.

– Tu pars avec ce type ? Il y a quelque chose entre vous ? demanda Anton.

– Mais non, répondit Carol, ils se sont associés, c'est un voyage d'affaires. Alice va chercher à Istanbul de quoi créer de nouveaux parfums. Si vous voulez contribuer au coût du voyage, il est peut-être encore temps de devenir actionnaire de sa future grande compagnie. Si l'envie vous en dit, messieurs, n'hésitez pas ! Allez savoir si dans quelques années vous ne siégerez pas au conseil d'administration de Pendelbury & associés.

– J'ai une question, interrompit Eddy qui n'avait rien dit jusque-là. En attendant qu'Alice devienne présidente d'une multinationale, est-ce qu'elle peut encore s'exprimer toute seule ou il faut désormais passer par toi pour s'adresser à elle ?

144

Alice sourit et caressa la joue d'Anton.

— C'est vraiment un voyage d'affaires, et comme vous êtes mes amis, au lieu de vous laisser chercher mille bonnes raisons de m'empêcher de partir, je vous invite chez moi vendredi, pour fêter mon départ.

— Tu t'en vas si tôt ? interrogea Anton.

— La date n'est pas encore fixée, répondit Carol, mais...

— Dès que nous aurons nos passeports, intervint Alice. Je préfère éviter les grands adieux, autant se dire au revoir un peu trop tôt. Et puis, comme ça, si vous me manquiez dès samedi, je pourrais encore passer vous voir.

La soirée s'acheva sur ces mots. Les garçons n'avaient plus le cœur à la fête. Ils s'embrassèrent sur le trottoir devant le pub. Anton attira Alice à l'écart.

— Je t'écrirai, je te promets de te poster une lettre chaque semaine, dit-elle avant même qu'il parle.

— Qu'est-ce que tu vas chercher là-bas que tu ne trouves pas chez nous ?

— Je te le dirai en revenant.

— Si tu reviens.

— Mon Anton, ce n'est pas que pour ma carrière que j'entreprends ce voyage, j'en ai besoin, tu comprends ?

— Non, mais j'imagine que j'aurai désormais tout le temps d'y réfléchir. Bon voyage, Alice, prends soin de toi et ne m'écris que si tu en as vraiment envie.

Anton tourna le dos à son amie et repartit tête basse, mains dans les poches.

Ce soir-là, les garçons renoncèrent à raccompagner les filles. Alice et Carol remontèrent la rue ensemble, sans un mot.

De retour chez elle, Alice n'alluma pas la lumière, elle ôta ses vêtements, se glissa nue sous ses draps et regarda le croissant de lune qui brillait au-dessus de la verrière ; un croissant, se dit-elle, presque semblable à celui qui figurait sur le drapeau de la Turquie.

*

Le vendredi, en fin d'après-midi, Daldry frappa à la porte d'Alice. Il entra dans l'appartement, agitant fièrement les deux passeports.

— Et voilà, dit-il, nous sommes en règle, bons pour l'étranger !

— Déjà ? demanda Alice.

— Et avec les visas ! Ne vous avais-je pas dit que j'avais quelques relations bien placées ? Je suis passé les chercher ce matin, et je me suis aussitôt rendu à l'agence pour mettre au point les derniers détails du voyage. Nous partirons lundi, soyez prête dès huit heures.

Daldry déposa le passeport d'Alice sur sa table de travail et s'en alla aussitôt.

Elle en tourna les pages, rêveuse, et le posa sur sa valise.

*

Au cours de la soirée, chacun fit bonne figure, mais l'envie n'y était pas. Anton leur avait fait faux bond ; depuis qu'Alice avait annoncé son départ, la bande d'amis n'était déjà plus la même. Il n'était pas minuit quand Eddy, Carol et Sam décidèrent de rentrer.

On se serra dans les bras, se dit maintes fois au revoir dans de longues embrassades. Alice promit d'écrire souvent, de rapporter une foule de souvenirs du bazar d'Istanbul. Sur le pas de sa porte, Carol, en larmes, lui jura de s'occuper des garçons comme de sa propre famille et de raisonner Anton.

Alice resta sur le palier jusqu'à ce que la cage d'escalier redevienne silencieuse, avant de rentrer chez elle, le cœur lourd et la gorge nouée.

6.

Le lundi matin à huit heures, Alice, valise à la main, jeta un ultime coup d'œil à son appartement avant d'en refermer la porte. Elle descendit les escaliers, le cœur fébrile, Daldry l'attendait déjà dans un taxi.

Le chauffeur du *black cab* prit son bagage et le posa à l'avant. Alice grimpa sur la banquette arrière, à côté de Daldry qui la salua avant d'indiquer au chauffeur la direction d'Harmondsworth.

– Nous n'allons pas à la gare ? demanda Alice, inquiète.

– Non, en effet, répondit Daldry, laconique.

– Et pourquoi Harmondsworth ?

– Mais parce que c'est là que se trouve l'aérodrome. Je voulais vous faire une surprise, nous voyagerons par les airs, ce qui sera bien plus rapide que le train pour arriver à Istanbul.

– Comment ça par les airs ? demanda Alice.

– J'ai kidnappé deux canards à Hyde Park. Mais non, nous partons en avion bien sûr ! J'imagine que pour vous aussi c'est la première fois. Nous volerons à la vitesse de deux cent cinquante kilomètres à l'heure et à sept mille mètres d'altitude. N'est-ce pas tout simplement incroyable ?

Alors que la voiture quittait la ville et parcourait la campagne, Alice regarda défiler les pâturages et se demanda si elle n'aurait pas préféré rester sur le plancher des vaches, quitte à ce que le voyage dure plus longtemps.

— Rendez-vous compte, enchaîna Daldry tout excité, nous ferons escale à Paris, puis à Vienne où nous passerons la nuit et serons demain à Istanbul au lieu d'y arriver au bout d'une longue semaine.

— Nous ne sommes pas si pressés que cela, fit remarquer Alice.

— Ne me dites pas que l'idée de monter à bord d'un avion vous fait peur ?

— Je n'en sais encore rien.

L'aéroport de Londres était en pleine construction. Trois pistes en ciment étaient déjà opérationnelles, tandis qu'un bataillon de tracteurs en traçait trois autres. BOAC, KLM, British South American Airways, Irish Airline, Air France, Sabena, les jeunes compagnies se côtoyaient sous des tentes et des baraquements en tôle ondulée qui leur servaient de terminaux. Le premier bâtiment en dur se construisait au centre de l'aérodrome. Lorsqu'il serait achevé, l'aéroport de Londres prendrait une allure plus civile que militaire.

Sur le tarmac, avions de la Royal Air Force et appareils de lignes commerciales étaient alignés en épi.

Le taxi se rangea devant un grillage. Daldry prit leurs valises et dirigea Alice vers la tente d'Air France. Il présenta ses titres de transport au comptoir d'enregistrement. L'agent au sol les accueillit avec déférence, appela un porteur et remit à Daldry deux cartes d'embarquement.

— Votre vol part à l'heure prévue, dit-il, nous allons bientôt procéder à l'appel des passagers. Si vous voulez bien faire tamponner vos passeports auprès des autorités douanières, le porteur va vous y accompagner.

Les formalités réglées, Daldry et Alice s'installèrent sur un banc. Chaque fois qu'un appareil prenait son envol, le bruit assourdissant de ses moteurs empêchait toute conversation.

— Je crois que j'ai quand même un peu peur, avoua Alice entre deux vrombissements.

— Il paraît qu'à bord c'est moins bruyant. Croyez-moi, ces machines sont beaucoup plus sûres que les automobiles. Je suis certain qu'une fois dans les airs vous serez ravie du spectacle qui s'offrira à vous. Savez-vous que l'on nous servira un repas ?

— Nous allons faire escale en France ? demanda Alice.

— À Paris, mais juste le temps de changer d'avion, nous n'aurons hélas pas le loisir de nous rendre en ville.

L'employé de la compagnie vint les chercher, d'autres passagers se joignirent à eux et on les escorta sur le tarmac.

Alice découvrit un immense avion, une passerelle grimpait vers l'arrière de la carlingue. Une hôtesse de l'air, vêtue d'une tenue seyante, accueillait les passagers sur la dernière marche. Son sourire rassura Alice. Quel incroyable métier faisait-elle, songea Alice en entrant dans le DC-4.

L'habitacle était plus vaste qu'elle ne l'avait supposé. Alice prit place dans un fauteuil, aussi confortable que celui qu'elle avait chez elle, à ceci près qu'il était équipé d'une ceinture de sécurité. L'hôtesse lui montra comment l'attacher et l'ouvrir en cas d'urgence.

– Quel genre d'urgence ? s'inquiéta Alice.

– Je n'en ai aucune idée, répondit l'hôtesse en souriant de plus belle, je n'en ai jamais connu. Soyez tranquille, madame, lui dit-elle, tout va très bien se passer, je fais ce voyage tous les jours et je ne m'en lasse pas.

La porte arrière se referma. Le pilote vint saluer chacun des passagers et retourna à son poste, où le copilote effectuait la check-list. Les moteurs pétaradèrent, une gerbe de flammes illumina chaque aile et les hélices tournoyèrent dans un vacarme assourdissant ; bientôt, leurs pales devinrent invisibles.

Alice s'enfonça dans son fauteuil et planta ses ongles dans les accoudoirs.

La carlingue vibrait, on ôta les cales de roues, l'avion longeait déjà la piste. Assise au deuxième rang, Alice ne perdait rien des communications entre le poste de pilotage et la tour de contrôle. Le radiomécanicien écoutait les instructions des aiguilleurs et les transmettait aux pilotes, il accusait réception des messages dans un anglais qu'Alice n'arrivait pas à décrypter.

– Ce type a un accent épouvantable, dit-elle à Daldry, les gens à qui il parle ne doivent rien comprendre de ce qu'il leur dit.

– Si vous me le permettez, l'important est qu'il soit bon aviateur et non expert en langues étrangères. Détendez-vous et profitez de la vue. Pensez à Adrienne Bolland, nous allons voler dans des conditions incomparables à celles qu'elle a connues.

– Je l'espère bien ! dit Alice en se tassant davantage encore dans son fauteuil.

Le DC-4 s'alignait pour le décollage. Les deux moteurs gagnaient en puissance, la carlingue vibrait encore plus. Le commandant libéra les freins et l'appareil prit de la vitesse.

Alice avait collé son visage au hublot. Les infrastructures de l'aéroport défilaient, elle ressentit soudain une sensation inconnue, les roues avaient quitté le sol et l'avion se balançait au vent, prenant lentement de l'altitude. La piste rapetissait à vue d'œil, avant de s'effacer pour laisser place à la campagne anglaise. Et, alors que l'avion grimpait, les

corps de fermes qui apparaissaient au loin semblaient rétrécir.

— C'est magique, dit Alice. Vous pensez que
nous allons traverser les nuages ?

— Je nous le souhaite, répondit Daldry en
ouvrant son journal.

À la campagne succéda bientôt la mer. Alice
avait voulu compter les crêtes des vagues qui apparaissaient sur l'immensité bleue.

Le pilote annonça que l'on apercevrait les côtes
françaises d'un instant à l'autre.

Le vol dura moins de deux heures. L'avion
s'approchait de Paris et l'excitation d'Alice redoubla
quand elle crut voir la tour Eiffel au loin.

L'escale à Orly fut brève, un employé de la
compagnie escorta Alice et Daldry sur le tarmac
jusqu'à un autre appareil ; Alice n'écoutait pas un
mot de ce que lui disait Daldry, elle ne pensait qu'à
une seule chose, le prochain décollage.

Le vol Air France de Paris à Vienne fut plus
mouvementé que celui de Londres. Alice s'amusait
des soubresauts qu'elle faisait sur son siège chaque
fois que l'avion traversait une zone de turbulences.
Daldry semblait moins à son aise. Après un copieux
repas, il alluma une cigarette et en offrit une à Alice
qui la refusa. Plongée dans la lecture d'un magazine,
elle rêvassait en découvrant les dernières collections
des couturiers parisiens. Elle remercia Daldry pour
la énième fois, jamais elle n'aurait imaginé vivre un
pareil moment et jamais, jura-t-elle, elle n'avait été

aussi heureuse. Daldry répondit qu'il s'en réjouissait et l'invita à prendre un peu de repos. Ce soir, ils dîneraient à Vienne.

L'Autriche était recouverte de neige. Les étendues blanches semblaient courir à l'infini sur la campagne et Alice fut subjuguée par la beauté du paysage. Daldry avait dormi pendant une bonne partie du vol, il se réveilla alors que le DC-4 faisait son approche.

— Dites-moi que je n'ai pas ronflé, supplia-t-il en ouvrant les yeux.

— Moins fort que les moteurs, répondit Alice en souriant.

Les roues venaient de toucher la piste, l'appareil se rangea devant un hangar, on approcha une passerelle et les passagers purent descendre.

Un taxi les conduisit en centre-ville. Daldry précisa au chauffeur qu'ils se rendaient à l'hôtel Sacher. Alors qu'ils approchaient d'Heldenplatz, une camionnette glissa sur une plaque de verglas et se mit en travers de la route avant de se coucher sur le côté.

Le chauffeur de taxi évita de justesse la collision. Des piétons se précipitèrent pour porter assistance au conducteur qui sortit indemne de sa cabine, mais la circulation était bloquée. Daldry jeta un coup d'œil à sa montre et marmonna à maintes reprises : « Nous allons arriver trop tard », sous le regard étonné d'Alice.

— Nous venons d'échapper à un accident et vous vous inquiétez de l'heure ?

Sans même lui prêter attention, Daldry demanda au chauffeur de taxi de trouver une solution pour les sortir de cet embouteillage. L'homme, ne parlant pas un mot d'anglais, se contenta de hausser les épaules en montrant le chaos devant eux.

— Nous allons arriver trop tard, répéta encore une fois Daldry.

— Mais où allons-nous arriver trop tard ? s'emporta Alice.

— Vous le verrez en temps voulu, enfin, si toutefois nous ne restons pas prisonniers ici toute la nuit.

Alice ouvrit la portière et descendit du taxi sans dire un mot.

— C'est ça, faites votre mauvaise tête ! rouspéta Daldry en se penchant à la vitre.

— Vous ne manquez pas de culot ! Vous ne cessez de râler et vous n'êtes même pas fichu de me dire ce qui vous rend aussi impatient.

— Parce que je ne peux pas vous le dire, voilà tout !

— Eh bien quand vous le pourrez, je remonterai à bord !

— Alice, cessez vos enfantillages et revenez vous asseoir, vous allez attraper froid et puis ce n'est pas la peine de compliquer une situation qui l'est déjà suffisamment comme ça. C'est bien ma veine, il fallait que cette stupide camionnette se renverse devant nous.

– Quelle situation ? demanda Alice, mains sur les hanches.

– La nôtre, nous sommes bloqués dans cet embouteillage, alors que nous devrions déjà être à l'hôtel en train de nous changer.

– Nous allons au bal ? demanda Alice d'un ton ironique.

– Presque ! répondit Daldry, et je ne vous en dirai pas plus. Maintenant remontez, j'ai l'impression que cela se dégage enfin.

– J'ai un bien meilleur point de vue que vous, qui êtes assis dans cette voiture, et je peux vous assurer que rien n'est dégagé. Nous allons à l'hôtel Sacher, n'est-ce pas ?

– En effet, pourquoi ?

– Parce que, de là où je me trouve, monsieur le râleur, j'en aperçois l'enseigne. J'imagine qu'à pied il doit se trouver à cinq minutes d'ici.

Daldry regarda Alice, stupéfait. La course du chauffeur étant réglée par la compagnie aérienne, il sortit du véhicule, attrapa les deux valises dans le coffre et pria Alice de bien vouloir le suivre.

Les trottoirs glissants n'empêchaient pas Daldry de marcher d'un pas pressé.

– Nous allons finir par nous casser la figure, dit Alice en se rattrapant à la manche de Daldry. Qu'est-ce qu'il y a de si urgent, bon sang ?

– Si je vous le dis, ce ne sera plus une surprise.

Dépêchons, je vois l'auvent de l'hôtel, plus que trois cents pieds et nous y serons.

Le portier de faction vint à leur rencontre, il récupéra les bagages et leur ouvrit la porte.

Alice admira le grand lustre en cristal suspendu par une longue tresse au milieu du hall. Daldry avait réservé deux chambres, il remplit les fiches de police et se fit remettre les clés par le concierge. Il regarda l'heure à la pendule du bar que l'on apercevait depuis la réception et afficha une mine consternée.

– Et voilà, c'est trop tard !

– Puisque vous le dites, répondit Alice.

– Tant pis, allons-y ainsi, de toute façon, avec nos manteaux, ils n'y verront que du feu.

Daldry lui fit traverser la rue au pas de course. Devant eux se dressait un magnifique édifice d'architecture néo-Renaissance. De chaque côté du frontispice s'élevaient les statues de deux cavaliers noirs prêts à s'élancer au galop. Le dôme en cuivre qui surplombait l'Opéra était immense.

Hommes en smoking et femmes en robe longue se pressaient sur les marches. Daldry prit Alice par le bras et se joignit à la foule.

– Ne me dites pas..., souffla Alice à l'oreille de Daldry.

– Que nous allons à l'Opéra ? Eh bien si ! Je nous avais concocté cette autre petite surprise. L'agence de voyages à Londres a tout orchestré. Nos places nous attendent à la billetterie. Une nuit à

Vienne sans aller écouter une pièce de théâtre lyrique, c'était impossible.

– Mais pas dans la tenue avec laquelle j'ai voyagé toute la journée, dit Alice. Regardez les gens autour de nous, j'ai l'air d'une pauvresse.

– Pourquoi croyez-vous que je m'impatientais dans ce satané taxi ? L'habit de soirée est obligatoire, alors faites comme moi et fermez bien votre manteau, nous les ôterons quand la salle sera plongée dans le noir. Et je vous en prie, pas de réflexion ; pour Mozart, je suis prêt à tout.

Alice était tellement heureuse de se rendre à l'Opéra, c'était une première pour elle, qu'elle obéit à Daldry sans discuter. Ils se faufilèrent au milieu des spectateurs, espérant échapper à la vigilance des portiers, contrôleurs et vendeurs de programmes qui s'affairaient dans le grand hall. Daldry se présenta au guichet et donna son nom à la réceptionniste. La femme ajusta ses lunettes et fit glisser une longue règle en bois sur le registre qui se trouvait devant elle.

– M. et Mme Daldry, de Londres, dit-elle avec un accent autrichien fort prononcé, en tendant les billets à Ethan.

Une sonnerie retentit, annonçant le commencement du spectacle. Alice aurait voulu avoir le temps d'admirer les lieux, la splendeur du grand escalier, les lustres gigantesques, les dorures, mais Daldry ne lui en laissa pas l'occasion. Il la tirait sans cesse par le bras pour qu'ils restent cachés au milieu de la foule qui avançait vers le contrôleur des billets. Quand arriva leur tour, Daldry retint son souffle. Le contrôleur leur demanda d'aller déposer leurs manteaux au vestiaire, mais Daldry fit comme s'il ne comprenait pas. Derrière eux, les spectateurs s'impatientaient, le contrôleur leva les yeux au ciel, arracha les talons des billets et les laissa entrer. L'ouvreuse dévisagea Alice et, à son tour, la pria d'ôter son manteau. Il était interdit de le garder dans la salle. Alice rougit, Daldry s'offusqua, jouant de plus belle à celui qui ne comprenait pas un mot de ce qu'on lui disait, mais l'ouvreuse avait deviné son stratagème et lui demanda dans un anglais fort convenable de bien vouloir obtempérer. Le code vestimentaire était strict, et la tenue de soirée obligatoire.

— Puisque vous parlez notre langue, mademoiselle, nous pouvons peut-être nous arranger. Nous arrivons tout juste de l'aéroport et un stupide accident sur vos routes verglacées nous a empêchés de pouvoir nous changer.

— Madame, et non mademoiselle, répondit l'ouvreuse, et quelles que soient vos raisons, vous devez être impérativement en smoking et madame en robe longue.

— Mais quelle importance, puisque nous serons dans l'obscurité !

— Ce n'est pas moi qui fixe les règles ; en revanche, je suis tenue de les faire appliquer. J'ai d'autres personnes que vous à placer, monsieur, retournez au guichet où vos billets vous seront remboursés.

— Enfin, s'impatienta Daldry, chaque règle a son exception, votre règlement doit bien avoir la sienne ! Nous ne sommes là que pour un soir, je vous demande simplement de fermer les yeux.

L'ouvreuse fixait Daldry d'un air qui ne laissait aucun espoir.

Alice le supplia de ne pas faire d'esclandre.

— Venez, dit-elle, ce n'est pas grave, c'était une merveilleuse idée et j'ai été plus que surprise. Allons dîner, nous sommes épuisés, nous n'aurions peut-être pas tenu tout un opéra.

Daldry foudroya l'ouvreuse du regard, récupéra ses billets qu'il déchira devant elle et entraîna Alice vers le hall.

— Je suis furieux, dit-il en quittant l'Opéra, ce n'est pas d'un défilé de mode, mais de musique qu'il s'agit.

— C'est l'usage, il faut le respecter, répondit Alice pour l'apaiser.

— Eh bien, cet usage est grotesque, voilà tout, râla Daldry en sortant dans la rue.

— C'est drôle, dit Alice, quand vous vous mettez en colère, on voit votre visage d'enfant. Vous deviez avoir un sacré caractère.

— J'avais très bon caractère et j'étais un enfant facile !

— Je ne vous crois pas une seconde, répondit Alice en riant.

Ils partirent à la recherche d'un restaurant et, ce faisant, ils contournèrent l'Opéra.

— Cette idiote d'ouvreuse nous a fait rater *Don Giovanni*. Je ne décolère pas. L'agent de voyages s'était donné un mal fou pour nous obtenir ces places.

Alice avait remarqué une petite porte par laquelle venait de sortir un manutentionnaire. La porte ne s'était pas complètement refermée et le sourire d'Alice se fit espiègle.

— Vous seriez prêt à risquer une nuit au poste de police pour écouter votre *Don Giovanni* ?

— Je vous ai déjà dit que pour Mozart je serais prêt à tout.

— Alors suivez-moi. Avec un peu de chance, je vais peut-être vous surprendre à mon tour.

Alice poussa la porte de service entrouverte et enjoignit à Daldry de la suivre, sans faire de bruit. Ils traversèrent un long corridor qui baignait dans un clair-obscur rougeoyant.

— Où allons-nous ? chuchota Daldry.

— Je n'en ai aucune idée, répondit Alice à voix basse, mais je crois que nous sommes dans la bonne direction.

Alice se guidait au son des notes de musique qui se rapprochait. Elle montra à Daldry une échelle qui grimpait vers une autre coursive, bien plus haute encore.

— Et si nous nous faisons prendre ? demanda Daldry.

– Nous dirons que nous nous sommes perdus en cherchant les toilettes, maintenant grimpez et taisez-vous.

Alice s'engagea dans la seconde coursive, Daldry la suivait, pas à pas, et plus ils avançaient plus les chants d'opéra s'entendaient distinctement. Alice releva la tête, au-dessus d'elle se trouvait une passerelle, suspendue par des filins d'acier.

– Ce n'est pas dangereux ? demanda Daldry.

– Probablement, nous prenons de l'altitude, mais regardez en bas, c'est merveilleux, n'est-ce pas ?

Et en contrebas de la passerelle, Daldry découvrit soudain la scène.

De Don Giovanni, ils n'apercevaient que le chapeau et le costume, il leur était impossible de voir tout le décor, mais Alice et Daldry jouissaient d'une vue imprenable sur l'une des plus belles salles d'opéra du monde.

Alice s'assit, ses jambes se balançant dans le vide au rythme de la musique. Daldry s'installa à côté d'elle, ébloui par le spectacle qui se jouait sous leurs yeux.

Bien plus tard, lorsque Don Giovanni invita au bal Zerlina et Masetto, Daldry souffla à l'oreille d'Alice que le premier acte allait bientôt s'achever.

Alice se releva dans le plus grand silence.

– Il est préférable que nous nous esquivions avant l'entracte, suggéra-t-elle. Inutile que les machinistes nous surprennent quand tout sera illuminé.

Daldry partit à regret. Ils firent marche arrière le plus discrètement possible, croisèrent en chemin un éclairagiste qui ne leur prêta pas plus d'attention que cela, et ressortirent par l'entrée des artistes.

– Quelle soirée ! s'écria Daldry sur le trottoir. Je retournerais volontiers dire à notre ouvreuse que le premier acte était magnifique !

– Un sale gosse, un vrai sale gosse !

– J'ai faim ! s'exclama Daldry, cette escapade m'a mis en appétit.

Il repéra une taverne de l'autre côté du carrefour, mais s'aperçut soudain qu'Alice semblait épuisée.

– Que diriez-vous d'un dîner rapide à l'hôtel ? proposa-t-il.

Alice ne se fit pas prier.

Le repas achevé, les deux voyageurs se retirèrent dans leurs chambres respectives et, comme à Londres, ils se saluèrent sur le palier. Rendez-vous était pris pour le lendemain matin à neuf heures, dans le hall.

Alice s'installa au petit bureau devant la fenêtre de sa chambre. Elle trouva dans le tiroir un nécessaire à écriture, admira la qualité du papier et coucha les premiers mots d'une lettre qu'elle destinait à Carol. Elle lui raconta ses impressions de voyage, lui parla du sentiment étrange qu'elle avait ressenti alors qu'elle s'éloignait de l'Angleterre, lui décrivit son incroyable soirée à Vienne, puis elle replia la lettre et la jeta dans le feu qui crépitait dans la cheminée de sa chambre.

*

Alice et Daldry s'étaient retrouvés au matin comme prévu. Un taxi les conduisit vers l'aéroport de Vienne dont on apercevait les pistes au loin.

– Je vois notre avion, la météo est bonne, nous partirons certainement à l'heure, dit Daldry pour meubler le silence qui régnait depuis leur départ.

Alice demeurait silencieuse et ne dit mot jusqu'à ce qu'ils arrivent dans le terminal.

Aussitôt après le décollage, elle ferma les yeux et s'endormit. Une turbulence un peu forte fit glisser sa tête sur l'épaule de son voisin. Daldry était tétanisé. L'hôtesse s'approcha dans la coursive et Daldry renonça à son plateau-repas pour ne pas réveiller Alice. Plongée dans un profond sommeil, elle s'avachit sur lui et posa sa main sur son torse. Daldry crut l'entendre l'appeler, mais ce n'était pas son prénom qu'elle avait murmuré dans un sourire. Elle entrouvrit les lèvres, prononça d'autres mots inaudibles avant de s'effondrer presque entièrement sur lui. Il toussota, mais rien ne semblait pouvoir tirer Alice de ses rêves. Une heure avant l'atterrissage, elle rouvrit les yeux et Daldry ferma les siens, feignant de s'être également assoupi. Alice rougit en découvrant la position dans laquelle elle s'était retrouvée. Constatant que Daldry dormait, elle supplia le ciel pour qu'il ne se réveille pas, alors qu'elle tentait de se redresser en douceur.

Dès qu'elle eut repris place dans son fauteuil, Daldry bâilla longuement, s'étira, secouant son bras gauche, endolori, et s'enquit de l'heure.

– Je crois que nous allons bientôt arriver, dit Alice.

– Je n'ai pas vu passer le vol, mentit Daldry en se massant la main.

– Regardez ! s'écria Alice, le visage collé au hublot, il y a de l'eau à perte de vue.

– J'imagine que vous contemplez la mer Noire, moi, je ne vois que vos cheveux.

Alice recula pour partager avec Daldry la vue qui s'offrait à elle.

– Nous n'allons en effet pas tarder à nous poser, je ne serais pas contre l'idée de me dégourdir les bras.

Quelques instants plus tard, Alice et Daldry détachaient leurs ceintures. En descendant de l'avion, Alice pensa à ses amis de Londres. Elle était partie depuis deux jours et il lui semblait pourtant que des semaines s'étaient écoulées. Son appartement lui parut bien loin et elle ressentit un pincement au cœur en foulant le sol.

Daldry récupéra les bagages. Au contrôle des passeports, le douanier les interrogea sur le but de leur visite. Daldry se tourna vers Alice et répondit à l'officier qu'ils étaient venus à Istanbul retrouver le futur époux d'Alice.

— Votre fiancé est turc ? demanda le douanier en regardant à nouveau le passeport d'Alice.

— Pour tout vous dire, nous n'en savons encore rien. Il se peut qu'il le soit, la seule chose dont nous soyons certains, c'est qu'il vit en Turquie.

Le douanier était dubitatif.

— Vous venez en Turquie pour vous marier avec un homme que vous ne connaissez pas ? demanda-t-il.

Et, avant qu'Alice puisse répondre, Daldry confirma qu'il s'agissait exactement de cela.

— Vous n'avez pas de bons maris en Angleterre ? reprit l'officier.

— Si, probablement, répliqua Daldry, mais pas celui qui conviendra à mademoiselle.

— Et vous, monsieur, vous êtes aussi venu chercher une femme dans notre pays ?

— Grand Dieu non, je ne suis que l'accompagnateur.

— Restez ici, dit le douanier que les propos de Daldry avaient rendu perplexe.

L'homme s'éloigna vers un bureau vitré et Alice et Daldry le virent en pleine conversation avec son supérieur.

— Vous aviez besoin de raconter ce genre d'idioties à un douanier ? s'emporta Alice.

— Que vouliez-vous que je lui dise, c'est bien là

le but de notre voyage que je sache, j'ai horreur de mentir aux autorités.

— Cela n'avait pas l'air de vous gêner à la préfecture.

— Ah oui, mais c'était chez nous, ici nous sommes en terre étrangère et il convient de se conduire en parfait gentleman.

— Vos gamineries finiront par nous attirer des ennuis, Daldry.

— Mais non, vous verrez, dire la vérité est toujours payant.

Alice vit le supérieur hausser les épaules et rendre les passeports au douanier, qui revint vers eux.

— Tout est en règle, approuva ce dernier, aucune loi n'interdit de venir se marier en Turquie. Je vous souhaite un agréable séjour chez nous et vous adresse tous nos vœux de bonheur, mademoiselle. Que Dieu fasse que vous épousiez un honnête homme.

Alice le remercia d'un sourire pincé et récupéra son passeport tamponné.

— Alors, qui avait raison ? fanfaronna Daldry en sortant de l'aéroport.

— Vous auriez pu vous contenter de lui dire que nous venions en vacances.

— Avec des noms différents sur nos passeports, cela aurait été tout à fait inconvenant.

— Vous êtes exaspérant, Daldry, dit Alice en grimpant dans le taxi.

— À votre avis, à quoi ressemble-t-il ? demanda Daldry en s'asseyant sur la banquette à côté d'Alice.

— Qui cela ?

— Cet homme mystérieux qui nous a finalement attirés jusqu'ici.

— Ne soyez pas idiot, c'est un nouveau parfum que je suis venue chercher... et je l'imagine coloré, sensuel et en même temps léger.

— Pour la couleur, je ne suis pas inquiet, difficile d'être aussi pâle que nous autres, pauvres Anglais ; en ce qui concerne la légèreté... si vous faisiez allusion à mon humour, je crains d'être sans rival ; pour la sensualité, je vous laisserai seule juge ! Bon, j'arrête de vous taquiner, je vois que vous n'êtes pas d'humeur.

— Je suis de très bonne humeur, mais si j'avais pu éviter de passer pour une vulgaire aventurière devant ce douanier, je m'en serais tout aussi bien portée.

— Eh bien, dites-vous que je l'ai distrait de cette photo d'identité qui semblait tant vous préoccuper à Londres.

Alice donna un coup de coude dans le bras de Daldry et se retourna vers la vitre.

— Redites-moi que j'ai mauvais caractère ! Vous aussi, enfant, ça ne devait pas être de la tarte tous les jours.

— Peut-être, mais moi au moins j'ai l'honnêteté de le reconnaître.

La traversée des faubourgs d'Istanbul mit un terme à leur dispute. Daldry et Alice approchaient de la Corne d'Or. Ruelles étroites, maisons aux façades bigarrées étagées en amphithéâtre, tramways et taxis bataillant sur les grandes artères, la ville grouillait de vie et captait toute leur attention.

— C'est étrange, dit Alice, nous sommes bien loin de Londres, et cet endroit me semble familier.

— C'est ma compagnie, dit Daldry en taquinant Alice.

Le taxi se rangea dans l'arrondi d'une grande avenue pavée. Le Pera Palas Hotel, noble immeuble en pierre de taille, d'architecture française, dominait la rue Meşrutiyet dans le district de Tepebaşi, au cœur du quartier européen.

Six dômes en dalles de verre surplombaient l'immense hall, la décoration intérieure éclectique mariait avec goût boiseries d'Angleterre et mosaïques orientales.

— Agatha Christie avait ici sa chambre attitrée, annonça Daldry.

— Cet endroit est beaucoup trop luxueux, protesta Alice, nous aurions pu nous contenter d'une modeste pension de famille.

— Le taux de change de la livre turque est en notre faveur, rétorqua Daldry, et puis je dois prendre des mesures draconiennes si je veux réussir à gaspiller mon héritage.

— En fait, si je comprends bien, c'est en vieillissant que vous êtes devenu un sale gosse, Daldry.

– Juste retour des choses, ma chère, la vengeance est un plat qui se mange froid et, croyez-moi, j'avais une sacrée revanche à prendre sur mon adolescence. Mais assez parlé de moi. Allons nous installer dans nos chambres et retrouvons-nous au bar d'ici une petite heure.

Et c'est une heure plus tard, en attendant Alice au bar de l'hôtel, que Daldry fit la connaissance de Can. Seul au comptoir, il occupait l'un des quatre tabourets, parcourant du regard la salle déserte.

Can devait avoir trente ans, peut-être une ou deux années de plus. Il portait une tenue élégante, un pantalon noir, une chemise de soie blanche et un gilet sous un veston élégamment coupé. Can avait des yeux couleur d'or et de sable. Le regard vif, dissimulé derrière de petites lunettes rondes.

Daldry s'assit à côté de lui. Il commanda un raki au barman et se tourna discrètement vers son voisin. Can lui sourit et lui demanda dans un anglais plutôt convenable si son voyage avait été agréable.

– Oui, plutôt rapide et confortable, répondit-il.

– Bienvenue à Istanbul, répliqua Can.

– Comment saviez-vous que je suis anglais et que je viens d'arriver ?

– Vos habits sont anglais et vous n'étiez pas là hier, répondit Can, d'une voix posée.

– L'hôtel est agréable, n'est-ce pas ? reprit Daldry.

– Comment savoir... J'habite en haut de la colline de Beyoğlu, mais je viens souvent ici le soir.

— Affaires ou plaisir ? demanda Daldry.

— Et vous, pourquoi un voyage à Istanbul ?

— Oh, je me le demande encore, c'est une drôle d'histoire. Disons que nous faisons des recherches.

— Vous trouverez tout ce que vous voudrez ici. Nous avons beaucoup de richesses. Cuir, caoutchouc, coton, laine, soie, huiles, produits de la mer et d'ailleurs... Dites-moi ce que vous cherchez et je vous donnerai les relations des meilleurs commerçants de la région.

Daldry toussota dans le creux de sa main.

— Il ne s'agit pas de cela, je ne suis pas à Istanbul pour y faire du commerce. D'ailleurs, je n'y connais rien en affaires, je suis peintre.

— Vous êtes artiste ? questionna Can, enthousiaste.

— Artiste, je n'en suis peut-être pas encore là, mais je crois que j'ai un bon coup de pinceau.

— Et vous peignez quoi ?

— Des carrefours.

Et, devant l'air perplexe de Can, Daldry ajouta aussitôt :

— Des intersections, si vous préférez.

— Non je ne préfère pas. Mais je peux vous montrer nos extraordinaires carrefours d'Istanbul si vous le désirez, j'en connais avec piétons, carrioles, tramways, automobiles, dolmuş[1] et autobus, c'est selon votre choix.

---

1. Taxi collectif.

– Qui sait ? À l'occasion... Mais je ne suis pas non plus venu pour cela.

– Alors ? chuchota Can, piqué par la curiosité.

– Alors, comme je vous le disais, c'est une longue histoire. Et vous, que faites-vous dans la vie ?

– Je suis guide et interprète. Le meilleur de la ville. Dès que j'aurai le dos tourné, le barman vous dira le contraire, mais uniquement parce qu'il a un petit business, vous comprenez. Les autres guides lui reversent un pourcentage incognito. Avec moi, pas de bakchichs, j'ai une morale. Ce n'est pas possible pour un touriste ou si vous êtes dans les affaires de se débrouiller ici sans un guide et un interprète d'excellence. Et, comme je vous le disais, je suis...

– Le meilleur d'Istanbul, interrompit Daldry.

– Ma réputation a déjà voyagé jusqu'à vous ? demanda Can, plein d'orgueil.

– Il se pourrait bien que j'aie besoin de vos services.

– Il serait préférable de vous voir réfléchir. Choisir son guide est une chose importante à Istanbul et je ne veux pas que vous ayez de regrets, je n'ai que des clients satisfaits.

– Pourquoi changerais-je d'avis ?

– Parce que, tout à l'heure, ce satané barman vous dira des malhonnêtetés sur moi et vous aurez peut-être envie de le croire. Et puis vous ne m'avez toujours pas dit vos recherches.

Daldry aperçut Alice sortant de l'ascenseur et traversant le hall.

— Nous en reparlerons demain, dit Daldry en se levant précipitamment. Vous avez raison, la nuit porte conseil. Retrouvez-moi ici au petit déjeuner, disons vers huit heures si cela vous convient. Non, huit heures c'est un peu tôt ; avec le décalage horaire, je serai encore au milieu de ma nuit ; disons neuf heures. Et si cela ne vous dérange pas, je préférerais que nous nous voyions ailleurs, dans un café par exemple.

Daldry parlait de plus en plus vite au fur et à mesure qu'Alice approchait, Can lui sourit malicieusement.

— J'ai eu dans le passé quelques clients étranges, dit le guide. Il y a un salon de thé et de pâtisseries de grands plaisirs, rue Istiklal, au 461, dites au taxi de vous conduire chez Lebon, c'est incommensurable, tout le monde connaît. Je vous y attendrai.

— Parfait, maintenant il faut que je vous laisse, à demain, dit Daldry en se précipitant vers Alice.

Can resta assis sur son tabouret, observant Daldry qui conduisait Alice vers la salle à manger de l'hôtel.

*

— J'ai pensé que vous préféreriez dîner ici ce soir, je vous sens fatiguée après ce long voyage, dit Daldry en s'installant à table.

— Non, pas trop, répondit Alice. J'ai dormi dans

l'avion et puis il est deux heures de moins à Londres. Je n'arrive pas à croire qu'il fasse déjà nuit.

— Les décalages horaires sont déroutants lorsqu'on n'a pas l'habitude de voyager. Demain, vous aurez besoin de faire une grasse matinée. Je propose que nous nous retrouvions vers midi.

— C'est très prévoyant de votre part de penser à demain, Daldry, mais la soirée n'a même pas encore commencé.

Le maître d'hôtel leur présenta les cartes, il y avait au menu de la bécasse et quantité de poissons du Bosphore. Alice avait peu de goût pour le gibier, elle hésita à choisir le lüfer[1] que le maître d'hôtel lui conseillait, mais Daldry leur commanda des langoustines. On les disait excellentes dans la région.

— À qui parliez-vous ? demanda Alice.

— Au maître d'hôtel, répondit Daldry, plongé dans la carte des vins.

— Lorsque je suis arrivée au bar, vous sembliez être en pleine conversation avec un homme.

— Ah, lui ?

— Par ce « lui », j'imagine que vous désignez la personne avec qui je vous voyais discuter.

— C'est un guide interprète qui racole le client en traînant ses guêtres au bar. Il prétend être le meilleur de la ville... mais son anglais est épouvantable.

— Nous avons besoin d'un guide ?

----

1. Poisson du Bosphore.

— Peut-être pour quelques jours, ce n'est pas idiot d'y réfléchir, cela nous ferait gagner du temps. Un bon guide saura vous aider à trouver les plantes que vous recherchez, et pourquoi pas nous conduire vers des régions plus sauvages où la nature pourrait vous réserver des surprises.

— Vous l'avez déjà engagé ?

— Mais non, nous avons à peine échangé quelques mots.

— Daldry, la cage d'ascenseur est en verre, je vous voyais avant même d'arriver au rez-de-chaussée et vous sembliez en pleine discussion.

— Il essayait de me vendre ses services, je l'écoutais. Mais, s'il ne vous plaît pas, je peux demander au concierge de nous trouver quelqu'un d'autre.

— Non, je ne veux pas vous faire dépenser inutilement de l'argent. Je suis certaine qu'avec un peu de méthode, nous pourrons nous débrouiller. Nous devrions plutôt acheter un guide touristique ; au moins, nous n'aurions pas à lui faire la conversation.

Les langoustines étaient à la hauteur des promesses du maître d'hôtel.

Daldry se laissa tenter par un dessert.

— Si Carol me voyait dans cette salle à manger somptueuse, dit Alice en goûtant son premier café turc, elle serait verte de jalousie. D'une certaine façon, c'est aussi un peu à elle que je dois ce voyage.

Si elle n'avait pas insisté pour que j'aille consulter cette voyante à Brighton, rien de tout ça ne serait arrivé.

— Alors nous devrions trinquer à votre amie Carol.

Daldry demanda au sommelier de les resservir.

— À Carol, dit-il en faisant tinter le cristal.

— À Carol, répéta Alice.

— Et à l'homme de votre vie que nous trouverons ici, s'exclama Daldry en levant à nouveau son verre.

— Au parfum qui fera votre fortune, répondit Alice avant de boire une gorgée de vin.

Daldry jeta un regard au couple qui dînait à la table voisine. La femme, vêtue d'une robe noire élégante, était ravissante, Daldry lui trouva un air de ressemblance avec Alice.

— Qui sait, vous avez peut-être de la famille éloignée qui s'est installée dans cette région.

— De quoi parlez-vous ?

— Nous parlions de la voyante, que je sache. Ne vous a-t-elle pas dit que vous aviez des origines turques ?

— Daldry, une fois pour toutes, cessez de penser à ces histoires de voyance. Les propos de cette femme n'avaient aucun sens. Mes deux parents étaient anglais et mes grands-parents l'étaient aussi.

— Figurez-vous que j'ai un oncle grec et une cousine éloignée vénitienne. Et, pourtant, toute ma famille est native du Kent. Les alliances réservent bien des surprises lorsque l'on étudie sa généalogie.

— Eh bien, ma généalogie est tout ce qu'il y a de plus britannique et je n'ai jamais entendu parler d'un aïeul qui ait vécu à plus de cent miles de nos côtes. Ma grand-tante Daisy, la plus éloignée de mes parentes, je parle en termes de distance géographique, vit sur l'île de Wight.

— Mais, en arrivant à Istanbul, vous m'avez déclaré que vous aviez ressenti une impression familière.

— Mon imagination me joue parfois des tours. Depuis que vous m'avez proposé ce voyage, je n'ai cessé de me demander comment serait cette ville, j'ai feuilleté tant de fois la brochure touristique que j'ai dû mémoriser inconsciemment des images.

— Je l'ai parcourue plusieurs fois également, et les deux seules photos qui s'y trouvaient étaient une vue de Sainte-Sophie en couverture et du Bosphore au milieu du fascicule, rien à voir avec les faubourgs que nous avons traversés en venant de l'aéroport.

— Vous trouvez que j'ai le type turc ? demanda Alice dans un grand éclat de rire.

— Vous avez la peau plutôt mate pour une Anglaise.

— Vous dites cela parce que vous êtes blanc comme un linge. Vous feriez bien d'aller vous reposer d'ailleurs, vous avez vraiment mauvaise mine.

— Charmant ! Moi qui suis hypocondriaque au possible, parlez-moi encore de la pâleur de mon teint et je vous fais un petit malaise au milieu du restaurant.

— Alors, allons marcher au grand air. Une petite promenade digestive vous fera le plus grand bien, vous avez mangé comme un ogre.

— Qu'est-ce que vous racontez ? Je n'ai pris qu'un seul dessert...

Daldry et Alice descendirent à pied le grand boulevard. Le soir tombé sur la ville semblait l'avoir enveloppée tout entière, les lampadaires n'éclairaient pas grand-chose, à peine faisaient-ils luire le pavé. Lorsqu'un tramway passait, on voyait son phare tel un œil de cyclope sillonner la nuit opaque.

— Demain, j'entreprendrai des démarches pour nous obtenir un rendez-vous au consulat, dit Daldry.

— Pourquoi cela ?

— Afin de savoir si vous avez de la famille en Turquie, ou si vos parents s'y sont un jour rendus.

— J'imagine que ma mère m'en aurait parlé, répondit Alice, elle se plaignait sans cesse de n'avoir que très peu voyagé dans sa vie. Elle me disait toujours combien cela lui avait manqué. Je crois que c'était un regret sincère. Maman aurait aimé faire le tour du monde, mais je sais qu'elle n'est jamais allée plus loin que Nice. C'était avant que je vienne au monde, mon père l'y avait emmenée pour une escapade amoureuse. Elle en gardait un souvenir impérissable et me racontait ses promenades au bord d'une mer bleu azur, comme s'il s'était agi du plus beau des voyages.

— Voilà qui n'arrange pas nos recherches.

— Daldry, je vous assure que vous perdez votre temps, si j'avais de la famille ici, même très éloignée, je le saurais.

Ils avaient bifurqué dans une rue secondaire, encore plus mal éclairée que la grande artère. Alice leva la tête vers la façade d'une demeure en bois, dont l'encorbellement fragile semblait prêt à s'effondrer.

— Quel malheur que ce ne soit pas mieux entretenu ! déplora Daldry. Ces palais devaient être superbes dans le temps, soupira-t-il. Ce ne sont plus que les fantômes de splendeurs passées.

Et Daldry distingua dans la froideur du soir le visage défait d'Alice qui fixait la façade noircie de l'édifice.

— Qu'est-ce qui vous arrive, on dirait que vous avez croisé la Sainte Vierge ?

— J'ai déjà vu cette maison, je connais cet endroit, murmura Alice.

— Vous en êtes certaine ? interrogea Daldry surpris.

— Peut-être pas celle-ci, mais une autre tout à fait semblable. Elle apparaissait dans chacun de mes cauchemars et se trouvait dans une ruelle au bout de laquelle un grand escalier descendait vers le bas de la ville.

– Je serais bien tenté de poursuivre plus avant notre promenade pour en avoir le cœur net, mais il serait préférable d'attendre demain. Cette ruelle s'enfonce dans une noirceur peu engageante, un vrai coupe-gorge.

– Il y avait des bruits de pas, poursuivit Alice, perdue dans ses pensées, des gens nous pourchassaient.

– Nous ? Avec qui étiez-vous ?

– Je l'ignore, je ne voyais qu'une main, elle m'entraînait dans une fuite terrifiante. Partons d'ici, Daldry, je ne me sens pas bien.

Daldry saisit Alice et l'emmena vite jusqu'à la grande avenue. Un tramway approchait, Daldry fit de grands signes au chauffeur qui ralentit sa machine. Il aida Alice à grimper sur la plate-forme arrière et la fit s'asseoir sur une banquette. À l'intérieur de la rame, Alice renoua avec la vie. Les passagers échangeaient quelques paroles, un vieux monsieur en costume sombre lisait son journal, trois jeunes hommes chantonnaient en chœur. Le machiniste actionna la manivelle et la rame se remit en mouvement. Le tram remontait vers l'hôtel. Alice ne parlait plus, les yeux fixés sur le dos du conducteur derrière la vitre indigo qui l'isolait des voyageurs.

Le Pera Palas était en vue, Daldry posa sa main sur l'épaule d'Alice, elle sursauta.

– Nous sommes arrivés, dit-il, il faut descendre.

Alice suivit Daldry. Ils traversèrent la grande avenue et entrèrent dans l'hôtel.

Daldry raccompagna Alice jusqu'à la porte de sa chambre. Elle le remercia de l'excellent dîner et s'excusa de sa conduite, ne sachant expliquer elle-même ce qui lui avait pris un peu plus tôt.

– Avoir l'impression de revivre un cauchemar quand on est éveillé est assez troublant, dit Daldry, la mine sombre. Aussi têtue que vous soyez, j'essaierai quand même demain de prendre des renseignements auprès du consulat.

Il lui souhaita une bonne nuit et disparut dans sa chambre.

*

Alice s'assit sur le rebord de son lit et se laissa tomber en arrière, jambes ballantes. Elle observa le plafond un long moment, se redressa d'un bond et se rendit à la fenêtre. Les derniers Stambouliotes se pressaient pour rentrer chez eux, semblant traîner la nuit dans leur sillage. Une pluie froide avait succédé à la bruine du soir, faisant luire les pavés de la rue Isklital. Alice tira le rideau et alla s'asseoir derrière le petit bureau où elle commença la rédaction d'une lettre.

Anton,

Hier, de Vienne, j'écrivais à Carol, mais c'est à toi que je pensais en rédigeant une lettre que j'ai fini par brûler. Je doute de te poster celle-ci, mais qu'importe, j'ai besoin de te parler. Me voici à Istanbul, installée dans un palace d'un luxe que ni toi ni moi n'avons jamais connu. Tu serais fou de ce petit bureau en acajou d'où je t'écris. Tu te souviens quand nous étions adolescents, lorsque nous passions devant les portiers en livrée des grands hôtels et que tu me prenais par la taille comme si nous étions un prince et une princesse en visite à l'étranger ? Je devrais être comblée par cet incroyable voyage, mais Londres me manque, et toi dans Londres, tu me manques aussi. Du plus loin que je m'en souvienne, tu es mon meilleur ami, même si je m'interroge parfois sur la nature de notre amitié.

Je ne sais pas ce que je fais ici, Anton, ni vraiment pourquoi je suis partie. À Vienne j'ai hésité à prendre cet autre avion qui m'éloignait plus encore de ma vie.

Pourtant, dès mon arrivée, j'ai ressenti un sentiment étrange, une sensation qui ne me quitte pas. Celle d'avoir déjà visité ces rues, de reconnaître les bruits de la ville et, plus troublant encore, le souvenir de l'odeur des bois vernis dans un tramway que j'ai pris tout à l'heure. Si tu étais là, je pourrais te confier tout cela, et cela me rassurerait. Mais tu es loin. Quelque part au fond de moi, je suis heureuse de penser que Carol t'a désormais tout à elle. Elle est dingue de toi, et toi, vieil imbécile, tu ne te rends compte de rien. Ouvre les yeux, c'est une fille formidable, même si je suis sûre que de vous voir ensemble me rendrait folle de jalousie. Je sais ce que tu penseras, que j'ai la tête mal faite, mais que veux-tu Anton, je suis comme ça. Mes parents me manquent, être orpheline est un abîme de solitude dont je ne guéris pas. Je t'écrirai encore demain, ou peut-être à la fin de la semaine. Je te raconterai mes journées et, qui sait, si je finis par te poster une de ces lettres, peut-être me répondras-tu.

Je t'envoie de tendres pensées depuis ma fenêtre qui surplombe les rives du Bosphore que je verrai demain dans la clarté du jour.

Prends soin de toi.

Alice

Alice replia la lettre en trois parties égales avant de la ranger dans le tiroir du petit bureau. Puis elle éteignit la lampe, se dévêtit et se glissa dans ses draps, attendant le sommeil.

*

Une main ferme la soulève de terre. Elle devine le parfum de jasmin dans le jupon où son visage est blotti. Les larmes coulent sur ses joues sans qu'elle puisse les retenir. Elle voudrait tant étouffer ses sanglots, mais la peur est trop forte.

L'œil d'un tramway surgit des ténèbres. On l'entraîne sous le chambranle d'une porte cochère. Tapie dans l'ombre, elle voit passer la rame illuminée qui file déjà vers un autre quartier. Le son crissant des roues s'efface au loin et la rue redevient silencieuse.

— Viens, ne reste pas là, dit la voix.

Ses pas précipités glissent, butent parfois sur les pavés irréguliers, mais, dès qu'elle manque de trébucher, la main la rattrape.

— Cours, Alice, je t'en prie, sois courageuse. Ne te retourne pas.

Elle aimerait s'arrêter pour reprendre son souffle. Au loin, elle aperçoit une longue colonne d'hommes et de femmes que l'on escorte.

— Pas par là, il faut trouver un autre passage, dit la voix.

Elle rebrousse chemin, recomptant les pas qui lui ont coûté tant d'efforts. Au bout de la rue file un immense cours d'eau, les reflets de lune se promènent sur les flots tourmentés.

— Ne t'approche pas du bord, tu risquerais de tomber. Nous y sommes presque, encore un effort et nous pourrons bientôt nous reposer.

Alice longe la berge, elle contourne une demeure dont les soubassements plongent dans les eaux noires. Soudain l'horizon s'obscurcit, elle relève la tête, une lourde pluie s'abat sur elle.

Alice se réveilla en hurlant, un cri presque animal, celui d'une petite fille en proie à la pire des terreurs. Elle se redressa, paniquée, et alluma la lumière.

Il fallut un long moment avant que les battements de son cœur s'apaisent. Elle enfila un peignoir et avança à la fenêtre. Un orage grondait, déversant des torrents d'eau sur les toits d'Istanbul. Le dernier tramway descendait l'avenue Tepebaşi. Alice repoussa le rideau, décidée à annoncer dès le lendemain à Daldry qu'elle souhaitait rentrer à Londres.

7.

Daldry referma discrètement la porte de sa chambre et avança dans le couloir, veillant à ne faire aucun bruit en passant devant celle d'Alice. Il descendit dans le hall, enfila sa gabardine et demanda au portier de lui appeler un taxi. Le guide ne lui avait pas menti, il avait suffi d'indiquer au chauffeur le nom de la pâtisserie Lebon pour que celui-ci se mette en route. La circulation était déjà dense et il fallut dix minutes à Daldry pour arriver à destination. Can l'attendait, assis à une table, lisant le journal de la veille.

– J'ai cru que vous me feriez un faux pas, dit le guide en se levant pour saluer Daldry. Vous avez faim ?

– Je suis affamé, répondit Daldry, je n'ai pas pris mon petit déjeuner.

Can passa commande auprès du serveur qui apporta à Daldry des petites assiettes garnies de rondelles de concombre, d'œufs durs au paprika, d'olives et de féta, de kasar et de poivrons verts.

— Un thé et des toasts, vous croyez que ce serait possible ? demanda Daldry en regardant avec un drôle d'air les mets que le serveur venait de disposer sur la table.

— Dois-je en conclure que vous avez décidé de m'embaumer comme interprète ? demanda Can.

— Une petite question me traverse l'esprit, et ne prenez pas mal le fait que je vous en fasse part... Vous connaissez mieux Istanbul que la langue anglaise, n'est-ce pas ?

— Je suis le meilleur dans les deux domaines, pourquoi ?

Daldry observa Can et inspira profondément.

— Bon, entrons dans le vif du sujet, et nous verrons ensuite si nous pouvons faire affaire tous les deux, dit-il.

Can sortit un paquet de cigarettes de sa poche et en offrit une à Daldry.

— Jamais à jeun, répondit ce dernier.

— Que cherchez-vous avec exactitude à Istanbul ? questionna Can en craquant une allumette.

— Un mari, chuchota Daldry.

Can recracha la fumée de sa cigarette en toussant.

— Désolé, vous n'avez pas frappé à la bonne personne. J'ai déjà rencontré des demandes extravagantes, mais là, c'est le bonbon ! Je ne fais pas dans ce genre d'affaires.

— Ne soyez pas stupide, ce n'est pas pour moi,

mais pour une femme avec laquelle je cherche juste à conclure un marché.

— Quel genre de marché ?

— Une affaire immobilière.

— Si vous voulez acheter une maison ou un appartement, je peux vous coordonner très facilement. Donnez-moi votre budget et je vous présenterai des offres grandement intéressantes. C'est une très bonne idée de vous investir ici. L'économie actuelle est dans une période susceptible, mais Istanbul redeviendra bientôt comme une somptuosité. C'est une ville incommensurable et magnifique. Sa situation cartographique est unique au monde et sa population a des talents dans toutes les spécialités.

— Merci pour votre cours d'économie, ce n'est pas ici que le dossier se traite, mais à Londres où je veux récupérer un appartement voisin du mien.

— Quelle idée drolatique ! Dans ce cas, c'est plus malicieux d'opérer cette affaire en Angleterre, non ?

— Justement, non. Sinon, je n'aurais pas fait tous ces kilomètres et engagé de tels frais. L'appartement que je convoite est occupé par une femme qui n'était pas du tout décidée à s'en éloigner, jusqu'à ce que...

Et Daldry raconta au guide les raisons qui l'avaient conduit jusqu'à Istanbul. Can l'écouta sans l'interrompre, sauf une fois, pour lui demander de répéter les prédictions de la voyante de Brighton, ce que Daldry fit mot pour mot.

— Comprenez-moi, c'était une opportunité à saisir, le moyen de l'éloigner de ce lieu, encore faut-il maintenant faire le nécessaire pour qu'elle le reste.

— Vous ne croyez pas à la voyance ? demanda Can.

— Je suis trop éduqué pour y accorder la moindre signification, répondit Daldry. En vérité, je ne me suis jamais véritablement posé la question, et je n'avais aucune raison de le faire, n'ayant jamais consulté moi-même. Mais, dans le doute, je ne serais pas contre l'idée de donner un petit coup de pouce au destin.

— Vous dépensez beaucoup d'ardeur pour rien. Excusez-moi, mais il suffit d'offrir une somme astronomiquement correcte et cette femme ne pourra pas se refuser. Tout a un prix, croyez-moi.

— Je sais que vous allez trouver la chose difficile à concevoir, mais l'argent ne l'intéresse pas. Elle n'est pas vénale, et moi non plus d'ailleurs.

— Parce que vous ne vouliez pas faire un rendement profitable avec cet appartement ?

— Du tout, ce n'est pas une affaire d'argent. Comme je vous l'ai dit, je suis peintre, et l'appartement en question jouit d'une magnifique verrière, la lumière y est unique. Je veux en faire mon atelier.

— Et il n'y a qu'une seule verrière à Londres ? Il s'avère que je peux vous en présenter à Istanbul quand vous voulez. Il y en a même qui seraient avec carrefour sur rue.

— C'est la seule verrière dans la maison où j'habite ! Ma maison, ma rue, mon quartier, et je n'ai aucune envie d'en partir.

— Je ne comprends pas. Vous faites vos affaires à Londres, alors pourquoi voulez-vous m'embaumer à Istanbul ?

— Pour que vous me trouviez un homme intelligent, honnête et célibataire si possible, capable de séduire la femme dont je vous ai parlé. Si elle en tombe amoureuse, elle aura toutes les raisons de rester ici et, selon l'accord qu'elle et moi avons conclu, je ferai de son appartement mon atelier. Vous voyez, ce n'est pas bien compliqué.

— C'est tout à fait tortionné, vous voulez dire.

— Vous croyez que je pourrais avoir du thé, du pain et des œufs brouillés, ou je dois aller chercher mon petit déjeuner à Londres ?

Can se retourna pour échanger quelques mots avec le serveur.

— C'est le dernier service bénévole que je vous fais comme faveur, reprit le guide. Votre victime, c'est la femme qui était dans votre entourage hier soir quand nous nous sommes délaissés au bar ?

— Tout de suite les grands mots ! Elle n'est la victime de personne, tout au contraire, je suis convaincu de lui rendre un grand service.

— En manipulant sa vie ? Vous voulez l'expédier dans les bras d'un homme que je dois localiser pour vous contre de l'argent ; si c'est ça votre estimation de l'honnêteté, alors je suis dans la contrainte de vous demander une augmentation subsidiaire de mes honoraires, et un dédommagement précoce de mes frais, car il y aura, c'est incontesté, nécessairement des frais pour vous dénicher cette perle d'exception.

— Ah bon ? Quel genre de frais ?

— Des frais ! Maintenant, renseignez-moi sur les attirances de cette femme.

— Bonne question. Si vous parlez de son genre d'homme, je l'ignore encore, je vais essayer d'en apprendre plus ; en attendant, et pour ne pas perdre de temps, vous n'avez qu'à imaginer tout le contraire de moi. Parlons à présent de vos émoluments afin que je décide si je vous engage ou non.

Can regarda longuement Daldry.

— Désolé, je n'émolue pas.

— C'est encore pire que je ne le craignais, soupira Daldry. Je parle de vos honoraires.

Can observa à nouveau Daldry. Il sortit un crayon de la poche intérieure de son veston, déchira un morceau de la nappe en papier, griffonna un chiffre et fit glisser le papier vers Daldry. Ce dernier prit connaissance de la somme et repoussa le papier vers Can.

— Vous êtes hors de prix.

— Votre demande est en dehors de la normalité standardisée.

— N'exagérons rien !

– Vous avez dit que vous n'avez pas d'attraction pour l'argent, mais vous jouez au marchand comme un tapis.

Daldry reprit le bout de papier, regarda à nouveau la somme inscrite, grommela en le glissant dans sa poche et tendit la main à Can.

– Bon, d'accord, affaire conclue, mais je ne vous paierai vos frais qu'une fois les résultats obtenus.

– Affaire entendue, dit Can, en serrant la main de Daldry. Je vous trouverai cet homme prodigieux, au moment où il le faudra ; parce que si j'ai bien compris votre esprit d'une complication exemplaire, vous devez faire d'autres rencontres avant que la prédiction soit exaucée.

Le serveur apporta enfin le petit déjeuner dont rêvait Daldry.

– C'est exactement cela, dit-il en se délectant à la vue des œufs brouillés. Vous êtes embauché. Je vous présenterai dès aujourd'hui à cette jeune femme, en qualité de guide interprète.

– C'est bien le titre qui s'harmonise avec ma personne, dit Can en souriant généreusement.

Can se leva et salua Daldry, mais, juste avant de sortir, il se retourna.

– Peut-être que vous allez me payer pour rien, peut-être que cette voyante a des pouvoirs extraordinairement clairvoyants, et que vous faites une erreur en contestant d'y croire.

– Pourquoi me dites-vous cela ?

– Parce que je suis un homme qui pratique l'honnêteté. Qui vous dit que je ne suis pas la deuxième des six personnes dont votre voyante vous a parlé ; après tout, n'est-ce pas le destin qui a décidé que nos routes se croiseraient ?

Et Can se retira.

Songeur, Daldry le suivit du regard, jusqu'à ce qu'il traverse la rue et grimpe dans un tramway. Puis il repoussa son assiette, demanda l'addition au serveur, paya la note et quitta la pâtisserie Lebon.

Il avait décidé de rentrer à pied. De retour à l'hôtel, il aperçut Alice, assise au bar, lisant un quotidien en anglais. Il avança vers elle.

– Mais où étiez-vous ? demanda-t-elle en le voyant. Je vous ai fait appeler dans votre chambre et vous ne répondiez pas, le concierge a fini par m'avouer que vous étiez sorti. Vous auriez pu me laisser un mot, je me suis inquiétée.

– C'est adorable, mais je suis juste allé me promener. J'avais envie de prendre l'air, et je ne voulais pas vous réveiller.

– Je n'ai presque pas dormi de la nuit. Commandez-vous quelque chose, il faut que je vous parle, dit Alice d'un ton décidé.

– Ça tombe bien, j'ai soif et moi aussi il faut que je vous parle, répondit Daldry.

– Alors vous le premier, dit Alice.

– Non, vous d'abord, oh, et puis d'accord, moi

d'abord. J'ai réfléchi à votre proposition d'hier et j'accepte d'embaucher ce guide.

— Je vous avais proposé l'exact contraire, répondit Alice.

— Ah, comme c'est étrange, j'ai dû mal comprendre. Peu importe, nous gagnerons en effet un temps précieux. Je me suis dit que courir la campagne en ce moment serait ridicule, la saison n'étant pas propice à la floraison. Un guide pourrait nous conduire aisément chez les meilleurs artisans parfumeurs de la ville. Leurs travaux pourraient vous inspirer, qu'en pensez-vous ?

Alice, perplexe, se sentit redevable des efforts que faisait Daldry.

— Oui, vu sous cet angle, c'est une bonne idée.

— Je suis enchanté que cela vous fasse plaisir. Je vais demander au concierge de nous organiser un rendez-vous avec lui en début d'après-midi. À votre tour maintenant, de quoi vouliez-vous me parler ?

— Rien d'important, dit Alice.

— C'est la literie qui vous a empêchée de dormir ? J'ai trouvé mon matelas beaucoup trop mou, j'avais l'impression de sombrer dans une motte de beurre. Je peux demander que l'on vous change de chambre.

— Non, le lit n'y est pour rien.

— Vous avez fait un nouveau cauchemar ?

— Non plus, mentit Alice. Le dépaysement probablement, je finirai par m'accoutumer.

— Vous devriez aller vous reposer, j'espère que nous entamerons nos recherches dès cet après-midi, vous aurez besoin d'être en forme.

Mais Alice avait d'autres envies en tête que celle de se reposer. Elle demanda à Daldry si, en attendant leur guide, il voyait un inconvénient à retourner dans la ruelle qu'ils avaient empruntée la veille.

— Je ne suis pas certain de la retrouver, dit Daldry, mais nous pouvons toujours essayer.

Alice se souvenait parfaitement du chemin. Une fois sortie de l'hôtel, elle guida Daldry sans aucune hésitation.

— Nous y sommes, dit-elle en apercevant le konak[1] dont l'encorbellement penchait dangereusement au-dessus de la chaussée.

— Lorsque j'étais enfant, dit Daldry, je passais des heures à regarder les façades des maisons, rêvant à ce qui pouvait se passer derrière leurs murs. Je ne sais pas pourquoi, mais la vie des autres me fascinait, j'aurais voulu savoir si elle ressemblait à la mienne ou si elle s'en distinguait. J'essayais d'imaginer le quotidien des enfants de mon âge, jouant et créant du désordre dans ces maisons qui deviennent avec les années le centre de leur monde. Le soir, en regardant les fenêtres éclairées, j'inventais de grands dîners, des soirs de fête. Ce konak doit être à l'abandon depuis longtemps pour se trouver dans un

---

1. Grande maison.

pareil état de délabrement. Que sont devenus ses habitants, pourquoi a-t-il été déserté ?

— Nous avions presque le même jeu, dit Alice. Je me souviens que, dans l'immeuble en face de celui où j'ai grandi, vivait un couple que j'épiais depuis la fenêtre de ma chambre. L'homme rentrait invariablement à dix-huit heures, au moment où je commençais mes devoirs. Je le voyais, dans son salon, ôter son manteau et son chapeau et s'affaler dans un fauteuil. Sa femme lui apportait un apéritif, elle repartait avec le manteau et le chapeau de l'homme ; il dépliait son journal et le lisait encore lorsqu'on m'appelait pour dîner. Quand je revenais dans ma chambre, les rideaux de l'appartement d'en face étaient tirés. Je détestais ce type qui se faisait servir sans adresser un mot à sa femme. Un jour, alors que nous nous promenions avec ma mère, je l'ai vu, marchant vers nous. Plus il s'approchait et plus mon cœur s'emballait. L'homme a ralenti l'allure pour nous saluer. Il m'a décoché un grand sourire, un sourire qui voulait dire : « C'est toi la petite gamine effrontée qui m'épie depuis la fenêtre de sa chambre, tu crois que je n'ai pas repéré ton manège ? » J'étais certaine qu'il allait vendre la mèche et j'ai eu encore plus peur. Alors je l'ai ignoré, ni sourire ni bonjour, et j'ai tiré ma mère par la main. Elle m'a reproché mon impolitesse. Je lui ai demandé si elle connaissait cet homme, elle m'a répondu que j'étais aussi mal élevée qu'inattentive, l'homme en question tenait

197

l'épicerie au coin de la rue où nous vivions. L'épicerie, je passais tous les jours devant, il m'était arrivé d'y entrer, mais c'était une jeune femme qui servait au comptoir. C'était sa fille, m'apprit ma mère ; elle travaillait avec son père et s'occupait de lui depuis qu'il était veuf. Mon amour-propre en a pris un sacré coup, je me croyais la reine des observatrices...

— Lorsque l'imagination est confrontée à la réalité, cela fait parfois des dégâts, dit Daldry en avançant dans la petite rue. J'ai longtemps cru que la jeune servante qui travaillait chez mes parents en pinçait pour moi, j'étais certain d'en avoir les preuves. Eh bien elle était en fait éprise de ma sœur aînée. Ma sœur écrivait des poèmes, la servante les lisait en cachette. Elles s'aimaient follement dans la plus grande discrétion. La servante faisait semblant de se pâmer devant moi pour que ma mère ne découvre rien de cette idylle inavouable.

— Votre sœur aime les femmes ?

— Oui, et n'en déplaise à la morale des esprits étroits, c'est bien plus honorable que de n'aimer personne. Et si nous allions maintenant inspecter cette mystérieuse ruelle, c'est pour cela que nous sommes ici, n'est-ce pas ?

Alice ouvrit la marche. Le vieux konak au bois noirci semblait guetter silencieusement ces intrus, mais, au bout de la ruelle, il n'y avait aucun escalier et rien ne ressemblait au cauchemar d'Alice.

— Je suis désolée, dit-elle, je vous ai fait perdre votre temps.

198

– Pas du tout, cette petite promenade m'a ouvert l'appétit, et puis j'ai repéré en bas de l'avenue un café qui m'a l'air bien plus pittoresque que la salle à manger de l'hôtel. Vous n'avez rien contre le pittoresque ?

– Non, bien au contraire, dit Alice en prenant Daldry par le bras.

Le café était bondé, le nuage de fumée de cigarettes qui flottait dans l'air était si dense qu'on entrevoyait à peine le fond de la salle. Daldry y repéra néanmoins une petite table ; il entraîna Alice en se frayant un chemin au milieu des clients. Alice s'installa sur la banquette et, pendant tout le repas, ils continuèrent à parler de leur enfance. Daldry était issu d'une famille bourgeoise où il avait grandi entre frère et sœur, Alice était fille unique et ses parents d'un milieu plus modeste. Leur jeunesse avait été marquée par une certaine solitude, une solitude qui ne dépend ni de l'amour reçu ni de celui qui a manqué, mais de soi. Tous deux avaient aimé la pluie, mais détesté l'hiver, tous deux avaient rêvé sur les bancs de l'école, connu un premier amour en été et une première rupture au début de l'automne. Il avait haï son père, elle avait idolâtré le sien. En ce mois de janvier 1951, Alice faisait goûter à Daldry son premier café turc. Daldry scruta le fond de sa tasse.

– Ici, il est coutume de lire l'avenir dans le marc

de café, je me demande ce que nous raconterait le vôtre.

— Nous pourrions aller consulter une liseuse de marc de café. Nous verrions si ses prédictions corroborent celles de la voyante de Brighton, répondit Alice, pensive.

Daldry regarda sa montre.

— Ce serait intéressant. Mais plus tard. Il est temps de rejoindre l'hôtel, nous avons rendez-vous avec notre guide.

*

Can les attendait dans le hall. Daldry le présenta à Alice.

— Vous êtes, madame, encore plus admirable de près que de loin ! s'exclama Can, courbé et rougissant en lui faisant un baisemain.

— C'est très gentil de votre part, j'imagine qu'il est préférable que ce soit dans ce sens-là, non ? demanda-t-elle en se retournant vers Daldry.

— Certainement, répondit-il, agacé par la familiarité dont Can avait fait preuve.

Mais, à en juger par le pourpre de ses joues, le compliment du guide avait été tout à fait spontané.

— Je vous présente aussitôt mon pardon, dit Can. Je ne voulais pas du tout vous contrarier, c'est simplement que vous êtes inévitablement plus ravissante à la lumière du jour.

– Je crois que nous avons compris l'idée, dit Daldry d'un ton sec, on peut passer à autre chose ?

– Tout à fait parfaitement, Votre Excellence, répondit Can, bafouillant de plus belle.

– Daldry m'a dit que vous étiez le meilleur guide d'Istanbul, enchaîna Alice pour détendre l'atmosphère.

– C'est exactement vrai, répondit Can. Et je suis à votre disposition des plus totales.

– Et aussi le meilleur interprète ?

– Voilà également, répondit Can, dont le visage virait au vermeil.

Et Alice éclata de rire.

– Au moins, nous n'allons pas nous ennuyer, je vous trouve extrêmement sympathique, dit-elle en se ressaisissant. Venez, allons nous installer au bar, pour discuter de ce qui nous réunit tous les trois.

Can précéda Daldry qui le tançait du regard.

– Je peux vous faire rencontrer tous les parfumeurs d'Istanbul. Ils ne sont pas nombreux, mais ils sont parfaitement excellents dans leur domaine, affirma Can après avoir écouté longuement Alice. Si vous restez à Istanbul jusqu'au commencement du printemps, je vous ferai aussi visiter la campagne, nous avons des roseraies sauvages extraordinairement splendides, des collines accueillant des figuiers, des tilleuls, des cyclamens, du jasmin...

– Je ne pense pas que nous resterons si longtemps, répondit Alice.

– Ne dites pas ça, qui sait ce que l'avenir va vous offrir ? répondit Can qui reçut aussitôt un coup de pied de Daldry sous la table.

Il sursauta et retourna à Daldry son regard furieux.

– J'ai besoin de l'après-midi pour vous organiser ces introductions, dit Can, je vais exécuter quelques appels téléphoniques et je pourrai venir vous chercher demain matin ici même.

Alice était excitée comme une enfant à la veille de Noël. L'idée de rencontrer des confrères turcs, de pouvoir étudier leurs travaux l'enchantait et avait chassé toute envie de renoncer à ce voyage.

– Je suis ravie, je vous remercie, dit-elle à Can en lui serrant la main.

En se levant, Can demanda à Daldry s'il pouvait l'accompagner dans le hall, il avait un mot à lui dire.

Devant la porte à tambour, Can se pencha vers Daldry.

– Mes tarifs viennent de subir une augmentation !

– Et pourquoi donc ? Nous avions pourtant convenu d'un prix !

– C'était avant de recevoir votre pied avec fureur sur ma jambe. À cause de vous, je vais peut-être déboîter demain, ce qui me retardera.

– Vous n'allez pas faire votre chochotte, je vous ai à peine effleuré, et uniquement pour vous empêcher de faire une gaffe.

Can considéra Daldry avec le plus grand sérieux.

– D'accord, admit Daldry, je m'excuse, désolé d'avoir eu ce geste malheureux, même s'il était nécessaire. Mais reconnaissez que vous n'avez pas été très adroit.

– Je n'augmenterai pas mes tarifications, mais seulement parce que votre amie est d'un grand ravissement, et que mon travail sera bien plus facile.

– Qu'est-ce que ça veut dire, ça ?

– Que je pourrai trouver dans la journée cent hommes qui rêveraient de l'enjôler. À demain, dit Can en s'engouffrant dans la porte à tambour.

Daldry resta pensif et retourna auprès d'Alice.

– Qu'est-ce qu'il vous disait que je ne pouvais entendre ?

– Rien d'important, nous discutions de sa rémunération.

– Je veux que vous teniez des comptes de toutes vos dépenses, Daldry, cet hôtel, nos repas, ce guide, sans oublier notre voyage, je vous rembourserai...

– ... au shilling près, je sais, vous me l'avez assez répété. Mais que vous le vouliez ou non, à table, vous êtes mon invitée. Que nous soyons en affaires est une chose, que je me conduise en gentleman en est une autre et je n'y dérogerai pas. D'ailleurs, si nous buvions quelque chose pour célébrer cela ?

– Célébrer quoi ?

– Je ne sais pas, faut-il absolument avoir une raison ? J'ai soif, nous n'avons qu'à fêter le fait d'avoir embauché notre guide.

– Il est un peu tôt pour moi, je vais aller me reposer, je n'ai pas fermé l'œil de la nuit.

Alice laissa Daldry au bar. Il la regarda s'élever dans la cabine d'ascenseur, lui fit un petit sourire en coin et attendit qu'elle ait disparu pour commander un double scotch.

*

À l'extrémité d'un ponton en bois se balance une barque. Alice grimpe dedans et s'assied dans le fond. Un homme détache la corde qui les relie à l'embarcadère. La rive s'éloigne, Alice cherche à comprendre pourquoi le monde est ainsi fait, pourquoi les cimes des grands pins semblent, dans la noirceur de la nuit, se refermer sur son passé.

Le courant est violent, la barque tangue dangereusement en traversant le sillage d'un bateau qui s'éloigne. Alice voudrait s'agripper aux deux bords, mais ses bras sont trop courts. Elle cale ses pieds sous la planchette où le passeur est assis, lui tournant le dos. Chaque fois que la barque plonge dans le creux d'une vague, une présence rassurante la retient.

Le vent du nord se lève et chasse les nuages, la clarté de la lune jaillit non du ciel, mais de la profondeur des eaux.

La barque accoste, le marin l'empoigne et la hisse sur la berge.

Elle escalade une colline plantée de cyprès et redescend dans le repli sombre d'une vallée. Elle marche sur un chemin de terre humide dans la fraîcheur d'un soir d'automne. La pente est raide, elle s'accroche aux buissons, visant une petite lumière qui scintille au loin.

Alice longe les ruines d'une ancienne forteresse ou d'un ancien palais, recouvertes de vigne sauvage.

L'odeur des cèdres se mêle à celle des genêts et, un peu plus loin, du jasmin. Alice voudrait ne jamais oublier ces odeurs qui se succèdent. La lumière s'est amplifiée, une lampe à huile accrochée au bout d'une chaîne éclaire une porte en bois. Elle s'ouvre sur un jardin de tilleuls et de figuiers. Alice songe à voler un fruit, elle a faim. Elle voudrait goûter la chair rouge et pulpeuse. Elle tend la main, saisit deux figues et les cache au fond de sa poche.

Elle pénètre dans la cour d'une maison. Une voix douce qui lui est étrangère lui dit de ne pas avoir peur, elle n'a plus rien à craindre, elle va pouvoir se laver, manger, boire et dormir.

Un escalier en bois mène à l'étage, les marches gémissent sous les pas d'Alice, elle se retient à la rambarde, essayant de se faire plus légère.

Elle entre dans une petite pièce qui sent la cire d'abeille. Alice ôte ses vêtements, les plie et les range soigneusement sur une chaise. Elle avance vers une bassine en fer, croit voir son reflet dans l'eau tiède, mais la surface se trouble.

Alice voudrait boire cette eau, elle a soif et sa gorge est si sèche que l'air y entre péniblement. Ses joues la brûlent, sa tête est comme dans un étau.

— Va-t'en, Alice. Tu n'aurais pas dû revenir. Rentre chez toi, il n'est pas trop tard.

*

Alice ouvrit les yeux, elle se releva, brûlante de fièvre, le corps engourdi, les membres faibles. Prise de nausée, elle se précipita vers la salle de bains.

De retour dans sa chambre, grelottante, elle appela la réception et demanda au concierge de lui envoyer un médecin sans tarder et que l'on prévienne M. Daldry.

Le docteur, à son chevet, diagnostiqua une intoxication alimentaire et prescrivit des médicaments que Daldry s'empressa d'aller chercher à la pharmacie. Alice serait vite rétablie. Ce genre de désagrément arrivait souvent aux touristes, il n'y avait aucune raison de s'inquiéter.

En début de soirée, le téléphone sonna dans la chambre d'Alice.

– Je n'aurais jamais dû vous laisser manger ces fruits de mer, je me sens terriblement coupable, dit Daldry qui l'appelait de sa chambre.

– Ce n'est pas de votre faute, répondit Alice, vous ne m'avez pas forcée. Ne m'en veuillez pas, mais je vais vous laisser dîner seul, je me sens bien incapable de supporter la moindre odeur de nourriture, rien que de vous en parler me retourne l'estomac.

– Alors n'en parlez pas, d'ailleurs moi aussi je

vais jeûner ce soir, par solidarité, cela me fera le plus grand bien. Un petit bourbon et au lit.

— Vous buvez trop, Daldry, et vous buvez inutilement.

— Vu votre état, vous n'êtes pas bien placée pour me donner des conseils de santé. Sans faire de mauvais esprit, je me trouve plus en forme que vous.

— Pour ce soir, vous n'avez pas tort, mais pour demain et les jours à venir, je pense avoir raison.

— La raison serait que vous vous reposiez au lieu de vous préoccuper de moi. Dormez autant que vous le pourrez, prenez vos médicaments et, si le médecin nous a dit vrai, j'aurai plaisir à vous retrouver vaillante au matin.

— Vous avez eu des nouvelles de notre guide ?

— Pas encore, dit Daldry, mais j'attends son appel, d'ailleurs je devrais libérer la ligne et vous laisser dormir.

— Bonne nuit, Ethan.

— Bonne nuit, Alice.

Elle raccrocha et ressentit une appréhension à l'idée d'éteindre sa lampe de chevet. Elle la laissa allumée, et s'endormit peu après. Cette nuit-là, aucun cauchemar ne vint troubler son sommeil.

*

L'artisan parfumeur vivait à Cihangir. Sa maison, perchée sur un terrain vague des hauteurs du quartier, était reliée à celle de son voisin par une corde à linge où pendaient blouses, pantalons, chemises, caleçons et même un uniforme. Grimper la rue pavée par jour de pluie n'était pas une mince affaire, le dolmuş s'y reprit à deux fois. La Chevrolet patinait et l'embrayage empestait le caoutchouc brûlé. Le chauffeur, qui n'aurait jamais mis en cause la gomme lisse de ses pneumatiques, râlait. Il n'aurait pas dû accepter la course, et il n'y avait rien à voir pour des touristes sur les hauteurs de Cihangir. Daldry, qui avait pris place à l'avant, glissa un billet sur la banquette de la vieille Chevrolet et le chauffeur finit par se taire.

Can tenait Alice par le bras pendant qu'ils traversaient le terrain vague, « pour qu'elle ne mette pas les pieds dans un trou rempli d'eau », dit-il.

La petite bruine qui tombait sur la ville n'aurait pas détrempé le sol avant la fin du jour, mais Can se voulait prévoyant. Alice se sentait mieux, encore assez faible cependant pour apprécier l'attention que Can lui portait. Daldry se garda de tout commentaire.

Ils entrèrent dans la maison ; la pièce où travaillait le parfumeur était spacieuse. Des braises rougeoyantes se consumaient sous un grand samovar et la chaleur qui s'en dégageait embuait les vitres poussiéreuses de l'atelier.

L'artisan, qui ne comprenait pas pourquoi deux Anglais étaient venus de Londres lui rendre visite, bien qu'il en fût honoré, leur offrit du thé et des petits gâteaux nappés de sirop.

— C'est ma femme qui les fait, dit-il à Can, qui traduisit aussitôt que l'épouse du parfumeur était la meilleure pâtissière de Cihangir.

Alice se laissa guider jusqu'à l'orgue de l'artisan parfumeur. Il lui fit sentir quelques-unes de ses compositions ; les notes sur lesquelles il travaillait étaient soutenues, mais harmonieuses. Des parfums orientaux de bonne facture, qui n'avaient cependant rien de très original.

Au bout de la longue table, Alice repéra un coffret rempli de fioles dont les couleurs piquèrent sa curiosité.

— Je peux ? demanda-t-elle en attrapant un petit flacon rempli d'un liquide vert étrange.

Can n'avait pas fini de traduire sa demande que l'artisan reprit le flacon des mains d'Alice et le remit à sa place dans le coffret.

— Il dit que cela n'a aucun grand intérêt, que ce sont juste des expériences avec lesquelles il s'amuse, dit Can. Un passe-temps.

— Je serais curieuse de les sentir.

L'artisan accepta dans un haussement d'épaules. Alice souleva le bouchon et fut étonnée. Elle prit une bandelette de papier, la trempa dans le liquide et la passa sous son nez. Elle reposa le flacon, exécuta les mêmes gestes avec une deuxième fiole, une troisième, et se retourna, stupéfaite, vers Daldry.

— Alors ? demanda Daldry jusque-là silencieux.

— C'est incroyable, il a recréé une véritable forêt dans ce coffret. Je n'aurais jamais eu cette idée. Sentez vous-même, dit Alice en trempant une nouvelle bandelette de papier dans un flacon, on se croirait allongé à même la terre, au pied d'un cèdre.

Elle posa la mouillette sur la table, en prit une autre qu'elle trempa dans une fiole et l'agita quelques instants avant de la présenter à Daldry.

— Sur celle-ci, c'est une senteur de résine de pin et dans cet autre flacon, dit-elle en ôtant le bouchon, c'est une odeur de pré humide, une note légère de colchiques mêlées à des fougères. Et là, sentez encore, de la noisette...

— Je ne connais personne qui voudrait se parfumer à la noisette, grommela Daldry.

— Ce n'est pas pour le corps, ce sont des arômes d'ambiance.

— Vous croyez vraiment qu'il y aurait un marché pour des parfums d'ambiance ? Et qu'est-ce d'ailleurs qu'un parfum d'ambiance ?

— Songez au plaisir de retrouver chez soi les senteurs de la nature. Imaginez que nous puissions diffuser dans des appartements le parfum des saisons.

— Des saisons ? interrogea Daldry, étonné.

— Faire durer l'automne quand arrive l'hiver, faire naître en janvier le printemps avec son cortège de floraisons, faire jaillir des odeurs de pluie en été. Une salle à manger où flotterait l'odeur de citronnier, une salle de bains parfumée à la fleur d'oranger, des parfums d'intérieur qui ne seraient pas des encens, c'est une idée inouïe !

— Eh bien, puisque vous le dites, il ne nous reste plus qu'à sympathiser avec ce monsieur qui a l'air aussi surpris que moi de votre excitation.

Alice se tourna vers Can.

— Pourriez-vous lui demander comment il réussit à faire tenir aussi longtemps cette note de cèdre ? dit Alice en respirant la mouillette qu'elle avait récupérée sur l'orgue à parfums.

— Quelle note ? demanda Can.

— Demandez-lui comment il a fait pour que le parfum résiste aussi longtemps à l'air ambiant.

Et pendant que Can traduisait du mieux qu'il le pouvait la conversation entre Alice et l'artisan parfumeur, Daldry s'approcha de la fenêtre et regarda le Bosphore, qui apparaissait troublé derrière la buée des carreaux. Si ce n'était pas du tout ce qu'il avait espéré en se rendant à Istanbul, pensa-t-il, il était possible qu'Alice fasse un jour sa fortune, et, aussi étrange que cela pût paraître, il s'en fichait éperdument.

*

Alice, Can et Daldry remercièrent l'artisan de la matinée qu'il leur avait consacrée. Alice promit de revenir très vite. Elle espérait qu'ils pourraient bientôt travailler ensemble. L'artisan n'aurait jamais cru que sa passion secrète puisse un jour inspirer de l'intérêt à quiconque. Mais, ce soir, il pourrait dire à sa femme que ces soirées durant lesquelles il veillait si tard dans son atelier, ces dimanches qu'il passait à parcourir les collines, à arpenter vallées et sous-bois pour y cueillir toutes sortes de fleurs et végétaux, n'étaient pas le passe-temps d'un vieux fou, comme elle le lui reprochait si souvent, mais un travail sérieux qui avait captivé une parfumeuse anglaise.

— Ce n'est pas que je me sois ennuyé, dit Daldry en regagnant la rue, je n'ai simplement rien mangé depuis hier midi et je ne serais pas contre un petit encas.

— Vous êtes réjouie de cette visite ? demanda Can à Alice, en ignorant Daldry.

— Je suis folle de joie, l'orgue de cet homme est une véritable caverne d'Ali Baba, c'est une merveilleuse rencontre que vous avez organisée, Can.

— Je suis ravi de votre enchantement qui m'enchante, répondit Can, le visage empourpré.

— Un-deux, un-deux-trois ! s'exclama Daldry en parlant dans le creux de sa main, ici Londres, est-ce que vous m'entendez ?

— Cela dit, mademoiselle Alice, je dois vous informer que certains mots de votre vocabulaire m'échappent et me sont très difficiles à traduire. Par exemple, je n'ai pas vu d'instrument de musique qui ressemble à une caverne de babas dans la maison de cet homme, reprit Can sans prêter la moindre attention à Daldry.

— Je m'en excuse, Can, c'est un jargon propre à mon métier, je prendrai le temps de vous en expliquer les subtilités et vous serez l'interprète d'Istanbul le plus qualifié en parfumerie.

— C'est une spécialité qui me plairait bien, je vous en serai toujours reconnaissant, mademoiselle Alice.

— Bon, grommela Daldry, je dois être devenu aphone, apparemment, personne n'entend ce que je dis ! J'ai faim ! Pourriez-vous nous indiquer où nous restaurer sans que Mlle Alice tombe malade ?!

Can le regarda avec insistance.

— J'avais l'intention de vous diriger dans un endroit que vous n'êtes pas près d'oublier.

— À la bonne heure, il a remarqué que j'étais là !

Alice se rapprocha de Daldry et chuchota à son oreille.

— Vous n'êtes pas très aimable avec lui.

— Sans blague, parce que vous le trouvez aimable avec moi ? J'ai faim. Je vous rappelle que j'ai jeûné par solidarité, mais puisque vous faites bande à part avec notre fabuleux guide, je me désolidarise.

Alice adressa un regard affligé à Daldry et rejoignit Can qui se tenait à l'écart.

Ils descendirent les ruelles escarpées jusqu'à la partie basse de Cihangir. Daldry arrêta un taxi et demanda à Can et à Alice s'ils se joignaient à lui ou s'ils préféraient prendre une autre voiture. Il s'installa d'autorité sur la banquette arrière et ne laissa d'autre choix à Can que de prendre place à côté du chauffeur.

Can communiqua une adresse en turc et ne se retourna pas pendant tout le trajet.

*

Les mouettes immobiles paressaient sur les balustrades des quais.

— Nous allons là-bas, dit Can, désignant une baraque en bois au bout d'un embarcadère.

— Je ne vois pas de restaurant, protesta Daldry.

— Parce que vous ne savez pas bien regarder, répondit courtoisement Can, ce n'est pas un lieu pour les touristes. L'endroit ne resplendit pas de luxe, mais vous allez vous délecter.

— Et vous n'auriez pas, par hasard, quelque chose d'aussi prometteur que ce boui-boui, mais qui aurait un peu plus de charme ?

Daldry désigna les grandes maisons dont les fondations plongeaient dans le Bosphore. Le regard d'Alice se figea sur l'une de ces demeures dont la façade blanche se distinguait des autres.

— Vous avez eu une nouvelle apparition ? demanda Daldry d'un ton moqueur. Vous faites une de ces têtes.

– Je vous ai menti, balbutia Alice. L'autre nuit, j'ai fait un cauchemar encore plus réaliste que les précédents et, dans ce cauchemar, j'ai vu une maison semblable à celle-ci.

Les mâchoires serrées, Alice fixait la bâtisse blanche. Can ne comprenait pas ce qui semblait soudain inquiéter sa cliente.

– Ce sont des yalis, dit le guide d'une voix posée, des habitations de villégiature, vestiges de la splendeur de l'Empire ottoman. Elles étaient très appréciées au XIXe siècle. Elles le sont moins maintenant, les propriétaires sont désargentés par les frais de chauffage en hiver, la plupart d'entre elles auraient besoin d'être rafistolées.

Daldry prit Alice par les épaules et la força à regarder vers le Bosphore.

– Je ne vois que deux possibilités. Soit vos parents ont poursuivi leur unique voyage au-delà de Nice et vous étiez trop jeune pour vous souvenir de ce qu'ils vous en ont dit. Soit ils possédaient un livre sur Istanbul que vous avez lu dans votre enfance et vous l'avez oublié. Les deux possibilités ne sont d'ailleurs pas incompatibles.

Alice n'avait aucun souvenir de sa mère ou de son père lui parlant d'Istanbul, et elle avait beau revisiter dans sa mémoire toutes les pièces de l'appartement de ses parents, leur chambre et son grand lit avec sa couverture grise, la table de chevet de son père où se trouvaient un étui à lunettes en cuir et un petit réveil, celle de sa mère avec une photo d'elle, prisonnière de ses cinq ans dans un cadre en argent, la malle au pied du lit, le tapis strié de rouge et de brun, la salle à manger, sa table en acajou et ses six chaises assorties, le buffet-vitrine où reposait de la vaisselle en porcelaine précieusement gardée pour les jours de fête, mais dont on ne se servait jamais, le Chesterfield où la famille s'installait pour écouter le feuilleton radiophonique du soir, la petite bibliothèque, les livres que sa mère lisait... rien de tout cela n'avait de lien avec Istanbul.

— Si vos parents sont entrés en Turquie, suggéra Can, il réside peut-être des traces de leur passage auprès des autorités concernées. Demain, le consulat britannique organise une soirée cérémonieuse, votre ambassadeur revient particulièrement d'Ankara pour accueillir une longue délégation militaire et autant d'officiers de mon gouvernement, annonça fièrement Can.

— Et comment savez-vous cela ? demanda Daldry.

— Parce que je suis à l'évidence le meilleur guide d'Istanbul ! Bon, d'accord, il y avait un article ce matin dans le journal. Et comme je suis tout autant le meilleur interprète de la ville, je suis inquisitionné pour la cérémonie.

— Vous êtes en train de nous annoncer que nous devrons nous passer de vos services demain soir ? demanda Daldry.

— J'allais vous proposer de vous faire convoyer à cette fête.

216

— Ne plastronnez pas, le consul ne va pas inviter tous les Anglais qui séjournent à Istanbul en ce moment, rétorqua Daldry.

— Je ne sais pas ce que veut dire plastronner, mais je vais étudier ce mot. En attendant, la jeune secrétaire qui s'occupe de la liste des invitations se fera un plaisir de me rendre le service d'y inscrire vos noms, elle ne peut rien refuser à Can... Je vous ferai porter des laissez-passer à votre hôtel.

— Vous êtes un drôle de type, Can, dit Daldry. Après tout, si cela vous fait plaisir, poursuivit-il en se retournant vers Alice, nous pourrions nous présenter à l'ambassadeur et lui demander l'aide des services consulaires. À quoi servent nos administrations si l'on ne peut même pas leur demander un petit coup de main quand on a besoin d'elles ! Alors, qu'en pensez-vous ?

— Il faut que j'en aie le cœur net, soupira Alice, je veux comprendre pourquoi ces cauchemars sont si réalistes.

— Je vous promets de tout faire pour lever le voile sur ce mystère, mais après avoir avalé quelque chose, sinon c'est vous qui allez bientôt devoir vous occuper de moi, je suis au bord de la syncope et j'ai une soif épouvantable.

Can pointa du doigt le restaurant de pêcheurs au bout de l'embarcadère. Puis il s'éloigna et alla s'asseoir sur un plot.

— Bon appétit, dit-il, bras croisés, d'un ton détaché, je vous attends là, sans bouger de ce quai.

217

Le regard incendiaire qu'Alice lui lança n'échappa pas à Daldry, il fit un pas vers Can.

— Mais qu'est-ce que vous faites assis sur ce truc, vous ne croyez tout de même pas que nous allons vous laisser là tout seul dans ce froid ?

— Je ne tiens pas à vous importuner, répondit le guide et je vois bien que je vous démange. Allez vous restaurer, j'ai l'habitude des hivers d'Istanbul et de la pluie aussi.

— Ah, ne faites pas votre mauvaise tête ! protesta Daldry, et, puisqu'il s'agit d'un restaurant local, comment pourrai-je me faire comprendre sans avoir à mes côtés le meilleur interprète de la ville ?

Can fut ravi du compliment et accepta l'invitation.

Le repas et la générosité de l'accueil dépassèrent toutes les attentes de Daldry. Au moment du café, il sembla soudain atteint d'une mélancolie qui surprit Can et Alice. L'alcool aidant, il finit par avouer se sentir terriblement coupable d'avoir nourri quelques préjugés sur cet établissement. Une cuisine simple et excellente pouvait être servie entre des murs modestes, dit-il, et, buvant un quatrième raki, il laissa échapper de longs soupirs.

— C'est l'émotion, dit-il. Cette sauce qui accompagnait mon poisson, la délicatesse de ce dessert, je vais d'ailleurs en reprendre, c'était tout simplement bouleversant. Je vous en prie, continua-t-il d'une voix gémissante, présentez mes sincères excuses au patron et, surtout, promettez-moi de nous faire découvrir au plus vite d'autres endroits comme celui-ci. Dès ce soir par exemple ?

Daldry leva la main au passage du serveur pour qu'il remplisse son verre.

– Je crois que vous avez assez bu, Daldry, dit Alice en le forçant à reposer son verre.

– Je reconnais que ce raki m'est un peu monté à la tête. C'est que j'étais à jeun lorsque nous sommes entrés, et j'avais terriblement soif.

– Apprenez donc à vous désaltérer à l'eau, suggéra Alice.

– Vous êtes folle, vous voulez que je rouille ?

Alice fit signe à Can de l'aider, ils prirent Daldry, chacun par un bras, et l'escortèrent vers la sortie ; Can salua le patron qui s'amusait de l'état dans lequel son client s'était mis.

L'air frais fit tourner la tête de Daldry. Il s'assit sur un plot et, pendant que Can guettait un taxi, Alice resta près de lui, veillant à ce qu'il ne tombe pas à l'eau.

– Peut-être qu'une petite sieste me ferait du bien, souffla Daldry en fixant le large.

– Je crois qu'elle s'impose, répondit Alice. Je pensais que vous étiez supposé me chaperonner, et non le contraire.

– Je vous présente mes excuses, gémit Daldry. Je vous le promets : demain, pas une goutte d'alcool.

– Vous avez intérêt à tenir cette promesse, répondit Alice d'une voix sévère.

Can avait réussi à arrêter un dolmuş, il revint vers Alice, l'aida à caler Daldry sur la banquette arrière et prit place à l'avant.

— Nous allons convoyer votre ami à la portière de votre hôtel et j'irai ensuite au consulat m'occuper de vos invitations. Je les présenterai enveloppées auprès du concierge, dit-il en regardant Alice dans le miroir de courtoisie du pare-soleil qu'il avait abaissé.

— Raccompagner votre ami jusqu'à la porte de votre hôtel et remettre au concierge, dans une enveloppe..., souffla Alice.

— Je devinais ma phrase mal formulée, mais en quoi, je ne le savais pas précisément. Merci de m'avoir rectifié, je ne reproduirai plus jamais cette erreur, dit Can en remontant le pare-soleil.

C'est tout juste si Daldry, qui s'était assoupi pendant le trajet, s'éveilla tandis qu'Alice et le portier l'aidaient à regagner sa chambre et l'allongeaient sur son lit. Il reprit ses esprits bien plus tard dans la journée. Il appela Alice dans sa chambre, interrogea la réception pour savoir où elle se trouvait et apprit qu'elle était sortie. Consterné par sa propre conduite, il glissa un mot sous sa porte, s'excusant de son manque de retenue, et lui confiant qu'il préférait ne pas dîner.

Alice avait profité de son après-midi en solitaire pour se promener dans le quartier de Beyoğlu. Le concierge de l'hôtel lui avait recommandé la visite de la tour de Galata et indiqué l'itinéraire pour s'y rendre à pied. Elle flâna devant les boutiques de la rue Isklital, acheta quelques souvenirs pour ses amis et, transie par le froid qui recouvrait la ville, finit par se réfugier dans un petit restaurant où elle resta dîner.

De retour dans sa chambre en début de soirée, elle s'installa à la table d'écriture et rédigea une lettre à Anton.

Anton,

J'ai fait ce matin la rencontre d'un homme qui exerce mon métier, mais avec bien plus de talent que moi. Il faudra, lorsque je rentrerai, que je te décrive l'originalité de ses recherches. Je me plains souvent du froid qui règne dans mon appartement et si tu avais été présent dans l'atelier de ce parfumeur, tu m'aurais dit de ne plus jamais le faire. En me rendant sur les hauteurs de Cihangir, j'ai découvert un tout autre aspect d'une ville que je croyais avoir appréhendée depuis la fenêtre de ma chambre. En s'éloignant du centre, où les nouveaux immeubles ressemblent à ceux que l'on construit sur les ruines de Londres, on découvre une pauvreté insoupçonnée. J'ai croisé aujourd'hui dans les ruelles étroites de Cihangir des gamins bravant pieds nus le froid de l'hiver, des vendeurs de rue aux visages tristes sur les quais du Bosphore battus par la pluie ; des femmes qui, pour vendre des objets de pacotille, haranguent les longues files de Stambouliotes sur les embarcadères où les vapeurs accostent. Et, aussi étrange que cela paraisse, au milieu de cette tristesse, j'ai ressenti une immense tendresse, un attachement à ces lieux qui me sont étrangers, une solitude déroutante en traversant des places où de vieilles églises se meurent. J'ai gravi des raidillons aux marches usées par les pas. Dans les hauteurs de Cihangir, les façades des maisons sont pour la plupart délabrées, même les chats errants ont l'air triste, et cette tristesse me gagne. Pourquoi cette ville fait-elle naître en moi une telle mélancolie ? Je la sens me gagner dès que je sors dans la rue, et elle ne me quitte plus jusqu'au soir. Mais ne prête aucune attention à ce que je t'écris. Les cafés et petits restaurants regorgent de vie, la ville est belle et ni la poussière ni la crasse ne réussissent à en atténuer la grandeur. Les gens ici sont si accueillants, si généreux, et moi je suis bêtement touchée, je te l'accorde, par la nostalgie d'un héritage qui se délite.

Cet après-midi, en me promenant près de la tour de Galata, j'ai vu derrière une grille en fer forgé un petit cimetière endormi au milieu d'un quartier, je regardais les tombes dont les stèles vacillent, et je ne sais pourquoi j'ai eu le sentiment d'appartenir à cette terre. Chaque heure passée ici fait monter en moi un amour débordant.

Anton, pardonne-moi ces mots décousus qui ne doivent avoir aucun sens pour toi. Je ferme les yeux et j'entends résonner ta trompette dans le soir d'Istanbul, j'entends ton souffle, je te devine jouant, si loin, dans un pub de Londres. J'aimerais avoir des nouvelles de Sam, d'Eddy et de Carol, vous me manquez tous les quatre, j'espère vous manquer un peu aussi.

Je t'embrasse en regardant les toits d'une ville que tu aimerais passionnément, j'en suis certaine.

Alice

8.

À dix heures du matin, on frappa à la porte
d'Alice. Malgré ses cris pour avertir qu'elle était sous
la douche, on insistait. Alice enfila un peignoir et vit
dans le miroir de la porte de la salle de bains la
silhouette d'une gouvernante d'étage qui s'en allait.
Elle trouva sur son lit une housse à vêtements,
une boîte à chaussures et un carton à chapeau.
Intriguée, elle découvrit dans la housse une robe du
soir, une paire d'escarpins dans la boîte à chaussures
et dans le carton rond un ravissant chapeau en
feutre ainsi qu'un petit mot manuscrit de la main
de Daldry :

*À ce soir, je vous attends dans le hall à dix-huit
heures.*

Émerveillée, Alice fit glisser le peignoir à ses
pieds et ne résista pas plus longtemps à l'envie d'une
séance d'essayage improvisée.

La robe dessinait parfaitement la taille et
s'évasait ensuite en une longue et ample jupe.

Depuis la guerre, Alice n'avait pas vu autant de tissu pour former un seul vêtement. Tournoyant sur elle-même, elle avait l'impression de chasser ces années où l'on avait manqué de tout. Oubliés, les jupes raides et les vestons étriqués. La robe qu'elle portait découvrait ses épaules, lui affinait la taille, arrondissait ses hanches, et la longueur retrouvée sublimait le mystère de la jambe.

Elle s'assit sur le lit pour enfiler les escarpins et se sentit immense, ainsi perchée sur des talons. Elle enfila la veste courte, ajusta le chapeau et ouvrit la porte de l'armoire pour se regarder dans le miroir. Elle n'en crut pas ses yeux.

Elle suspendait soigneusement ses affaires en attendant la soirée, quand elle reçut un appel du concierge. Un groom l'attendait pour l'accompagner au salon de coiffure qui se trouvait un peu plus bas sur l'avenue.

— Vous devez vous tromper de chambre, dit-elle, je n'ai pris aucun rendez-vous.

— Mademoiselle Pendelbury, je vous confirme que vous êtes attendue chez Guido dans vingt minutes. Lorsque vous serez coiffée, le salon nous appellera et nous reviendrons vous chercher. Je vous souhaite une excellente journée, mademoiselle.

Le concierge avait raccroché, contrairement à Alice, qui regardait le combiné comme s'il s'était agi d'une lampe d'Aladin d'où aurait surgi un génie malicieux.

*

Shampouinée et manucurée, elle passa sous les ciseaux de Guido, dont le véritable prénom était Onur. Le coiffeur avait fait ses classes à Rome et en était revenu transformé. Maître Guido expliqua à Alice avoir reçu en fin de matinée la visite d'un homme qui lui avait donné des instructions très strictes : un chignon impeccable, qui devait « se tenir altier sous un chapeau ».

La séance dura une heure. Le groom revint chercher Alice dès qu'elle fut prête et la raccompagna à l'hôtel. Lorsqu'elle entra dans le hall, le concierge l'informa qu'on l'attendait au bar. Elle y trouva Daldry, buvant une limonade et lisant un journal.

— Ravissante, dit-il en se levant.

— Je ne sais que vous dire, depuis ce matin j'ai l'impression d'être une princesse de conte de fées.

— Ça tombe bien, nous avons besoin que vous en soyez une ce soir. Nous avons un ambassadeur à séduire et ne comptez pas sur moi pour cela.

— Je ne sais pas comment vous avez fait, mais tout me va à merveille.

— Je sais que je n'en ai pas l'air, mais je suis peintre. Que voulez-vous, le sens des proportions entre dans ma sphère d'excellence.

— Ce que vous avez choisi est magnifique, je n'ai

jamais porté une robe aussi belle. J'y ferai très attention, vous pourrez la rendre sans le moindre défaut. Vous l'avez bien louée, n'est-ce pas ?

— Saviez-vous que cette nouvelle mode porte un nom ? New Look, et c'est un couturier français qui l'a lancée ! Pour ce qui est de l'art de la guerre, nos voisins n'ont jamais été très au point, mais je dois leur reconnaître un génie inégalable en matière de créations vestimentaires et culinaires.

— J'espère que cela vous plaira quand vous me verrez ce soir en New Look.

— Je n'en doute pas une seconde. Cette coiffure est vraiment une très bonne idée, elle met votre nuque en valeur et je la trouve charmante.

— La coiffure ou la nuque ?

Daldry tendit la carte des mises en bouche à Alice.

— Vous devriez manger quelque chose, il faudra se battre au sabre ce soir pour approcher d'un buffet et vous ne serez pas en tenue de combat.

Alice commanda un thé et des pâtisseries. Elle se retira un peu plus tard pour aller se préparer.

De retour dans sa chambre, elle ouvrit la porte de l'armoire, s'allongea sur son lit et admira sa tenue.

Une pluie diluvienne s'abattait sur les toits d'Istanbul. Alice s'approcha de la fenêtre. On entendait au loin les sirènes des vapeurs. Le Bosphore s'effaçait derrière un voile de grisaille. Alice regarda la rue en contrebas, les citadins se précipitaient vers les abris des tramways, certains se protégeaient sous les corniches des immeubles, les parapluies s'entrechoquaient sur les trottoirs. Alice savait qu'elle appartenait à cette vie qui s'agitait sous ses fenêtres, mais à cet instant, derrière les murs épais d'un hôtel luxueux du quartier de Beyoğlu, avec une si belle tenue qui l'attendait, elle se sentait transportée dans un autre monde, un monde privilégié qu'elle côtoierait ce soir, un monde dont elle ignorait les usages et cela ne fit que redoubler son impatience.

*

Elle avait appelé la gouvernante d'étage pour l'aider à fermer sa robe. Son chapeau bien en place, elle quitta sa chambre. Daldry la découvrit dans l'ascenseur qui descendait vers le hall, plus renversante encore qu'il ne l'avait imaginé. Il l'accueillit en lui offrant son bras.

— D'ordinaire, j'ai une sainte horreur des mondanités, mais je vais faire une entorse à la règle, vous êtes...

— Très New Look, dit Alice.

— C'est une façon de voir les choses. Une voiture nous attend, nous avons de la chance, la pluie s'est arrêtée.

Le taxi rejoignit le consulat en moins de deux minutes, la grille d'entrée se trouvait à cinquante mètres de l'hôtel, il suffisait presque de traverser l'avenue pour s'y rendre.

– Je sais, c'est ridicule, mais nous n'allions pas arriver à pied, question de standing, expliqua Daldry.

Il contourna le véhicule pour ouvrir la portière d'Alice ; un majordome en uniforme l'aidait déjà à descendre.

Ils gravirent lentement les marches du perron, Alice craignait de trébucher sur ses hauts talons. Daldry remit le carton d'invitation à l'huissier, déposa son manteau au vestiaire et fit entrer Alice dans la grande salle de réception.

Les hommes se retournèrent, certains s'interrompirent même dans leur conversation. Les femmes scrutaient Alice de la tête aux pieds. Coiffure, veste, robe et chaussures, elle était la modernité incarnée. L'épouse de l'ambassadeur arrêta son regard sur elle et lui fit un sourire amical. Daldry alla à sa rencontre.

Il s'inclina devant l'ambassadrice pour lui baiser la main et présenta Alice, selon les règles protocolaires.

L'ambassadrice s'enquit des raisons conduisant un si joli couple aussi loin de l'Angleterre.

– Les parfums, Votre Excellence, répondit Daldry. Alice est l'un des nez les plus doués du royaume, certaines de ses créations se trouvent déjà dans les meilleures parfumeries de Kensington.

– Quelle chance ! répondit l'ambassadrice. Lorsque nous rentrerons à Londres, je ne manquerai pas de m'en procurer.

Et Daldry s'obligea aussitôt à lui en faire livrer quelques flacons.

– Vous êtes résolument avant-gardiste, ma chère, s'exclama l'ambassadrice, une femme qui innove dans les parfums, c'est très courageux, le monde des affaires est tellement masculin. Si vous restez suffisamment longtemps en Turquie, il vous faudra me rendre visite à Ankara, je m'y ennuie à mourir, chuchota-t-elle, rougissant de sa confidence. J'aurais aimé vous présenter à mon mari ; hélas, je le vois en pleine discussion et je crains que cela ne se poursuive toute la soirée. Je dois vous abandonner, j'ai été enchantée de faire votre connaissance.

L'ambassadrice rejoignit d'autres convives. L'entretien accordé à Alice n'avait échappé à personne. Tous les regards étaient tournés vers elle, et elle s'en sentait gênée.

– Je ne peux pas être idiot à ce point-là, ne me dites pas que j'ai laissé passer une occasion pareille ! dit Daldry.

Alice ne quittait pas des yeux l'ambassadrice, conversant au milieu d'un petit groupe d'invités. Elle abandonna le bras de Daldry et traversa la salle, en faisant de son mieux pour adopter une démarche assurée en dépit de ses hauts talons.

Elle se joignit au cercle qui s'était formé autour de l'ambassadrice et prit la parole.

— Je suis désolée, madame, je devine manquer à tous les égards dus à votre personne en prenant la liberté de vous parler aussi directement, mais il faut que vous m'accordiez un entretien, cela ne vous prendra que quelques instants.

Daldry regardait la scène, ébahi.

— Elle est épatante, n'est-ce pas ? chuchota Can.

Daldry sursauta.

— Vous m'avez fait peur, je ne vous avais pas entendu arriver.

— Je sais, je l'ai fait exprès. Alors, vous êtes satisfait de votre bon guide ? La réception est d'une grande exception, vous ne trouvez pas ?

— Je m'ennuie à mourir dans ce genre de soirée.

— C'est parce que vous ne vous intéressez pas aux autres, répondit Can.

— Vous savez que je vous ai engagé comme guide touristique, et non comme guide spirituel ?

— Je pensais que c'était un privilège d'avoir de l'esprit dans la vie.

— Vous me fatiguez, Can, j'ai promis à Alice de ne pas toucher à une goutte d'alcool et cela me met de fort mauvaise humeur, alors soyez gentil de ne pas pousser le bouchon trop loin.

— Vous non plus, si vous voulez tenir votre promesse.

Can s'éclipsa aussi discrètement qu'il était apparu.

Daldry s'approcha du buffet, suffisamment près d'Alice et de l'ambassadrice pour épier leur conversation.

— Je suis sincèrement désolée que la guerre vous ait enlevé vos deux parents, et je comprends que vous ressentiez le besoin de remonter la trace de leur passé. J'appellerai le service consulaire dès demain et demanderai que l'on fasse cette recherche pour vous. Vous pensez qu'ils se seraient rendus à Istanbul en quelle année exactement ?

— Je n'en sais rien, madame, certainement avant ma naissance, car mes parents n'avaient personne à qui me confier, à part ma tante peut-être, mais elle m'en aurait parlé. Ils se sont connus deux ans avant que je vienne au monde, j'imagine qu'ils auraient pu faire un voyage en amoureux, entre 1909 et 1910, après cela maman n'aurait plus été en condition de voyager, puisqu'elle me portait.

— Ces recherches ne devraient pas être très compliquées à effectuer, à condition que la chute d'un empire et deux guerres n'aient pas fait disparaître les archives qui vous intéressent. Mais comme ma mère, qui n'est hélas plus de ce monde, me disait toujours : « Le non, vous l'avez déjà ma fille, risquez le oui. » Soyons efficaces, allons déranger notre consul, je vais vous recommander à lui et en échange vous me donnerez le nom de votre couturier.

— D'après l'étiquette sur la doublure de ma robe, il s'agit d'un certain Christian Dior, madame.

L'ambassadrice se jura de retenir ce nom, elle prit Alice par la main, la présenta au consul, auquel elle fit part d'une requête qui lui tenait à cœur puisqu'elle concernait sa nouvelle amie. Le consul promit de recevoir Alice dès le lendemain en fin de journée.

— Bien, dit l'ambassadrice, maintenant que votre affaire est entre de bonnes mains, m'autorisez-vous à retourner à mes obligations ?

Alice fit une révérence et se retira.

*

— Alors ? demanda Daldry, s'approchant d'Alice.

— Nous avons rendez-vous avec le consul, demain à l'heure du thé.

— C'est à désespérer, vous réussissez partout où j'échoue. Enfin, j'imagine que seul le résultat compte. Vous êtes heureuse, j'espère ?

— Oui, et je ne sais toujours pas comment vous remercier de tout ce que vous faites pour moi.

— Vous pourriez commencer par lever ma punition et m'autoriser un tout petit verre ? Rien qu'un, je vous le promets.

— Un seul, j'ai votre parole ?

— De gentleman, répondit Daldry qui s'enfuyait déjà vers le bar.

Il revint avec une coupe de champagne qu'il offrit à Alice et un verre débordant de whiskey.

— Vous appelez cela un verre ? demanda Alice.

— En voyez-vous un deuxième ? répondit Daldry, en flagrant délit d'hypocrisie.

L'orchestre se mit à jouer une valse, les yeux d'Alice pétillèrent. Elle posa son verre sur le plateau d'un majordome et regarda Daldry.

— M'accorderez-vous une danse ? Avec la robe que je porte, vous ne pouvez pas me le refuser.

— C'est que..., balbutia Daldry en contemplant son verre.

— Le whiskey ou Sissi, il faut choisir.

Daldry abandonna son verre à regret, prit la main d'Alice et l'entraîna sur la piste de danse.

— Vous dansez bien, dit-elle.

— C'est ma mère qui m'a appris la valse, elle adorait ça ; mon père avait horreur de la musique, alors danser...

— Eh bien, votre mère a été un formidable professeur.

— C'est le premier compliment que je reçois de votre part.

— Si vous en voulez un deuxième, le smoking vous va à merveille.

— C'est drôle, la dernière fois que je portais un smoking, je me trouvais dans une soirée à Londres, très ennuyeuse d'ailleurs, où j'ai croisé une ancienne amie que je fréquentais assidûment quelques années auparavant. En me voyant, elle s'est exclamée que le smoking m'allait à ravir et qu'elle avait failli ne pas me reconnaître. J'en ai déduit que ce que je portais d'ordinaire ne devait pas vraiment me mettre en valeur.

— Vous avez déjà eu quelqu'un dans votre vie, Daldry, je veux dire, quelqu'un qui ait beaucoup compté ?

— Oui, mais j'aimerais mieux ne pas en parler.

— Pourquoi ? Nous sommes amis, vous pouvez bien me faire une confidence.

— Nous sommes de jeunes amis, et il est encore un peu tôt pour vous faire ce genre de confidence. D'autant que, là, ce ne serait pas vraiment à mon avantage.

— Alors c'est elle qui vous a quitté ! Vous en avez beaucoup souffert ?

— Je ne sais pas, peut-être, oui, je crois.

— Et vous pensez encore à elle ?

— Cela m'arrive.

— Pourquoi n'êtes-vous plus ensemble ?

— Parce que nous ne l'avons jamais vraiment été, et puis c'est une longue histoire et il me semblait vous avoir dit que je ne voulais pas en parler.

— Je n'ai rien entendu de tel, dit Alice en accélérant son pas de danse.

— Parce que vous ne m'écoutez jamais et, si nous continuons à tourner à cette allure, je vais finir par vous marcher sur les pieds.

— Je n'ai jamais dansé dans une robe aussi belle, au milieu d'une salle aussi grande, et encore moins devant un orchestre aussi majestueux. Je vous en supplie, tournons aussi vite que possible.

Daldry sourit et entraîna Alice.

– Vous êtes une drôle de femme, Alice.

– Et vous, Daldry, vous êtes un drôle de bonhomme. Vous savez, hier, en me promenant seule pendant que vous dessoûliez, je suis tombée sur un petit carrefour qui vous rendrait fou. En le traversant, je vous ai aussitôt imaginé en train de le peindre. Il y avait une carriole tractée par deux chevaux magnifiques, des tramways qui se croisaient, une dizaine de taxis, une vieille voiture américaine, l'une de celles qui datent d'avant-guerre, des piétons partout, et même une charrette qu'un homme poussait, vous auriez été aux anges.

– Vous avez pensé à moi en traversant un carrefour ? C'est délicieux de songer à ce qu'un croisement de routes vous inspire.

La valse s'arrêta, les convives applaudirent musiciens et danseurs. Daldry se dirigea vers le bar.

– Ne me regardez pas comme ça, l'autre verre ne comptait pas, j'ai eu à peine le temps d'y tremper les lèvres. Bon, d'accord, une promesse est une promesse. Vous êtes impossible.

– J'ai une idée, dit Alice.

– Je crains le pire.

– Si nous partions ?

– Ça, je n'ai rien contre, mais pour aller où ?

– Marcher, nous promener en ville.

– Dans ces tenues ?

– Justement, oui.

– Vous êtes encore plus folle que je ne le

pensais, mais si cela vous fait plaisir, après tout, pourquoi pas ?

Daldry récupéra leurs manteaux au vestiaire. Alice l'attendait en haut du perron.

— Vous voulez que je vous emmène voir ce fameux carrefour ? proposa Alice.

— De nuit, je suis certain qu'il n'aura pas le même attrait ; gardons-nous ce plaisir pour un moment où il fera jour. Marchons plutôt jusqu'au funiculaire et descendons vers le Bosphore du côté de Karaköy.

— J'ignorais que vous connaissiez si bien la ville.

— Moi aussi, mais avec le temps que j'ai passé dans ma chambre ces deux derniers jours, j'ai parcouru tant de fois le guide touristique qui se trouvait sur ma table de nuit que j'ai fini par le connaître presque par cœur.

Ils descendirent les ruelles de Beyoğlu jusqu'à la station du funiculaire qui reliait le quartier à Karaköy. En arrivant sur la petite place du Tünel, Alice soupira et s'assit sur un parapet de pierre.

— Oublions la balade le long du Bosphore et allons nous installer dans le premier café venu, je lève la punition, vous pourrez boire ce que vous voulez. J'en vois un, encore un peu loin à mon goût, mais c'est probablement le plus proche.

— Qu'est-ce que vous racontez ? Il est à cinquante mètres. Et puis je trouvais ça plutôt amusant de prendre ce funiculaire, c'est un des plus vieux

du monde. Attendez une petite minute, vous ai-je
entendue dire que vous leviez la punition ? D'où
vient cette soudaine générosité ? Vos chaussures vous
font souffrir le martyre, c'est ça ?

– Arpenter ces rues pavées en hauts talons est
un exercice digne d'une torture chinoise.

– Prenez appui sur mon épaule. Tout à l'heure,
nous rentrerons en taxi.

L'atmosphère dans la salle du petit café
contrastait radicalement avec celle de l'immense
salon de réception du consulat. Ici, on jouait aux
cartes, on riait et chantait, trinquait à l'amitié, à la
santé d'un proche, à la journée passée, à la promesse
d'un lendemain où les affaires seraient plus profi-
tables, on trinquait à l'hiver, particulièrement doux
cette année, au Bosphore qui faisait battre le cœur
de la ville depuis des siècles, on râlait contre les
vapeurs qui restaient trop longtemps à quai, contre
le coût de la vie qui ne cessait d'augmenter, contre
les chiens errants qui envahissaient les faubourgs,
contre la municipalité parce qu'un konak avait
encore brûlé et que le patrimoine partait en fumée
à cause de promoteurs sans vergogne ; puis on trinquait à nouveau, à la fraternité, au grand bazar que
les touristes revenaient fréquenter.

Les hommes attablés abandonnèrent quelques
instants leurs parties de cartes en voyant entrer deux
étrangers en tenue de soirée. Daldry s'en moquait

éperdument, il choisit une table bien en vue et commanda deux rakis.

— Tout le monde nous regarde, chuchota Alice.

— Tout le monde *vous* regarde, ma chère, faites comme si de rien n'était et buvez.

— Vous croyez que mes parents se sont promenés dans ces ruelles ?

— Qui sait ? C'est fort possible, nous le saurons peut-être demain.

— J'aime les imaginer ici tous les deux, visitant cette ville, j'aime l'idée de marcher dans leurs pas. Peut-être qu'eux aussi se sont émerveillés en admirant le panorama depuis les hauteurs de Beyoğlu, peut-être ont-ils foulé les pavés des ruelles autour des anciennes vignes de Pera, longé le Bosphore main dans la main... Je sais, c'est idiot, mais ils me manquent.

— Cela n'a rien d'idiot. Je vais vous faire une confidence : de ne plus pouvoir blâmer mon père de tous les désordres de ma vie me manque aussi terriblement. Je n'ai jamais osé vous poser la question, mais comment... ?

— Comment ils sont morts ? C'était un vendredi soir, en septembre 1941, le 5 exactement. Comme tous les vendredis, j'étais descendue dîner avec eux. À l'époque je vivais dans un studio au-dessus de leur appartement. Je discutais avec mon père dans le salon, ma mère se reposait dans sa chambre, elle était souffrante, un mauvais rhume. Les sirènes se sont mises à hurler. Papa m'a ordonné de me rendre aux abris, il allait aider maman à s'habiller et m'a promis qu'ils me rejoindraient aussitôt. Je voulais rester pour l'aider, mais il m'a suppliée de partir, j'avais pour mission de trouver une place dans l'abri où installer confortablement maman si l'alerte devait se prolonger. J'ai obéi. La première bombe a éclaté alors que je traversais la rue, si proche que son souffle m'a projetée à terre. Lorsque j'ai recouvré mes esprits et me suis retournée, notre immeuble était en flammes. Après le dîner, j'avais eu envie d'aller embrasser ma mère dans sa chambre, mais je ne l'ai pas fait de peur de la réveiller. Je ne l'ai jamais revue. Je n'ai jamais pu leur dire au revoir. Je n'ai même pas pu les enterrer. Quand les pompiers ont éteint l'incendie, j'ai parcouru les ruines. Il ne restait plus rien, pas le moindre souvenir de la vie que nous avions vécue, rien de mon enfance. Je suis partie vivre chez ma tante sur l'île de Wight et j'y suis restée jusqu'à la fin de la guerre. Il m'a fallu du temps avant de pouvoir revenir à Londres. Presque deux ans. Je vivais en ermite sur mon île, j'en connais chaque crique, chaque plage, chaque colline. Et puis ma tante a fini par me secouer. Elle m'a forcée à rendre visite à mes amis. Je n'avais plus qu'eux au monde. Nous avons gagné la guerre, un nouvel immeuble a été construit, les traces du drame ont été effacées, comme l'existence de mes parents et celle de tant d'autres. Ceux qui habitent là maintenant ne peuvent pas savoir, la vie a repris ses droits.

— Je suis sincèrement désolé, murmura Daldry.

– Et vous, que faisiez-vous pendant la guerre ?

– Je travaillais dans un service de l'intendance des armées. Je n'étais pas apte à aller au front, à cause d'une méchante tuberculose qui a laissé des traces dans mes poumons. J'étais furieux, je suspectais même mon père d'avoir usé de son influence auprès des médecins militaires pour me faire réformer. Je m'étais battu corps et âme pour être incorporé et j'ai finalement réussi à atterrir dans un service de renseignements, à la mi-44.

– Alors vous avez quand même participé, dit Alice.

– Dans des bureaux, rien de très glorieux. Mais nous devrions changer de conversation, je ne veux pas gâcher cette soirée ; c'est ma faute, je n'aurais pas dû être indiscret.

– C'est moi qui ai commencé à poser des questions indiscrètes. D'accord, parlons de choses plus gaies. Comment s'appelait-elle ?

– Qui ça ?

– Celle qui vous a quitté et qui vous fait souffrir.

– Vous avez un sens très particulier de ce qui est gai !

– Pourquoi tant de mystère ? Elle était beaucoup plus jeune que vous ? Allez, dites-le-moi, blonde, rousse ou brune ?

– Verte, elle était toute verte avec de gros yeux globuleux, des pieds immenses et très poilus. C'est pour cela que je n'arrive pas à l'oublier. Bon, si vous me posez encore une question sur elle, je m'offre un autre verre de raki.

— Commandez-en deux, je trinquerai avec vous !

*

Le café fermait, l'heure avait plus que tourné et aucun taxi ou dolmuş ne passait dans les ruelles proches de la place du Tünel.

— Laissez-moi réfléchir, il doit y avoir une solution, dit Daldry alors que la vitrine s'éteignait derrière eux.

— Je pourrais rentrer en marchant sur les mains, mais cela risquerait d'abîmer ma robe, suggéra Alice en essayant de faire la roue.

Daldry la rattrapa de justesse avant qu'elle tombe.

— Mais vous êtes complètement soûle, ma parole.

— N'exagérons rien, un peu pompette je veux bien, mais soûle, tout de suite les grands mots.

— Vous vous entendez ? Ce n'est même plus votre voix, on dirait une marchande de quatre saisons.

— Eh bien, c'est un très beau métier de vendre des saisons, deux concombres, une tomate et un printemps, zou ! Je vous pèse tout ça mon bon monsieur et je vous le fais au prix des halles plus dix pour cent. Ça me paiera à peine le transport, mais vous avez une bonne tête et puis je voudrais fermer, dit Alice avec un accent populaire si appuyé que l'on aurait presque cru entendre du cockney.

— De mieux en mieux. Elle est ivre morte !

— Elle n'est pas du tout ivre et avec ce que vous vous êtes collé dans le nez depuis qu'on est ici, vous êtes mal placé pour me faire la leçon, hein ? Où êtes-vous ?

— Juste à côté de vous... De l'autre côté !

Alice pivota sur sa gauche.

— Ah, le revoilà. On va se promener le long du fleuve ? dit-elle en s'appuyant à un lampadaire.

— J'en doute, le Bosphore est un détroit et non un fleuve.

— Tant mieux, j'ai mal aux pieds. Quelle heure est-il ?

— Nous avons dû passer minuit et ce soir, exceptionnellement, ce n'est pas le carrosse, mais la princesse qui se transforme en citrouille.

— Je n'ai pas du tout envie de rentrer, je voudrais retourner danser au consulat... Qu'est-ce que vous avez dit avec la citrouille ?

— Rien ! Bon, aux grands maux les grands remèdes.

— Qu'est-ce que vous faites ? hurla Alice alors que Daldry la soulevait pour la porter sur son épaule.

— Je vous raccompagne à l'hôtel.

— Vous allez me convoyer à la portière dans une enveloppe ?

– Si vous voulez, répondit Daldry en levant les yeux au ciel.

– Mais je ne veux pas que vous me laissiez auprès du concierge, hein, promis ?

– Bien sûr, et maintenant on se tait jusqu'à l'arrivée.

– Il y a un cheveu blond sur le dos de votre smoking, je me demande comment il est arrivé là. Et puis je crois que mon chapeau vient de tomber, marmonna Alice avant de sombrer.

Daldry se retourna et vit le feutre rouler vers le bas de la ruelle avant d'achever sa course dans le caniveau.

– Je crains que nous devions en acheter un autre, grommela-t-il.

Il remonta la rue en pente, le souffle d'Alice lui chatouillait terriblement l'oreille, mais il ne pouvait rien y faire.

*

En les voyant passer ainsi, le concierge du Pera Palas sursauta.

– Mademoiselle est très fatiguée, dit Daldry dignement, si je pouvais avoir ma clé et la sienne...

Le concierge proposa son aide, que Daldry refusa.

Daldry étendit Alice sur son lit, lui ôta ses chaussures et la recouvrit d'une couverture. Puis il tira les rideaux, la regarda dormir un instant avant d'éteindre la lumière et de sortir.

*

Il se promenait avec son père, lui parlait de ses projets. Il allait entreprendre la réalisation d'un grand tableau représentant les vastes champs de houblon qui bordaient la propriété. Son père trouvait que c'était une très belle idée. Il faudrait que l'on avance le tracteur pour le faire figurer dans la toile. Il venait d'en acheter un tout neuf, un Fergusson arrivé d'Amérique par bateau. Daldry était perplexe, il avait imaginé des épis couchés par le vent, une immensité de jaune sur la moitié de l'œuvre, contrastant avec les dégradés de bleus figurant le ciel. Mais son père semblait si heureux que son nouveau tracteur soit mis à l'honneur... Il fallait qu'il y réfléchisse, peut-être le représenter par une virgule rouge au bas de la toile surmontée d'un point noir, pour faire apparaître le fermier.

Un champ de houblon avec un tracteur sous le ciel, c'était vraiment une belle idée. Son père lui souriait et le saluait, son visage apparaissait au milieu des nuages. Une sonnerie retentit, une étrange sonnerie qui insistait et insistait encore...

D'un rêve dans la campagne anglaise, le téléphone ramena Daldry vers la pâleur du jour dans sa chambre d'hôtel à Istanbul.

– Par la grâce de Dieu ! soupira-t-il en se redressant dans son lit.

Il se tourna vers la table de chevet et décrocha le combiné.

– Daldry à l'appareil.

– Vous dormiez ?

– Plus maintenant... à moins que le cauchemar se poursuive.

– Je vous ai réveillé ? Je suis désolée, s'excusa Alice.

– Ne le soyez pas, j'allais peindre un tableau qui aurait fait de moi un des grands maîtres paysagistes de la seconde moitié du XXᵉ siècle, il était préférable que je me réveille le plus tôt possible. Quelle heure est-il à Istanbul ?

– Presque midi. Je viens de me lever moi aussi, nous sommes rentrés si tard ?

– Vous tenez vraiment à ce que je vous rappelle votre fin de soirée ?

– Je n'en ai aucun souvenir. Que diriez-vous d'aller déjeuner sur le port avant notre visite au consulat ?

– Un grand bol d'air ne peut pas nous faire de mal. Quel temps fait-il ? Je n'ai pas encore ouvert mes rideaux.

– La ville est baignée de soleil, répondit Alice, dépêchez-vous de vous préparer et retrouvons-nous dans le hall.

– Je vous attendrai au bar, j'ai besoin d'un bon café.

– Qui vous dit que vous y serez le premier ?

– Vous plaisantez, j'espère ?

*

Descendant les escaliers, Daldry aperçut Can, assis sur une chaise dans le hall, bras croisés, qui le regardait fixement.

– Vous êtes là depuis longtemps ?

– Huit heures ce matin, je vous laisse faire les comptes, Votre Excellence.

– Désolé, je ne savais pas que nous avions rendez-vous.

– Il est normal que j'apparaisse à mon travail le matin, Votre Excellence se souvient d'avoir fait appel à mes services ?

– Dites-moi, vous allez continuer longtemps à m'appeler comme ça ? Ça frise le ridicule et c'est agaçant.

– Uniquement lorsque je suis fâché après vous. J'avais organisé un rendez-vous avec un autre parfumeur, mais il est midi passé...

– Je vais prendre un café, nous nous disputerons après, répondit Daldry en abandonnant Can.

– Avez-vous des convoitises particulières pour occuper le reste de votre journée, Excellence ? cria Can dans son dos.

– Que vous me fichiez la paix !

Daldry s'installa au comptoir, incapable de quitter du regard Can qui faisait les cent pas dans le hall. Il abandonna son tabouret et retourna vers lui.

— Je ne voulais pas être désagréable. Pour me faire pardonner, je vous donne votre congé pour la journée. De toute façon, j'ai prévu d'emmener Mlle Alice déjeuner et nous avons ensuite rendez-vous au consulat. Retrouvez-nous ici demain, à une heure civilisée, en fin de matinée, et nous irons rencontrer votre parfumeur.

Et, après avoir salué Can, Daldry regagna le bar.

Alice l'y retrouva un bon quart d'heure plus tard.

— Je sais, dit-il avant même qu'elle ouvre la bouche, je suis arrivé le premier, mais je n'ai aucun mérite, vous n'aviez aucune chance.

— Je cherchais mon chapeau, voilà ce qui m'a mise en retard.

— Et vous l'avez trouvé ? demanda Daldry l'œil plein de malice.

— Bien évidemment ! Il est rangé dans mon armoire, en bonne place sur l'étagère.

— Tiens donc, vous m'en voyez ravi ! Alors, ce déjeuner au bord de l'eau, vous êtes toujours partante ?

— Changement de plans. Je venais vous chercher, Can patiente dans le hall, il nous a organisé une visite du grand bazar, c'est adorable de sa part. Je suis folle de joie, j'en rêvais. Dépêchez-vous, dit-elle, je vous attends dehors.

— Moi aussi, dit Daldry en serrant les dents, alors qu'Alice s'éloignait. Avec un peu de chance, je pourrai trouver un coin tranquille où étrangler ce guide.

En descendant du tramway, ils s'étaient dirigés vers le côté nord de la mosquée de Beyazit. Au fond d'une place, ils avaient emprunté une petite rue étroite, bordée de bouquinistes et de graveurs. Une heure déjà qu'ils chinaient dans les allées du grand bazar et Daldry n'avait toujours pas dit un mot. Alice, radieuse, prêtait la plus grande attention aux anecdotes de Can.

— C'est le plus grand et le plus vieux marché couvert du monde, annonça fièrement le guide. Le mot « bazar » vient de l'arabe. Aux temps jadis, on l'appelait le Bedesten, parce que *bedes* veut dire « laine » en arabe et que c'était ici le lieu où l'on vendait la laine.

— Et moi je suis le mouton qui suit son berger, marmonna Daldry.

— Vous avez dit quelque chose, Excellence ? demanda Can en se retournant.

— Rien du tout, je vous écoutais religieusement, mon cher, répondit Daldry.

— L'ancien Bedesten est au centre du grand bazar, mais on y trouve maintenant des boutiques d'armes anciennes, des vieux bronzes et de la très exceptionnelle porcelaine. À l'origine il a été entièrement construit en bois. Mais il a été très malheureusement brûlé au début du XVIIIe siècle. C'est presque une ville à ciel couvert par ces grands dômes, vous les découvrirez en levant la tête et non en faisant la tête si certains voient ce que je veux dire ! Vous trouverez de tout ici, des bijoux, des fourrures, des tapis, des objets d'art, beaucoup de copies bien sûr, mais quelques pièces très magnifiques pour un œil expertisé qui saura les défouiller au milieu...

— De ce grand foutoir, râla encore Daldry.

— Mais qu'est-ce que vous avez, à la fin ? protesta Alice, c'est passionnant ce qu'il nous explique, vous avez l'air d'une humeur épouvantable.

— Pas le moins du monde, répliqua Daldry. J'ai faim, c'est tout.

— Il vous faudrait deux bonnes journées pour explorer toutes les ruelles, reprit Can, impassible. Pour vous faciliter une flânerie de quelques heures, sachez que le bazar se divise en quartiers magnifiquement bien entretenus comme vous pouvez le constater, et chaque quartier regroupe les produits par genres. Nous pouvons même aller nous restaurer dans un excellent endroit puisque c'est là que nous trouverons les seules nourritures susceptibles de passionner notre Excellence.

— C'est étrange cette façon qu'il a de vous appeler. Remarquez, ça vous va bien, « Excellence », c'est même assez drôle, vous ne trouvez pas ? chuchota Alice à l'oreille de Daldry.

— Non, pas vraiment, mais puisque cela a l'air de vous amuser tous les deux, je ne vais surtout pas vous gâcher ce plaisir en vous laissant supposer une seconde que son ironie puisse m'atteindre.

— Il s'est passé quelque chose entre vous deux ? Vous avez l'air de vous entendre comme chien et chat.

— Pas du tout ! répondit Daldry avec l'air d'un enfant puni au coin d'une salle de classe.

— Vous avez vraiment un fichu caractère ! Can est d'une dévotion totale. Si vous avez faim à ce point, allons manger. Je renonce à cette promenade si cela peut vous aider à retrouver le sourire.

Daldry haussa les épaules et accéléra le pas, distançant Can et Alice.

Alice s'arrêta devant un magasin d'instruments de musique, une vieille trompette en cuivre avait attiré son regard. Elle demanda la permission au commerçant de la regarder de plus près.

— Armstrong avait la même, dit le marchand plein de joie. Une pièce unique, je ne sais pas en jouer, mais un ami l'a essayée et il voulait absolument l'acheter, c'est une affaire exceptionnelle, ajouta-t-il.

Can examina l'instrument et se pencha vers Alice.

— C'est du toc. Si vous cherchez à acheter une belle trompette, je connais l'endroit qu'il vous faut. Reposez celle-ci et suivez-moi.

Daldry leva les yeux au ciel en voyant Alice suivre Can, attentive aux conseils qu'il lui donnait.

Can l'accompagna vers une autre boutique d'instruments de musique, dans une ruelle voisine. Il demanda au commerçant de présenter à son amie ses plus beaux modèles, sans qu'ils soient pour autant les plus chers, mais Alice avait déjà repéré une trompette derrière une vitrine.

— C'est une vraie Selmer ? demanda-t-elle en la prenant en mains.

— Elle est tout à fait authentique, essayez-la si vous en doutez.

Alice ausculta le cornet.

— Une Sterling Silver à quatre pistons, elle doit être hors de prix !

— Ce n'est pas exactement comme cela qu'il faut s'y prendre pour négocier dans le bazar, mademoiselle, dit le marchand, riant de bonne grâce. J'ai aussi une Vincent Bach à vous proposer, le Stradivarius de la trompette, la seule que vous trouverez en Turquie.

Mais Alice n'avait d'yeux que pour la Selmer. Elle se souvenait d'Anton, admirant des heures durant dans le froid ce même modèle exposé dans la vitrine d'un marchand de Battersea, tel un passionné d'automobiles tombé en pâmoison devant un coupé Jaguar ou une belle italienne. Anton lui avait tout appris sur les trompettes, la différence entre celles à pistons et celles à clavettes, les vernies ou les argentées, l'importance des alliages qui influaient sur les sonorités.

— Je peux vous la vendre à un prix raisonnable, dit le marchand du bazar.

Can prononça quelques mots en turc.

— À un très bon prix, rectifia l'homme, les amis de Can sont aussi mes amis. Je vous offre même l'étui.

Alice paya le marchand et, devant un Daldry plus circonspect que jamais, repartit avec son achat.

— Je ne savais pas que vous étiez experte en trompettes, dit-il en la suivant. Vous avez l'air de vous y connaître.

— Parce que vous ne savez pas tout de moi, répondit Alice, moqueuse, en accélérant le pas.

— Je ne vous ai pourtant jamais entendue en jouer et Dieu sait que nos murs mitoyens ne sont pas épais.

— Et vous, vous ne jouez toujours pas de piano, n'est-ce pas ?

— Je vous l'ai déjà dit, c'est la voisine du dessous. Enfin quoi ? Vous allez me raconter que vous allez souffler dans votre instrument sous les ponts de chemin fer pour ne pas déranger le voisinage ?

— Je croyais que vous aviez faim, Daldry ? Je vous pose cette question parce que je vois devant nous un petit boui-boui, comme vous aimez les appeler, qui n'a pas l'air mal du tout.

Can entra le premier dans le restaurant et leur obtint aussitôt une table, bravant la file de clients qui guettaient leur tour.

— Vous êtes actionnaire du bazar ou votre père en était le fondateur ? demanda Daldry en s'asseyant.

— Simplement guide, Votre Excellence !

— Je sais, et le meilleur d'Istanbul...

— Je suis ébloui que vous le reconnaissiez sincèrement enfin. Je vais aller commander pour vous, le temps tourne et vous avez bientôt rendez-vous au consulat, répondit Can en se dirigeant vers le comptoir.

9.

Le consulat avait repris son apparence des jours ordinaires ; les bouquets d'ornement avaient disparu, les chandeliers en cristal étaient remisés et les portes ouvrant sur la salle de réception, refermées.

Après avoir contrôlé leurs identités, un militaire en tenue d'apparat conduisit Alice et Daldry au premier étage du bâtiment néoclassique. Ils traversèrent un long couloir et attendirent qu'un secrétaire vienne les accueillir.

Ils pénétrèrent dans le bureau du consul ; l'homme avait une allure austère, mais une voix avenante.

– Ainsi, mademoiselle Pendelbury, vous êtes amie avec Son Excellence.

Alice se tourna vers Daldry.

– Pas moi, lui chuchota-t-il à l'oreille, cette fois c'est de l'ambassadeur qu'il s'agit.

– Oui, balbutia Alice, s'adressant au consul.

— Pour que sa femme exige de moi un rendez-vous dans des délais aussi courts, vous devez être très proches. En quoi puis-je vous être utile ?

Alice exposa sa requête, le consul l'écouta tout en paraphant les feuillets d'un dossier qui se trouvait sur son bureau.

— À supposer, mademoiselle, que vos parents aient effectué une demande de visas, c'est aux autorités ottomanes de l'époque qu'ils se seraient adressés, et non à nous. Bien qu'avant la proclamation de la république, notre consulat fût une belle ambassade, je ne vois aucune raison à ce que leur dossier ait été traité ici. Seul le ministère turc des Affaires étrangères pourrait avoir conservé dans ses archives les documents qui vous intéressent. Et je doute, à supposer que ce genre de paperasse ait survécu à une révolution et à deux guerres, qu'ils acceptent d'entreprendre des recherches aussi fastidieuses.

— À moins, dit Daldry, que le consulat ne fasse une requête particulière auprès desdites autorités, insistant sur le fait que la demande émane d'une amie très proche de la femme de l'ambassadeur d'Angleterre. Vous seriez stupéfait de découvrir que, parfois, le désir de faire plaisir à un pays ami et partenaire économique peut soulever des montagnes. Je sais de quoi je parle, ayant moi-même un oncle proche conseiller de notre ministre des Affaires étrangères, dont votre consulat dépend si je ne m'abuse. Un homme délicieux d'ailleurs et qui me voue une affection sans limites depuis la disparition brutale de son frère, mon très regretté père. Oncle auquel je ne manquerai pas de signaler l'aide précieuse que vous nous aurez apportée, en soulignant l'efficacité dont vous aurez fait preuve. J'ai perdu le fil de ma phrase, dit Daldry, songeur. Bref, ce que je voulais dire...

– Je pense avoir compris votre propos, monsieur Daldry. Je vais contacter les services concernés, je ferai de mon mieux pour que l'on vous renseigne. Cependant, ne soyez pas trop optimistes, je doute qu'une simple demande de visas ait été archivée aussi longtemps. Vous disiez donc, mademoiselle Pendelbury, que l'arrivée hypothétique de vos parents à Istanbul se situerait entre 1900 et 1910 ?

– C'est exactement cela, répondit Alice, rouge de confusion devant le culot de Daldry.

– Profitez de votre séjour parmi nous, la ville est magnifique ; si j'obtiens un quelconque résultat, je ferai parvenir un message à votre hôtel, promit le consul en raccompagnant ses hôtes à la porte de son bureau.

Alice le remercia de sa sollicitude.

– J'imagine que votre oncle, étant le frère de votre père, se nomme également Daldry ? demanda le consul en serrant la main de Daldry.

– Pas tout à fait, répondit ce dernier avec aplomb. Figurez-vous qu'en tant qu'artiste, j'ai choisi d'emprunter le nom de ma mère que je trouvais plus original. Mon oncle se nomme Finch, comme feu mon père.

En sortant du consulat, Alice et Daldry retournèrent à leur hôtel pour aller boire ce thé que le consul ne leur avait pas proposé.

— Daldry est vraiment le nom de votre mère ? demanda Alice en s'installant dans le salon du bar.

— Pas du tout, et il n'y a aucun Finch dans notre famille, mais, en revanche, vous en trouverez toujours un, employé dans un ministère ou une administration. C'est un patronyme terriblement répandu.

— Vous n'avez vraiment peur de rien !

— Vous devriez me féliciter, nous avons plutôt rondement mené notre affaire, vous ne trouvez pas ?

*

Le karayel s'était levé dans la nuit ; le vent des Balkans avait apporté la neige, mettant fin à la douceur particulière de cet hiver.

Lorsque Alice ouvrit les yeux, les trottoirs avaient la même blancheur que les rideaux de percale qui pendaient à la fenêtre de sa chambre et les toits d'Istanbul ressemblaient désormais à ceux de Londres. La tempête qui soufflait interdisait de sortir, on ne voyait pratiquement plus le Bosphore. Après avoir pris son petit déjeuner dans la salle de restaurant de l'hôtel, Alice remonta s'installer au bureau où elle avait l'habitude d'écrire une lettre presque chaque soir.

Anton,

Derniers jours de janvier. L'hiver est arrivé et nous offre aujourd'hui nos premiers instants de repos. J'ai rencontré hier notre consul, il m'a laissé peu d'espoir sur les chances de savoir si mes parents sont venus jusqu'ici. Je ne te cache pas que je m'interroge sans cesse sur le sens de ma quête. Il m'arrive souvent de me demander si ce sont les prédictions d'une voyante, le rêve de découvrir un nouveau parfum qui m'ont réellement éloignée de Londres, ou si c'est toi. Si je t'écris ce matin d'Istanbul, c'est parce que tu me manques. Pourquoi t'avoir caché cette tendresse particulière que j'éprouvais pour toi ? Peut-être parce que j'avais peur de mettre notre amitié en danger. Depuis la disparition de mes parents, tu es le seul qui me relie à cette partie de ma vie. Je n'oublierai jamais tes lettres que je recevais chaque mardi pendant ces longs mois où je m'étais réfugiée sur l'île de Wight.

Je voudrais que tu m'en écrives d'autres encore, lire de tes nouvelles, savoir comment se déroulent tes journées. Les miennes sont le plus souvent joyeuses. Daldry est un enfant terrible, mais un vrai gentleman. Et puis la ville est belle, la vie passionnante et les gens généreux. J'ai trouvé au grand bazar quelque chose qui te fera plaisir, je ne t'en dis pas plus, je me suis juré cette fois de réussir à garder le secret. Quand je rentrerai, nous irons flâner le long de la Tamise et tu joueras pour moi...

Alice leva sa plume, mordilla le capuchon du stylo, et ratura ses derniers mots jusqu'à les rendre illisibles.

... nous irons flâner sur les quais de la Tamise et tu me raconteras tout ce qui t'est arrivé pendant que j'étais si loin de Londres.

Ne crois pas que je sois seulement partie jouer les touristes, j'avance dans mes travaux, ou plutôt je nourris de nouveaux projets. Dès que le temps le permettra, je me rendrai au marché aux épices. J'ai décidé la nuit dernière de mettre au point de nouvelles fragrances, pour parfumer l'intérieur des maisons. Ne te moque pas de moi, l'idée ne m'appartient pas, elle m'est venue grâce à cet artisan dont je t'ai parlé dans une précédente lettre. En m'endormant hier, je repensais à mes parents, et à chaque souvenir était attachée une sensation olfactive. Je ne te parle pas ici de l'eau de toilette de mon père ou du parfum de maman, mais de bien d'autres senteurs. Ferme les yeux et souviens-toi de ces odeurs d'enfance, le cuir de ton cartable, l'odeur de craie, même celle du tableau noir quand le maître t'y collait ; celle du chocolat au lait que ta mère préparait dans la cuisine. Chez moi, dès que maman cuisinait, cela sentait la cannelle, elle en mettait dans presque tous ses desserts. Me revient dans le souvenir de mes hivers l'odeur du petit bois que mon père ramassait en forêt et qu'il brûlait dans la cheminée ; dans le souvenir des jours de printemps, le parfum des roses sauvages qu'il offrait à ma mère et qui embaumaient dans le salon. Maman me disait toujours : « Mais comment arrives-tu à sentir tout cela ? » Elle n'a jamais compris que je marquais chaque instant de ma vie de ces odeurs particulières, qu'elles étaient mon langage, ma façon d'appréhender le monde qui m'entourait. Et je traquais les odeurs des heures qui passaient, comme d'autres s'émeuvent en voyant changer les couleurs du jour. Je distinguais des dizaines de notes, celles de la pluie qui ruisselle sur les feuilles et se mêle à la mousse des arbres, infusant aussitôt que le soleil exalte la senteur des bois, celles de l'herbe sèche en été, de la paille des granges où nous allions nous cacher, même celles du tas de fumier où tu m'avais poussée... et ce lilas que tu m'avais offert, pour mes seize ans.

Je pourrais te rappeler tant de souvenirs de notre adolescence et de nos vies adultes en te nommant les parfums qui me reviennent en tête. Sais-tu, Anton, que tes mains ont un parfum poivré, un mélange de cuivre, de savon et de tabac ?

Prends soin de toi, Anton, j'espère que je te manque un peu.

Je t'écrirai encore la semaine prochaine.

Je t'embrasse.

Alice

*

Le lendemain de la tempête, la pluie n'avait cessé de tomber, effaçant la neige. Les jours suivants, Can fit découvrir à Alice et à Daldry différents monuments de la ville. Ils visitèrent le palais de Topkapi, la mosquée Süleymaniye, les tombeaux de Soliman et de Roxelane, se promenèrent des heures durant dans les rues animées autour du pont de Galata, parcoururent les allées du bazar égyptien. Au bazar des épices, Alice s'arrêtait devant chaque étal, humant les poudres, les décoctions de fleurs séchées, les parfums en flacon. Daldry s'extasia sincèrement, et pour la première fois, devant les admirables faïences d'Iznik de la mosquée Rüstem Paşa, puis à nouveau devant les fresques de l'ancienne église Saint-Sauveur. En parcourant les ruelles d'un vieux quartier où les maisons en bois avaient résisté aux grands incendies, Alice se sentit mal à l'aise et souhaita s'éloigner. Elle fit grimper Daldry en haut de la tour Génoise qu'elle avait visitée sans lui. Mais le plus beau moment fut certainement quand Can l'emmena dans le passage des fleurs et son marché couvert où elle voulut passer la journée entière. Ils déjeunèrent dans l'une des nombreuses guinguettes du coin. Le jeudi, ce fut le tour du quartier de Dolmabahçe, le vendredi celui d'Eyüp, au fond de la Corne d'Or. Après avoir admiré le tombeau du compagnon du Prophète, ils gravirent les marches jusqu'au cimetière et s'accordèrent une pause au café Pierre Loti. Depuis les fenêtres de la vieille maison où l'écrivain venait se reposer, on apercevait par-dessus les pierres des tombes ottomanes le grand horizon que dessinaient les rives du Bosphore.

Ce soir-là, Alice confia à Daldry que le temps était peut-être venu de songer à rentrer à Londres.

— Vous voulez abandonner ?

— Nous nous sommes trompés de saison, cher Daldry. Nous aurions dû attendre que la végétation refleurisse pour entreprendre ce voyage. Et puis si je veux pouvoir un jour vous rembourser de tous les frais que vous avez engagés, il vaudrait mieux que je retrouve ma table de travail. J'ai fait, grâce à vous, un voyage extraordinaire et j'en reviendrai la tête pleine d'idées nouvelles, mais il faut maintenant que je les concrétise.

— Ce ne sont pas vos parfums qui nous ont amenés jusqu'ici, vous le savez très bien.

— Je ne sais pas ce qui m'a conduite ici, Daldry. Les prédictions d'une voyante ? Mes cauchemars ? Votre insistance et l'opportunité que vous m'avez offerte de fuir un temps ma vie ? J'ai voulu croire que mes parents s'étaient rendus à Istanbul ; l'impression de marcher dans leurs pas me rappro-chait d'eux, mais nous n'avons aucune nouvelle du consul. Il faut que je grandisse, Daldry, même si je résiste de toutes mes forces à cette nécessité, et cela s'applique aussi à vous.

— Je ne suis pas d'accord. Je reconnais que nous avons peut-être surestimé la piste du consul, mais pensez à cette vie que la voyante vous a promise, à cet homme qui vous attend au bout de la route. Et moi, je vous ai fait la promesse de vous mener à lui, ou du moins jusqu'au deuxième maillon de la chaîne. Je suis un homme d'honneur et je tiens mes promesses. Il est hors de question de baisser les bras face à l'adversité. Nous n'avons pas perdu notre temps, bien au contraire. Vous avez eu de nouvelles idées et d'autres vous viendront encore, j'en suis certain. Et puis, tôt ou tard, nous finirons par rencontrer cette deuxième personne qui nous mènera à la troisième et ainsi de suite...

— Daldry, soyons raisonnables, je ne vous demande pas de rentrer dès demain, mais au moins de commencer à y réfléchir.

— C'est tout réfléchi, mais, puisque vous me le demandez, j'y réfléchirai encore.

L'arrivée de Can mit fin à leur conversation. Il était temps de regagner l'hôtel, leur guide les emmenait le soir même au théâtre voir un ballet.

Et de jour en jour, d'églises en synagogues, de synagogues en mosquées, des vieux cimetières endormis aux ruelles animées, des salons de thé aux restaurants où ils dînaient chaque soir, et où chacun livrait à tour de rôle un peu de son histoire, quelques confidences sur son passé, Daldry se réconcilia avec Can. Une connivence avait fini par s'établir entre eux, autour d'un malicieux projet dont l'un était l'auteur et l'autre, désormais, le complice.

Le lundi qui suivit, le concierge de l'hôtel interpella Alice qui rentrait d'une journée bien chargée. Une estafette consulaire avait apporté en fin de matinée un télégramme à son intention.

Alice s'en empara et regarda Daldry, fébrile.

– Eh bien, décachetez-le, supplia-t-il.

– Pas ici, allons au bar.

Ils s'installèrent à une table au fond de la salle et, d'un geste de la main, Daldry congédia le serveur qui s'approchait pour prendre leur commande.

– Alors ? dit-il, bouillant d'impatience.

Alice décolla le rabat du télégramme, en lut les quelques lignes qui s'y trouvaient et reposa le pli sur la table.

Daldry regardait tour à tour sa voisine et le télégramme.

– Si j'en lisais le contenu sans votre autorisation, ce serait indélicat de ma part, mais me faire attendre une seconde de plus serait cruel de la vôtre.

– Quelle heure est-il ? demanda Alice.

– Dix-sept heures, répondit Daldry exaspéré, pourquoi ?

– Parce que le consul d'Angleterre ne va pas tarder à arriver.

– Le consul vient ici ?

– C'est ce qu'il annonce dans son message, il aurait des informations à me communiquer.

— Eh bien, dans ce cas, puisqu'il *vous* donne rendez-vous, dit Daldry, il ne me reste plus qu'à *vous* laisser.

Daldry fit mine de se lever, mais Alice posa sa main sur son bras pour l'inciter à se rasseoir ; elle n'eut pas beaucoup à insister.

Le consul était dans le hall de l'hôtel, il aperçut Alice et vint à sa rencontre.

— Vous avez reçu mon pli à temps, dit-il en ôtant son manteau.

Il le confia avec son chapeau au serveur et prit place dans un fauteuil club entre Alice et Daldry.

— Vous buvez quelque chose ? demanda Daldry.

Le consul regarda sa montre et accepta volontiers un bourbon.

— J'ai rendez-vous juste à côté dans une demi-heure. Le consulat n'est pas bien loin et, comme j'avais des nouvelles pour vous, je me suis dit qu'il était aussi simple de vous les délivrer en personne.

— Je vous en suis très reconnaissante, dit Alice.

— Comme je le pressentais, je n'ai obtenu aucune information de nos amis turcs. N'y voyez pas de mauvaise volonté de leur part, une relation qui travaille à la Sublime Porte, l'équivalent de notre ministère des Affaires étrangères, m'a appelé avant-hier pour me confirmer avoir entrepris toutes les recherches possibles, mais une demande d'entrée sur le territoire du temps de l'Empire ottoman... Il doute même que cela ait été jamais archivé.

— Alors, c'est l'impasse, conclut Daldry.

– Pas du tout, répliqua le consul. J'ai demandé à tout hasard à l'un de mes officiers du renseignement de se pencher sur votre affaire. C'est un jeune collaborateur, mais d'une rare efficacité et il vient encore de le prouver. Il s'est dit qu'avec un peu de chance, pour nous évidemment, l'un de vos parents aurait pu égarer son passeport au cours de son séjour, ou se l'être fait voler. Istanbul n'est pas un havre de paix aujourd'hui, mais la ville était encore moins sûre au début du siècle. Bref, si tel avait été le cas, vos parents se seraient évidemment adressés à l'ambassade qui occupait, avant la révolution, la résidence actuelle du consulat.

– Et on leur avait volé leurs passeports ? demanda Daldry plus impatient que jamais.

– Non plus, répondit le consul en faisant tinter les glaçons dans son verre. En revanche, ils se sont bien rendus à l'ambassade au cours de leur séjour, et pour cause ! Vos parents se trouvaient à Istanbul, non en 1909 ou en 1910 comme vous le supposiez, mais à partir de la fin de l'année 1913. Votre père étudiait la pharmacologie et il venait compléter des recherches sur les plantes médicinales que l'on trouve en Asie. Vos parents avaient élu domicile dans un petit appartement du quartier de Beyoğlu. Non loin d'ici d'ailleurs.

– Comment avez-vous appris tout cela ? interrogea Daldry.

– Je n'ai pas besoin de vous rappeler le chaos dans lequel le monde bascula en août 1914, ni la fâcheuse décision que l'Empire ottoman prit en novembre de cette même année, en se ralliant aux puissances centrales et donc à l'Allemagne. Vos parents étant tous deux sujets de Sa Majesté, ils se trouvaient *ipso facto* dans les rangs de ce que l'Empire considérait alors comme ses ennemis. Pressentant les risques éventuels que sa femme et lui pouvaient encourir, votre père pensa à signaler leur présence à Istanbul auprès de leur ambassade, non sans espoir qu'ils soient rapatriés. Hélas, en ces temps de guerre, voyager n'était pas sans risque, loin sans faut. Ils durent patienter encore un long moment avant de pouvoir rentrer en Angleterre. Mais, et c'est ce qui nous a permis de retrouver leur trace, ils s'étaient mis sous la protection de nos services, afin de pouvoir se réfugier à l'ambassade à tout moment, si le danger se faisait réellement sentir. Comme vous le savez, les ambassades restent, en toute circonstance, des territoires inviolables.

En écoutant le consul parler, Alice blêmissait, son visage était d'une telle pâleur que Daldry finit par s'en inquiéter.

— Vous allez bien ? lui demanda-t-il en lui prenant la main.

— Vous voulez que je fasse appeler un médecin ? renchérit le consul.

— Non, ce n'est rien, balbutia-t-elle, continuez, je vous en prie.

— Au printemps 1916, l'ambassade d'Angleterre réussit à exfiltrer une centaine de ses ressortissants en les faisant embarquer secrètement à bord d'un cargo battant pavillon espagnol. L'Espagne était restée neutre, le navire franchit le détroit des Dardanelles et arriva sans encombre à Gibraltar. De là, nous avons perdu la trace de vos parents, mais votre présence atteste qu'ils ont réussi à regagner la mère patrie, sains et saufs. Voilà, mademoiselle, vous en savez désormais autant que moi...

— Qu'est-ce qu'il y a, Alice, demanda Daldry, vous avez l'air bouleversé ?

— C'est impossible, ânonna-t-elle.

Ses mains s'étaient mises à trembler.

— Mademoiselle, reprit le consul presque offusqué, je vous prie de croire au sérieux des renseignements que je viens de vous révéler...

— J'étais déjà née, dit-elle, je me trouvais forcément avec eux.

Le consul regarda Alice, l'air circonspect.

— Si vous le dites, mais cela m'étonne, nous n'avons aucune trace de vous dans les registres et mains courantes que nous avons consultés. Votre père ne vous avait peut-être pas signalée à nos services.

— Son père serait venu chercher protection auprès de l'ambassade pour sa femme et lui, et aurait omis de signaler la présence de leur fille unique ? Cela m'étonnerait beaucoup, intervint Daldry. Êtes-vous sûr, monsieur le consul, que les enfants apparaissaient dans vos registres ?

— Enfin, monsieur Daldry, pour qui nous

prenez-vous ? Nous sommes un pays civilisé. Bien entendu que les enfants étaient inscrits avec leurs parents.

— Alors, dit Daldry en se tournant vers Alice, il est possible que votre père ait volontairement omis de signaler votre présence de peur que l'on juge ce rapatriement trop aventureux pour un enfant en bas âge.

— Certainement pas, protesta vivement le consul. Les femmes et les enfants d'abord ! J'en ai pour preuve que, parmi les familles embarquées à bord de ce cargo espagnol, se trouvaient des enfants, et ils étaient prioritaires.

— Alors, dans ce cas, ne gâchons pas ce moment en nous tracassant pour des motifs qui ne le méritent probablement pas. Monsieur le consul, je ne sais comment vous remercier, les informations que vous venez de nous donner dépassent de loin nos espérances...

— Et je ne me souviendrais de rien ? murmura Alice en interrompant Daldry, pas le moindre souvenir ?

— Je ne veux pas être indiscret et encore moins indélicat, mais quel âge aviez-vous, mademoiselle Pendelbury ?

— J'ai eu quatre ans le 25 mars 1915.

— Et donc cinq au commencement du printemps 1916. J'ai beau vouer la plus grande affection à mes parents, je leur serai reconnaissant toute ma vie de l'éducation et de l'amour qu'ils m'ont donnés, je serais bien incapable de me souvenir de quoi que ce soit qui remonte à un si jeune âge, dit le consul en tapotant la main d'Alice. Bien, j'espère avoir rempli ma mission et satisfait votre demande. Si je peux vous être d'une quelconque autre utilité, n'hésitez pas à venir me rendre visite, vous savez où se trouve notre consulat. Maintenant il faut que je vous laisse, je vais être en retard.

— Vous vous souvenez de leur adresse ?

— Je l'ai notée sur un bout de papier, me doutant que vous me poseriez cette question. Attendez, dit le consul en fouillant la poche intérieure de sa veste, la voilà... Ils vivaient tout près d'ici, dans l'ancienne grande rue de Péra, rebaptisée rue Isklital, et plus précisément au second étage de la cité Roumélie, c'est juste à côté du fameux passage des fleurs.

Le consul baisa la main d'Alice et se leva.

— Auriez-vous l'obligeance, dit-il en s'adressant à Daldry, de me raccompagner jusqu'à la porte de l'hôtel, j'aurais deux petits mots à vous dire, rien d'important.

Daldry se leva et suivit le consul qui mettait son manteau. Ils traversèrent le hall, le consul s'arrêta devant la réception et s'adressa à Daldry.

— Pendant que je faisais ces recherches pour votre amie, j'ai, par pure curiosité, recherché également la présence d'un Finch, au ministère des Affaires étrangères.

— Ah ?

– Eh oui... et le seul employé qui réponde au nom de Finch est stagiaire au service du courrier, il ne peut en aucun cas s'agir de votre oncle, n'est-ce pas ?

– Je ne le pense pas, en effet, répondit Daldry en examinant le bout de ses chaussures.

– C'est en effet ce qu'il me semblait. Je vous souhaite un agréable séjour à Istanbul, monsieur Finch-Daldry, dit le consul avant de s'engouffrer dans le tourniquet de la porte à tambour.

10.

Daldry avait rejoint Alice au bar. Depuis une demi-heure qu'il se tenait près d'elle, elle observait le piano noir dans l'angle du salon, sans dire un mot.

— Si vous le souhaitez, nous pourrions aller faire un tour demain en bas de l'immeuble de la cité Roumélie ? suggéra Daldry.

— Pourquoi ne m'ont-ils jamais parlé de cette époque ?

— Je n'en sais rien, Alice, peut-être voulaient-ils vous protéger ? Ils ont dû vivre ici des moments terriblement angoissants. Peut-être étaient-ce pour eux des souvenirs trop pénibles à partager. Mon père avait fait la Grande Guerre et il ne voulait jamais en parler.

— Et pourquoi ne pas m'avoir déclarée à l'ambassade ?

— Peut-être l'ont-ils fait, et l'employé responsable du recensement des ressortissants britanniques n'aura pas correctement accompli son travail. Dans la tourmente de l'époque, il était peut-être dépassé par les événements.

— Cela fait beaucoup de « peut-être », vous ne trouvez pas ?

— Oui, cela en fait beaucoup, mais que puis-je vous dire d'autre ? Nous n'étions pas là.

— Si, justement, moi j'y étais.

— Enquêtons, si vous le voulez.

— Comment ?

— En interrogeant le voisinage, qui sait si quelqu'un se souviendra d'eux ?

— Presque quarante ans plus tard ?

— Nous ne sommes pas à l'abri d'un petit coup de pouce de la chance. Puisque nous avons engagé le meilleur guide d'Istanbul, demandons-lui de nous aider, les jours à venir promettent d'être passionnants...

— Vous voulez mettre Can à contribution ?

— Pourquoi pas ? D'ailleurs, il ne devrait pas tarder, après le spectacle nous pourrons l'inviter à notre table.

— Je n'ai plus envie de sortir, allez-y sans moi.

— Ce n'est pas du tout le soir pour vous laisser seule. Vous allez ressasser mille et une hypothèses, toutes bonnes à vous rendre insomniaque. Allons voir ce ballet et au cours du dîner nous parlerons à Can.

— Je n'ai pas faim et je ne serais pas d'une compagnie très agréable. Je vous assure, j'ai besoin d'un peu de solitude, il faut que je réfléchisse à tout cela.

— Alice, je ne veux en rien minimiser le fait que ces découvertes soient troublantes, mais elles ne remettent rien de fondamental en cause. Vos parents, à entendre ce que vous m'en avez dit, n'ont jamais manqué d'amour à votre égard. Pour des raisons qui leur appartiennent, ils ne vous ont jamais fait part de leur séjour ici. Il n'y a pas là de quoi vous mettre dans cet état, vous avez l'air tellement triste que cela me fiche un cafard noir.

Alice regarda Daldry et lui sourit.

— Vous avez raison, dit-elle, mais je ne serais pas de très bonne compagnie ce soir. Allez voir ce spectacle avec Can, dînez entre hommes, je vous promets que je ne laisserai aucune insomnie gâcher ma nuit. Un peu de repos et, demain, nous déciderons ou non de jouer aux détectives.

Can venait d'entrer dans le hall. Il tapota sur le cadran de sa montre pour indiquer à Alice et à Daldry qu'il était grand temps de partir.

— Filez, dit Alice en voyant Daldry qui hésitait encore.

— Vous êtes sûre ?

Alice chassa Daldry d'un geste amical. Il se retourna pour lui dire au revoir et rejoignit Can.

— Mlle Alice ne se jumelle pas à nous ?

— Non, en effet, elle ne se jumelle pas à nous... Je sens que cette soirée va être inoubliable, soupira Daldry en levant les yeux au ciel.

*

Daldry dormit durant tout le deuxième acte. Chaque fois que ses ronflements devenaient trop bruyants, Can lui donnait un coup de coude et Daldry sursautait avant de piquer à nouveau du nez.

Le rideau retombé sur la scène de l'ancien théâtre français d'Isklital, Can emmena Daldry dîner au Régence, dans le passage Olivo. La cuisine était raffinée, Daldry, plus gourmand que jamais, se détendit au troisième verre de vin.

— Pourquoi Mlle Alice ne s'est-elle pas conjointe à nous ? demanda Can.

— Parce qu'elle était fatiguée, répondit Daldry.

— Vous vous êtes volé dans les poils ?

— Pardon ?

— Je vous demande si Mlle Alice vous a chamaillé ?

— Pour votre gouverne, on dit voler dans les plumes, et non, nous ne nous sommes pas chamaillés.

— Alors tant mieux.

Mais Can n'avait pas l'air convaincu. Daldry remplit leurs verres et lui parla de ce qu'Alice avait appris juste avant qu'il vienne les chercher à l'hôtel.

— Quelle incroyable histoire ! s'exclama Can. Et c'est la propre bouche du consul qui vous a raconté tout cela ? Je comprends que Mlle Alice soit tourneboulée. À sa place, je le serais aussi. Qu'est-ce que vous comptez faire ?

— L'aider à y voir plus clair, si la chose est possible.

— Avec Can, rien n'est impossible à Istanbul. Dites-moi comment éclairer mademoiselle.

— Retrouver des voisins ou des gens du quartier qui auraient pu connaître ses parents serait un bon début.

— C'est praticable ! s'exclama Can. Je vais investiguer et nous trouverons quelqu'un qui se souviendra, ou quelqu'un qui a connu quelqu'un qui se souvient.

— Faites de votre mieux, mais ne lui dites rien qui ne soit prouvé, elle est déjà suffisamment troublée comme ça. Je compte sur vous.

— C'est très sage, vous avez raison, inutile de l'opacifier encore plus.

— Côté guide je ne dis pas, mais en ce qui concerne vos talents d'interprète, franchement, vous vous survendez, mon vieux.

— Je peux vous poser une question ? demanda Can en baissant les yeux.

— Posez toujours, nous verrons bien.

— Il y a quelque chose de pittoresque entre Mlle Alice et vous ?

— Faites un effort...

— Je voulais dire de particulier entre vous.

— En quoi cela vous regarde-t-il ?

— Alors, vous venez de me répondre.

— Non, je ne viens pas de vous répondre, monsieur le guide qui sait tout, mais qui ne sait rien !

— Vous voyez, j'ai dû pianoter une corde sensible puisque vous m'houstillez.

— Je ne vous houstille pas pour la bonne raison que cela ne se dit pas ! Et je ne vous houspille pas non plus, parce que je ne vois aucune raison de le faire.

— En tout cas, vous n'avez toujours pas répondu à ma question.

Daldry leur resservit du vin et but son verre d'un trait, Can l'imita aussitôt.

— Il n'y a entre mademoiselle et moi qu'une sympathie réciproque, de l'amitié si vous préférez.

— Vous êtes un drôle d'ami avec le tour que vous vous apprêtez à lui jouer.

— Nous nous rendons service mutuellement, elle avait besoin de changer de vie et moi d'un atelier où peindre, c'est un échange de bons procédés, cela se fait entre amis.

— Quand les deux sont au courant de l'échange...

— Can, vos leçons de morale m'emmerdent au plus haut point.

— Elle ne vous plaît pas ?

— Elle n'est pas mon genre de femme et je ne suis pas son genre d'homme. Vous voyez, nos rapports sont équilibrés.

— Qu'est-ce qui vous déplaît chez elle ?

— Dites-moi, Can, vous ne seriez pas par hasard en train de tâter le terrain pour vous ?

— Ce serait absurde et salissant de faire une telle chose, répondit Can, manifestement enivré.

— C'est de pire en pire, je vais formuler les choses autrement pour qu'elles atteignent votre cerveau. Essayez-vous de me suggérer que vous avez le béguin pour Alice ?

— Je n'ai pas encore commencé mon enquête, comment pourrais-je déjà avoir trouvé un béguin ? Et d'ailleurs qu'est-ce que c'est qu'un béguin ?

— Arrêtez de me prendre pour un imbécile et de jouer à celui qui ne comprend pas quand ça l'arrange. Est-ce qu'Alice vous plaît, oui ou non ?

— Alors là, pardon, s'emporta Can, c'est quand même moi qui ai posé la question le premier !

— Et je vous ai répondu.

— Absolument pas, vous avez escamoté la réponse.

— Je ne me suis même pas posé la question, comment voudriez-vous que je vous réponde !

— Menteur !

— Je ne vous permets pas. Et puis je ne mens jamais.

— À Alice, si.

— Vous voyez, vous vous êtes trahi, vous l'avez appelée par son prénom.

— Parce que j'ai oublié de dire mademoiselle, ça

prouve quelque chose ? C'est une étourderie de ma part, parce que j'ai un peu trop bu.

— Un peu seulement ?

— Vous n'êtes pas dans un meilleur état que moi !

— Je vous l'accorde. Bon, puisque nous sommes ivres, seriez-vous partant pour un voyage jusqu'au bout de la nuit ?

— Cela se trouve où votre bout de la nuit ?

— Au fond de la prochaine bouteille que je vais commander, ou de la suivante, je ne peux encore rien vous promettre.

Daldry leur commanda un cognac hors d'âge.

— Si je tombais amoureux d'une femme comme elle, reprit-il en levant son verre, la seule preuve d'amour que je pourrais lui offrir serait de m'éloigner le plus loin possible, dussé-je aller au bout du monde.

— Je ne comprends pas en quoi cela serait une preuve d'amour.

— Parce que je lui épargnerais de rencontrer un type comme moi. Je suis un solitaire, un célibataire endurci, avec ses habitudes et ses manies. J'ai horreur du bruit et elle est très bruyante. Je déteste la promiscuité et elle habite en face de chez moi. Et puis les plus beaux sentiments finissent par s'user, tout s'avilit. Non, croyez-moi, dans une histoire d'amour il faut savoir partir avant qu'il soit trop tard ; dans mon cas, « avant qu'il soit trop tard »

282

consisterait à ne pas se déclarer. Pourquoi souriez-vous ?

— Parce que je nous ai enfin trouvé un point d'entente, nous sommes deux, vous et moi, à vous trouver antipathique.

— Je suis le portrait de mon père, même si je prétends être son contraire, et pour avoir grandi sous son toit, je sais à qui j'ai affaire en me regardant dans la glace le matin.

— Votre mère n'a jamais été heureuse avec votre père ?

— Là, mon vieux, pour vous répondre, il va falloir que l'on repique du nez dans cette bouteille, la vérité se trouve à des profondeurs que nous n'avons pas encore atteintes.

Trois cognacs plus tard, le restaurant fermant, Daldry demanda à Can de leur trouver un bar digne de ce nom. Can suggéra de l'emmener un peu plus bas dans la ville, dans un établissement qui ne fermait qu'au petit matin.

— C'est exactement celui qu'il nous faut ! s'exclama Daldry.

Ils descendirent la rue, avec pour guide les rails du tramway. Can titubait sur celui de droite, Daldry sur celui de gauche. Lorsqu'une rame arrivait, en dépit des multiples coups de sonnette que faisait tinter le machiniste, ils attendaient le dernier moment pour s'écarter de la voie.

— Si vous aviez rencontré ma mère à l'âge

d'Alice, dit Daldry, vous auriez connu la femme la plus heureuse du monde. Ma mère joue si bien la comédie, elle est passée à côté d'une vraie vocation. Elle aurait fait un tabac sur les planches. Mais, les samedis, elle était sincère. Oui, je crois que le samedi elle était vraiment heureuse.

— Pourquoi le samedi ? demanda Can en s'asseyant sur un banc.

— Parce que mon père la regardait, répondit Daldry en le rejoignant. N'allez pas vous tromper, s'il était attentionné ce jour-là, c'est qu'il anticipait son départ du lundi. Pour se faire pardonner à l'avance son forfait, il faisait semblant de s'intéresser à elle.

— Quel forfait ?

— Nous y viendrons plus tard. Et vous allez me demander pourquoi le samedi plutôt que le dimanche, ce qui serait plus logique ? Eh bien, justement, parce que le samedi ma mère était encore assez distraite pour ne pas penser à son départ. Alors que, dès la sortie de la messe, son cœur se nouait, et se nouait de plus en plus, au fur et à mesure que les heures passaient. Le dimanche soir était épouvantable. Quand je pense qu'il avait le toupet de l'emmener à la messe.

— Mais que faisait-il de si grave, le lundi ?

— Après sa toilette, il passait son plus beau costume, enfilait son gilet, nouait son nœud papillon, astiquait sa montre de gousset, se coiffait, se parfumait et faisait préparer la voiture à cheval pour se

284

rendre en ville. Il avait rendez-vous tous les lundis après-midi avec son homme d'affaires. Il dormait en ville, parce que les routes étaient, paraît-il, dangereuses la nuit, et ne rentrait que le lendemain, dans la journée.

— Et en réalité, il allait voir sa maîtresse, c'est cela ?

— Non, il avait vraiment rendez-vous avec son avocat d'affaires, son ami depuis le collège, et ils passaient aussi la nuit ensemble, alors j'imagine que c'est la même chose.

— Et votre mère savait ?

— Que son mari la trompait avec un homme ? Oui, elle le savait, le chauffeur le savait aussi, les femmes de chambre, la cuisinière, la gouvernante, le majordome, tout le monde savait, à part moi qui ai longtemps cru qu'il avait simplement une amante ; je suis un peu crétin de nature.

— À l'époque des sultans...

— Je sais ce que vous allez me dire, et c'est très aimable de votre part, mais en Angleterre, nous avons un roi et une reine, un palais, et pas de harems. Ne voyez là aucun jugement de ma part, c'est juste une question de convenances. D'ailleurs, pour tout vous dire, les turpitudes de mon père m'étaient bien égales, c'est la souffrance de ma mère que je ne supportais pas. Car de cela, je n'étais pas dupe. Mon père n'était pas le seul homme du royaume à s'envoyer en l'air dans d'autres draps que

285

ceux de sa femme, mais c'était ma mère qu'il trompait et son amour qu'il salissait. Lorsque j'ai trouvé un jour le courage de lui en parler, elle m'a souri, au bord des larmes, avec une dignité à vous glacer le sang. Face à moi, elle a pris la défense de mon père, m'expliquant que c'était dans l'ordre des choses, une nécessité pour lui et qu'elle ne lui en avait jamais voulu. Elle jouait très mal son texte ce jour-là.

— Mais puisque vous détestez votre père pour tout ce qu'il a fait subir à votre mère, pourquoi feriez-vous comme lui ?

— Parce que voir souffrir ma mère m'a fait comprendre que pour un homme, aimer, c'est cueillir la beauté d'une femme, la mettre sous serre, pour qu'elle s'y sente à l'abri et la chérir... jusqu'à ce que le temps la fane, alors les hommes repartent cueillir d'autres cœurs. Je me suis fait la promesse que si un jour il m'arrivait d'aimer, d'aimer vraiment, alors je préserverais la fleur et m'interdirais de la couper. Voilà, mon vieux, l'alcool aidant, je vous ai dit bien trop de choses, et je le regretterai sûrement demain. Mais si vous répétez une seule de ces confidences, je vous noierai de mes propres mains dans votre grand Bosphore. Maintenant la vraie question qui se pose c'est comment rentrer à l'hôtel, car je suis incapable de me relever, je crains de m'être un peu trop alcoolisé !

Can n'était pas en meilleur état que Daldry, ils s'aidèrent mutuellement et remontèrent la rue Isklital, titubant comme deux pochards.

*

Pour laisser la femme de ménage faire sa chambre, Alice s'était installée dans le salon jouxtant le bar. Elle écrivait une lettre, qu'elle ne posterait sans doute pas. Dans le miroir au mur, elle vit Daldry descendre le grand escalier. Il s'affala dans un fauteuil à côté d'elle.

— Vous avez bu tout le Bosphore pour être dans un tel état ce matin ? demanda-t-elle sans détourner le regard de sa feuille.

— Je ne vois pas ce qui vous fait dire ça.

— Votre veston est boutonné de travers et vous n'êtes rasé que d'un seul côté...

— Disons que j'y ai trempé quelques glaçons au cours de la soirée. Vous nous avez manqué.

— Je n'en doute pas une seconde.

— À qui écrivez-vous ?

— À un ami à Londres, répondit Alice en repliant la feuille qu'elle rangea dans sa poche.

— J'ai un mal de tête épouvantable, confia Daldry. Vous m'accompagneriez faire quelques pas au grand air ? Qui est cet ami ?

— Bonne idée, allons marcher. Je me demandais à quelle heure vous alliez réapparaître, je suis levée depuis l'aube et je commençais à m'ennuyer. Où allons-nous ?

— Voir le Bosphore, cela me rappellera des souvenirs...

En chemin, Alice s'attarda devant l'échoppe d'un cordonnier. Elle regarda tourner la courroie d'une meule.

— Vous avez des chaussures à ressemeler ? demanda Daldry.

— Non.

— Alors pourquoi regardez-vous cet homme dans sa boutique depuis cinq bonnes minutes, sans rien dire ?

— Cela vous arrive que certaines choses anodines vous procurent une sensation d'apaisement sans que vous en compreniez la raison ?

— Je peins des carrefours, il me serait difficile de prétendre le contraire. Je pourrais regarder passer des autobus à impériale à longueur de journée. J'aime entendre craquer leur embrayage, le souffle de leurs freins, le tintement de la sonnette que le machiniste agite au moment du départ, le ronronnement du moteur.

— C'est terriblement poétique, ce que vous me décrivez, Daldry.

— Vous vous moquez ?

— Un peu, oui.

— Parce que la vitrine d'un cordonnier, c'est plus romantique, peut-être ?

– Il y a une forme de poésie dans les mains de cet artisan, j'ai toujours aimé les cordonneries, l'odeur de cuir et de colle.

– C'est parce que vous aimez les chaussures. Moi, par exemple, je pourrais rester des heures devant la vitrine d'une boulangerie, je n'ai pas besoin de vous dire pourquoi...

Un peu plus tard, ils longeaient toujours les quais du Bosphore, Daldry s'assit sur un banc.

– Qu'est-ce que vous regardez ? demanda Alice.

– Cette vieille dame près de la rambarde, qui parle au propriétaire du chien roux. C'est fascinant.

– Elle aime les animaux, qu'est-ce que vous trouvez là de fascinant ?

– Regardez bien et vous allez comprendre.

La vieille dame, après avoir échangé quelques mots avec le propriétaire du chien roux, s'approcha d'un autre chien. Elle se baissa et tendit la main vers le museau de l'animal.

– Vous voyez ? chuchota Daldry en se penchant vers Alice.

– Elle caresse un autre chien ?

– Vous ne comprenez pas ce qu'elle fait, ce n'est pas le chien qui l'intéresse, mais la laisse.

– La laisse ?

– Exactement, la laisse qui le rattache à son maître qui est en train de pêcher. La laisse est le fil conducteur qui lui permet d'engager la conversation. Cette vieille dame crève de solitude. Elle a inventé ce stratagème pour échanger quelques mots avec un autre être humain. Je suis persuadé qu'elle vient ici, chaque jour à la même heure, chercher sa petite dose d'humanité.

Cette fois, Daldry avait vu juste, la vieille dame n'avait pas réussi à capter l'attention du pêcheur concentré sur le bouchon de sa ligne qui flottait sur les eaux du Bosphore ; elle fit quelques pas sur le quai, prit des miettes de pain dans la poche de son manteau et les lança à des pigeons qui trottinaient sur la rambarde, où les pêcheurs s'accoudaient. Très vite, elle s'adressa à l'un d'eux.

— Étrange solitude, n'est-ce pas ? dit Daldry.

Alice se tourna vers lui et le regarda attentivement.

— Pourquoi êtes-vous venu jusqu'ici, Daldry, pourquoi avez-vous fait ce voyage ?

— Vous le savez très bien. À cause de notre pacte, je vous aide à trouver l'homme de votre vie, enfin, je vous mets sur son chemin, et pendant que vous poursuivrez votre quête, j'irai peindre sous votre verrière.

— Est-ce vraiment l'unique raison ?

Le regard de Daldry se perdit vers Üsküdar, comme s'il contemplait le minaret de la mosquée Mirimah, sur la rive asiatique du Bosphore.

— Vous vous souvenez de ce pub au bout de notre rue ? questionna Daldry.

— Nous y avons pris un petit déjeuner, bien sûr que je m'en souviens.

– J'y allais chaque jour, à la même table, avec mon journal. Un jour où l'article que je lisais m'ennuyait, j'ai relevé la tête, je me suis vu dans le miroir, et j'ai eu peur des années qui me restaient à vivre. Moi aussi j'avais besoin de changer d'air. Mais, depuis quelques jours, Londres me manque. Rien n'est jamais parfait.

– Vous songez à rentrer ? demanda Alice.

– Vous y songiez aussi, il y a peu.

– Plus maintenant.

– Parce que la prophétie de cette voyante vous semble plus crédible, vous avez désormais un but, et moi, j'ai accompli ma mission. Je crois que nous avons rencontré en la personne du consul le deuxième maillon de la chaîne, peut-être même le troisième si nous considérons que c'est Can qui nous a menés jusqu'à lui.

– Vous avez l'intention de m'abandonner ?

– C'est ce dont nous étions convenus. Ne soyez pas inquiète, je paierai votre chambre d'hôtel et les émoluments de Can pour les trois prochains mois. Il vous est entièrement dévoué. Je lui verserai aussi une confortable avance sur ses frais. Quant à vous, je vous ouvrirai un compte à la Banco di Roma, leur agence se trouve sur Isklital, et ils ont l'habitude des mandats étrangers. Je vous en ferai parvenir un chaque semaine, vous ne manquerez de rien.

– Vous voulez que je reste trois mois de plus à Istanbul ?

— Vous avez du chemin à faire, Alice, pour toucher à votre but, et puis vous ne vouliez rater pour rien au monde la venue du printemps en Turquie. Pensez à toutes ces fleurs qui vous sont étrangères, à vos parfums... et un peu à nos affaires.

— Quand avez-vous pris la décision de partir ?

— Ce matin, en me réveillant.

— Et si j'espérais que vous restiez encore un peu ?

— Vous n'auriez pas besoin de me le demander, le prochain vol ne part que samedi, ce qui nous laisse encore du temps devant nous. Ne faites pas cette tête-là ; ma mère a la santé fragile et je ne peux pas la laisser seule indéfiniment.

Daldry se leva et s'avança vers le garde-corps où la vieille dame s'approchait discrètement d'un grand chien blanc.

— Faites attention, lui dit-il en passant, celui-là mord...

*

Can arriva à l'hôtel à l'heure du thé. Il avait l'air content de lui.

— J'ai des nouvelles fascinantes à vous délivrer, dit-il en rejoignant Alice et Daldry au bar.

Alice reposa sa tasse et accorda toute son attention à Can.

– J'ai rencontré, dans un immeuble proche de celui où votre père et votre mère s'étaient installés, un vieux monsieur qui les a connus. Il est d'accord pour que nous allions le voir chez lui.

– Quand ? demanda Alice en regardant Daldry.

– Maintenant, répondit Can.

11.

L'appartement de M. Zemirli occupait le deuxième étage d'un immeuble bourgeois, rue Isklital. La porte s'ouvrit sur une galerie d'entrée où de vieux livres s'empilaient sur toute la longueur du mur.

Ogüz Zemirli portait un pantalon de flanelle, une chemise blanche, une robe de chambre en soie et deux paires de lunettes. L'une semblait tenir sur son front comme par enchantement, l'autre chevauchait son nez. Ogüz Zemirli alternait les montures, selon le besoin qu'il avait de lire ou de voir de loin. Son visage était rasé de près, hormis quelques poils grisonnants à la pointe du menton qui avaient dû échapper au barbier.

Il installa ses visiteurs dans son salon décoré de meubles français et ottomans, disparut dans la cuisine et revint accompagné d'une femme aux formes généreuses. Elle servit du thé et des pâtisseries orientales, M. Zemirli la remercia et la femme se retira aussitôt.

— C'est ma cuisinière, déclara-t-il, ses gâteaux sont délicieux, servez-vous.

Daldry ne se fit pas prier.

— Alors ainsi, vous êtes la fille de Cömert Eczaci ? interrogea l'homme.

— Non monsieur, mon père s'appelait Pendelbury, répondit Alice en adressant un regard désolé à Daldry.

— Pendelbury ? Je ne crois pas qu'il me l'ait dit... Peut-être que si après tout, ma mémoire n'est plus ce qu'elle était, reprit l'homme.

À son tour, Daldry regarda Alice, se demandant comme elle si leur hôte avait encore toute sa raison ; il en voulait déjà à Can de les avoir emmenés ici, et plus encore d'avoir fait naître en Alice l'espoir d'en apprendre un peu plus sur ses parents.

— Dans le quartier, reprit M. Zemirli, on ne l'appelait pas Pendelbury, surtout à cette époque, nous l'avions surnommé Cömert Eczaci.

— Cela veut dire « le généreux pharmacien », traduisit Can.

À ces mots, Alice sentit les battements de son cœur accélérer.

— C'était bien votre père ? questionna l'homme.

— C'est très probable, monsieur, mon père avait ces deux qualités.

— Je me souviens bien de lui, de votre mère aussi, une femme de caractère. Ils travaillaient ensemble à la faculté. Suivez-moi, dit M. Zemirli en se levant péniblement de son fauteuil.

Il avança à la fenêtre et désigna l'appartement qui se trouvait au premier étage de l'immeuble en face du sien. Alice lut l'inscription « Cité Roumélie » gravée sur la plaque apposée au-dessus de la porte cochère.

– Au consulat, ils m'ont dit que mes parents vivaient au deuxième étage.

– Et moi, je vous dis qu'ils vivaient là, insista M. Zemirli en désignant les fenêtres du premier. Vous pouvez choisir de croire votre consulat, mais c'est ma tante qui leur louait ce petit appartement. Vous voyez, là, à gauche, c'était leur salon, et l'autre fenêtre était celle de leur chambre, la petite cuisine donnait sur la cour, comme dans cet immeuble. Allez, venez vous rasseoir, ma jambe me fait mal. C'est d'ailleurs à cause d'elle que j'ai connu vos parents. Je vais vous raconter tout ça. J'étais jeune et, comme beaucoup de gamins, mon jeu préféré en rentrant du lycée était de prendre le tramway à l'œil...

L'expression prenait tout son sens puisque pour voyager gratuitement, les jeunes Stambouliotes sautaient sur le tramway en marche et s'asseyaient à califourchon sur le gros phare à l'arrière de la rame. Mais, par un jour de pluie, Ogüz rata son coup et fut happé par le bogie du tramway qui le traîna sur plusieurs mètres. Les chirurgiens opérèrent de leur mieux pour recoudre les plaies et lui évitèrent l'amputation de justesse. Ogüz fut dispensé de ses obligations militaires, mais il ne connut plus d'autre jour de pluie sans que sa jambe le fasse souffrir.

— Les médicaments coûtaient cher, expliqua M. Zemirli, bien trop cher pour s'en procurer à la pharmacie. Votre père en rapportait de l'hôpital et m'en donnait ainsi qu'à tous les nécessiteux du quartier ; en temps de guerre, autant dire qu'il en offrait à beaucoup d'habitants du coin qui tombaient malades. Vos deux parents tenaient, dans ce petit appartement, une sorte de dispensaire clandestin. Dès qu'ils rentraient de l'hôpital universitaire, votre mère pratiquait les soins et faisait les pansements tandis que votre père distribuait les médicaments qu'il avait pu trouver et les remèdes médicinaux qu'il préparait lui-même. En hiver, lorsque la fièvre s'abattait sur les gosses, on voyait mères et grands-mères former une file qui s'étirait parfois jusque dans la rue. Les autorités du quartier n'étaient pas dupes, mais comme ce commerce était bénévole et salutaire pour la population, les policiers fermaient les yeux. Eux aussi avaient des enfants qui venaient se faire soigner dans ce petit appartement. Je n'ai connu aucun homme en uniforme qui aurait pris le risque d'affronter sa femme en rentrant chez lui s'il avait arrêté vos parents, et, compte tenu du tempérament de ma jeunesse, je les connaissais tous. Vos parents sont restés presque deux ans, si je me souviens bien. Et puis, un soir, votre père a distribué plus de médicaments qu'à l'accoutumée, chacun a eu droit au double de ce qu'il recevait d'habitude. Le lendemain, vos parents n'étaient plus là. Ma tante a attendu plus de deux mois avant d'oser utiliser sa clé pour aller voir ce qui se passait. L'appartement était parfaitement rangé, il ne manquait pas une assiette, pas un couvert ; sur la table de la cuisine, elle a trouvé le solde du loyer et une lettre qui expliquait qu'ils étaient repartis en Angleterre. Ces quelques mots manuscrits de la main de votre père furent un immense soulagement pour tous les habitants qui avaient beaucoup craint pour Cömert Eczaci et sa femme, pour tous les policiers du quartier aussi, parce que nous les soupçonnions. Vous voyez, trente-cinq années plus tard, chaque fois que je me rends à la pharmacie chercher mes médicaments pour faire taire cette satanée jambe, je lève la tête en sortant de chez moi et j'ai l'impression que je vais voir apparaître, à la fenêtre d'en face, le visage souriant de Cömert Eczaci. Alors je peux vous dire que ça me fait quelque chose de voir sa fille chez moi ce soir.

Derrière les verres épais des lunettes de M. Zemirli, Alice vit se mouiller les yeux du vieil homme et elle se sentit moins gênée de n'avoir pu retenir ses larmes.

L'émotion avait également surpris Can et Daldry. M. Zemirli sortit un mouchoir de sa poche et s'essuya le bout du nez. Il se pencha et remplit de nouveau les verres à thé.

— Nous allons trinquer à la mémoire du pharmacien généreux de Beyoğlu et à la santé de son épouse.

Tous se levèrent, et l'on porta un toast... au thé à la menthe.

— Et moi, demanda Alice, vous vous souvenez de moi ?

— Non, je ne me rappelle pas vous avoir vue, j'aimerais vous dire le contraire, mais ce serait vous mentir. Quel âge aviez-vous ?

— Cinq ans.

— Alors c'est normal, vos parents travaillaient, vous deviez être à l'école.

— C'est tout à fait logique, dit Daldry.

— Quelle école selon vous ? reprit Alice.

— Vous n'en avez aucun souvenir ? demanda M. Zemirli.

— Pas le moindre, un gigantesque trou noir jusqu'à notre retour à Londres.

— Ah, l'âge de nos premiers souvenirs ! C'est selon les enfances, vous savez. Certains se remémorent plus de choses que d'autres. D'ailleurs, est-ce que ce sont de vrais souvenirs ou sont-ils fabriqués à partir de ce que l'on vous a raconté ? Moi j'ai tout oublié jusqu'à mes sept ans, et encore, il pourrait bien s'agir de mes huit ans. Lorsque je confiais cela à ma mère, ça la mettait hors d'elle, elle me disait : « Toutes ces années à m'occuper de toi et tu as tout oublié ? » Mais votre question portait sur l'école. Vos parents vous avaient probablement inscrite à Saint-Michel, ce n'est pas très loin et on y enseignait l'anglais. C'était un établissement rigoureux et réputé ; leurs registres devaient être bien tenus, vous devriez y passer.

M. Zemirli sembla soudain fatigué. Can toussota, faisant comprendre qu'il était temps de se retirer. Alice se leva et remercia le vieil homme de son hospitalité. M. Zemirli posa sa main sur son cœur.

– Vos parents étaient des gens aussi humbles que courageux, leur conduite fut héroïque. Je suis heureux d'avoir maintenant la certitude qu'ils ont pu regagner leur pays sains et saufs, et encore plus heureux d'avoir eu le privilège de faire la connaissance de leur fille. S'ils ne vous ont rien raconté de leur séjour en Turquie, c'est certainement par modestie. Si vous restez suffisamment longtemps à Istanbul, vous comprendrez de quoi je parle. Fais bonne route, Cömert Eczaci'nin Kizi.

Ce qui signifiait « fille du pharmacien généreux », ainsi que le lui apprit Can, dès qu'ils furent dans la rue.

Il n'était plus l'heure d'aller sonner à la porte de l'école Saint-Michel. Can s'y rendrait dès le lendemain matin pour leur obtenir un rendez-vous.

Alice et Daldry dînèrent dans la salle à manger de l'hôtel. Ils échangèrent peu de mots au cours du repas. Daldry respectait les silences d'Alice. De temps à autre, il tentait de l'amuser, lui racontant quelques anecdotes croustillantes sur sa jeunesse, mais Alice avait l'esprit ailleurs et ses sourires étaient feints.

Alors qu'ils se saluaient sur le palier, Daldry fit remarquer à Alice qu'elle avait toutes les raisons de se réjouir, Ogüz Zemirli était forcément la troisième, sinon la quatrième des six personnes dont la voyante de Brighton avait parlé.

Alice referma la porte de sa chambre et, un peu plus tard, retrouva sa table d'écriture, devant la fenêtre.

Anton,

Chaque soir lorsque je traverse le hall de mon hôtel, j'espère que le concierge me remettra un courrier de toi. Cette attente est stupide, pourquoi m'écrirais-tu ?

J'ai pris une décision, il m'a fallu bien du courage pour me faire cette promesse, ou plutôt il m'en faudra beaucoup pour la tenir. Le jour où je rentrerai à Londres, je viendrai sonner à ta porte, j'y aurai déposé juste avant un paquet de lettres à l'abri d'un petit coffret que j'irai acheter cette semaine au bazar. J'y mettrai toutes celles que je t'ai écrites et que je ne t'ai pas postées.

Tu les liras peut-être dans la nuit et tu viendras peut-être sonner à ma porte le lendemain. Cela fait beaucoup de « peut-être », mais depuis quelque temps, « peut-être » fait partie de mon quotidien.

Et, pour ne te donner qu'un exemple, j'ai peut-être enfin trouvé un sens à ces cauchemars qui me hantent.

La voyante de Brighton avait raison, tout du moins sur un point. Mon enfance était là, au premier étage d'un immeuble d'Istanbul. J'y ai passé deux ans. J'ai dû jouer dans une ruelle au bout de laquelle se trouvait un grand escalier. Je n'en garde aucune trace, mais ces images d'une autre vie resurgissent dans mes nuits. Pour comprendre le mystère qui entoure une part de ma petite enfance, je dois poursuivre mes recherches. Je devine les raisons pour lesquelles mes parents ne m'ont jamais rien dit. Si j'avais été mère, j'aurais fait comme la mienne et tu à ma fille des souvenirs trop pénibles à raconter.

Cet après-midi, quelqu'un m'a montré les fenêtres de l'appartement où nous vivions, où ma mère avait dû poser son visage pour regarder le spectacle de la rue en contrebas. Je devinais la petite cuisine où elle préparait nos repas, le salon où je devais m'asseoir sur les genoux de mon père. Je croyais que le temps refermerait la blessure de leur absence, mais il n'en est rien.

J'aimerais un jour te faire découvrir cette ville. Nous irions nous promener rue Isklital, et lorsque nous nous trouverions au pied de la cité Roumélie, je te montrerais l'endroit où j'ai vécu quand j'avais cinq ans.

Nous irons un jour marcher le long du Bosphore, tu joueras de la trompette et l'on entendra ta musique jusque sur les collines d'Üsküdar.

À demain, Anton.

Je t'embrasse.

Alice

*

Elle s'était réveillée à l'aube ; voir naître le jour dans les reflets gris et argentés du matin sur le Bosphore lui avait donné envie de quitter sa chambre.

La salle à manger de l'hôtel était encore déserte, les serveurs en livrée à épaulettes galonnées finissaient de mettre le couvert. Alice choisit une table dans un angle. Elle avait emprunté un journal de la veille abandonné sur une desserte. Seule dans la salle à manger d'un palace d'Istanbul, lisant les nouvelles de Londres, elle laissa le journal lui glisser des mains tandis que ses pensées volaient vers Primrose Hill.

Elle imagina Carol, descendant Albermarle Street pour rejoindre Piccadilly où elle prendrait son autobus. Elle sauterait sur la plate-forme arrière de l'Imperial, engagerait aussitôt la conversation avec le contrôleur pour lui faire oublier de poinçonner son ticket. Elle dirait lui trouver une petite mine, se présenterait, et lui conseillerait de venir la voir un jour dans son service et, une fois sur deux, elle descendrait devant l'hôpital, avec son titre de transport vierge.

Elle pensa à Anton, marchant, besace à l'épaule, le col de son manteau ouvert, même dans le froid de l'hiver, la mèche rebelle au front et les yeux encore pleins de sommeil. Elle le vit traverser la cour de l'atelier, s'installer sur son tabouret devant son établi, compter ses couteaux à ciseler, caresser le pommeau rond de son rabot, et, jetant un regard à la grande aiguille de l'horloge, se mettre à l'ouvrage en soupirant. Elle eut des pensées pour Sam, entrant par la porte de derrière dans la librairie de Camden, ôtant son pardessus et enfilant sa blouse grise. Il se rendrait ensuite dans la boutique, dépoussiérerait les rayonnages ou ferait l'inventaire en attendant qu'arrive un client. Enfin, elle imagina Eddy, bras en croix sur son lit et ronflant à tout va. Et cette image la fit sourire.

— Je vous dérange ?

Alice sursauta et releva la tête. Daldry se tenait face à elle.

— Non, je lisais le journal.

— Vous avez une bonne vue !

— Pourquoi ? demanda Alice.

— Parce que votre journal est sous la table, à vos pieds.

— J'avais l'esprit ailleurs, confia-t-elle.

— Où cela, sans vouloir être indiscret ?

— En différents endroits de Londres.

Daldry se retourna vers le bar dans l'espoir d'attirer l'attention du serveur.

— Ce soir, je vous emmène dîner dans un endroit extraordinaire, l'une des meilleures tables d'Istanbul.

— Nous fêtons quelque chose ?

— En quelque sorte. Notre voyage a commencé dans l'un des meilleurs restaurants de Londres, je trouvais judicieux qu'il s'achève pour moi de la même façon.

— Mais vous ne partez pas avant...

— ... que mon avion décolle !

— Mais il ne décolle pas avant...

— Vous croyez qu'il faut que je me roule par terre pour avoir un café ? C'est tout de même un comble ! s'exclama Daldry en interrompant Alice pour la seconde fois.

Il leva la main, l'agitant jusqu'à ce que le serveur se présente à la table, passa commande d'un petit déjeuner gargantuesque et supplia qu'on le serve au plus vite, il était affamé.

— Puisque nous avons la matinée de libre, reprit-il, que diriez-vous d'aller au bazar ? Il faut que je trouve un cadeau pour ma mère et vous me rendriez un grand service en me conseillant, je n'ai pas la moindre idée de ce qui pourrait lui plaire.

— Vous pourriez lui rapporter un bijou ?

— Elle ne le trouverait pas à son goût, répondit Daldry.

— Un parfum ?

— Elle ne porte que le sien.

— Un bel objet ancien ?

— Quel genre d'objet ?

— Un coffret à bijoux par exemple, j'en ai vu incrustés de nacre qui étaient de toute beauté.

– Pourquoi pas, mais elle me dira n'apprécier que la marqueterie anglaise.

– Une belle pièce d'argenterie ?

– Elle n'aime que la porcelaine.

Alice se pencha vers Daldry.

– Vous devriez rester quelques jours de plus et lui peindre un tableau, vous pourriez par exemple vous attaquer au grand carrefour, à l'entrée du pont de Galata.

– Oui, ce serait une idée charmante. Je ferai quelques croquis pour bien mémoriser l'endroit, et je me mettrai au travail en rentrant à Londres. Ainsi, la toile n'aura pas à souffrir du voyage.

– Oui, soupira Alice, nous pouvons aussi faire ainsi.

– Alors, c'est d'accord, dit Daldry, nous irons nous promener sur le pont de Galata.

Et, dès leur petit déjeuner terminé, Alice et Daldry prirent le tramway jusqu'à Karaköy et descendirent à l'entrée du pont qui enjambait la Corne d'Or et s'étirait sur l'eau jusqu'à Eminönü.

Daldry sortit de sa poche un carnet en moleskine et un crayon noir. Il dessina méticuleusement les lieux, marquant la station de taxis, croquant d'un trait l'embarcadère d'où partaient les vapeurs pour Kadıköy, esquissant ceux qui naviguaient vers les îles Moda et la rive d'Üsküdar, le petit quai où accostaient de l'autre côté du pont les barques faisant la navette entre les deux rives, la place ovale où s'arrêtaient le tram de Bebek et celui de Beyoğlu. Il entraîna Alice vers un banc.

Noircissant les pages de son carnet, il dessinait désormais des visages, celui d'un vendeur de pastèques derrière son étal, d'un cireur de chaussures assis sur une caisse en bois, d'un rémouleur pédalant pour faire tourner sa meule. Puis une charrette tractée par un mulet à la bedaine pendante, une voiture en panne, deux roues sur le trottoir, dont le conducteur avait le haut du corps plongé sous le capot du moteur.

— Voilà, dit-il au bout d'une heure en rangeant son carnet. J'ai noté l'essentiel, le reste est dans ma tête. Allons faire quand même un tour au bazar, au cas où.

Ils montèrent à bord d'un dolmuş.

Ils chinèrent dans les ruelles du grand bazar jusqu'à la mi-journée. Alice y acheta un coffret en bois décoré d'une dentelle de nacre, Daldry trouva une belle bague en lapis. Sa mère aimait le bleu, elle la porterait peut-être.

Ils déjeunèrent d'un kebab et rentrèrent à l'hôtel en début d'après-midi.

Can les attendait dans le hall, la mine sombre.

— Je suis consterné, j'ai capoté dans mon emploi.

— Mais qu'est-ce qu'il dit ? grommela Daldry à l'oreille d'Alice.

– Qu'il a échoué dans sa mission.

– Oui, mais enfin, ce n'est pas clair du tout, comment voulez-vous que je comprenne ?

– Question d'habitude, sourit Alice.

– Comme promis, je me suis trouvé ce matin à l'école Saint-Michel, où j'ai rencontré le recteur. Il a été très sociable avec moi et a bien voulu consulter ses livres. Nous les avons parcourus, classe par classe et pour les deux années dont nous avons parlé. Ce n'était pas facile, les écritures étaient anciennes et le papier très poussiéreux. Nous avons beaucoup éternué, mais nous avons scruté chaque page, sans omettre la moindre admission. Hélas, nous n'avons pas été primés de nos efforts. Rien ! Nous n'avons rien trouvé sous le nom de Pendelbury ou d'Eczaci. Nous nous sommes séparés très désappointés et j'ai la tristesse de vous dire que vous n'avez jamais été à Saint-Michel. Monsieur le recteur est incontestable.

– Je ne sais pas comment vous faites pour garder votre calme, chuchota Daldry.

– Essayez donc de formuler en turc ce qu'il vient de nous dire en anglais, et ensuite nous verrons qui est le plus doué des deux, répliqua Alice.

– De toute façon, vous prenez toujours sa défense.

– J'étais peut-être inscrite dans un autre établissement ? suggéra Alice en s'adressant à Can.

– C'est exactement ce que je me suis suggéré en quittant le recteur. De ce fait, j'ai eu l'idée d'organiser une liste. Je vais aller cet après-midi faire une visite à l'école de Chalcédoine à Kadıköy, et, si je ne trouve rien, j'irai demain à Saint-Joseph, elle se trouve dans le même quartier, et j'ai aussi une autre possibilité, l'école de filles de Nişantaşı. Vous voyez, nous avons encore beaucoup de ressources devant nous, il serait tout à fait précoce de considérer que nous sommes dans l'échec.

— Avec les heures qu'il va passer dans des établissements scolaires, vous ne pourriez pas lui suggérer d'en profiter pour prendre quelques cours d'anglais, ça ne serait pas du temps « considéré dans l'échec », non ?

— Ça suffit, Daldry, c'est vous qui devriez retourner à l'école.

— Mais moi, je ne prétends pas être le meilleur interprète d'Istanbul...

— Mais vous avez dix ans d'âge mental...

— C'est bien ce que je disais, vous prenez systématiquement sa défense. Cela me rassure, quand je serai parti, je ne vous manquerai pas trop, vous vous entendez si bien tous les deux.

— C'est très adulte cette remarque, très intelligent, vous vous améliorez d'heure en heure.

— Vous savez quoi, vous devriez passer l'après-midi avec Can, allez donc à l'école de Chalcédoine, qui sait si, en visitant les lieux, vous ne verrez pas resurgir quelques souvenirs.

— Vous faites la tête ? Vous avez vraiment un sale caractère !

– Pas le moins du monde. J'ai deux ou trois courses à faire en ville qui vous ennuieraient à mourir. Occupons chacun, avec intelligence, le reste de notre journée et nous nous retrouverons pour le dîner. Can est d'ailleurs le bienvenu si vous le souhaitez.

– Vous êtes jaloux de Can, Daldry ?

– Là, ma chère, permettez-moi de vous dire que c'est vous qui êtes ridicule. Jaloux de Can, et puis quoi encore ? Non mais vraiment, il aura fallu que je vienne jusqu'ici pour entendre de pareilles inepties !

Daldry donna rendez-vous à Alice à dix-neuf heures dans le hall et partit en la saluant à peine.

*

Un portail en fer forgé perçant un mur d'enceinte, une cour carrée où languissait un vieux figuier, des bancs qui vieillissaient sous un préau. Can frappa à la porte de la loge du concierge et demanda à être reçu par le directeur. Le concierge leur désigna le secrétariat et replongea dans la lecture de son journal.

Ils parcoururent un long couloir, les salles de classe en enfilade étaient toutes occupées, les élèves studieux écoutaient la leçon que dispensait leur maître. La surveillante générale les fit patienter dans un petit bureau.

— Vous sentez ? chuchota Alice à Can.

— Non, je dois sentir quoi ?

— L'alcool blanc qu'ils utilisent pour nettoyer les fenêtres, la poussière de craie, la cire sur les parquets, ça sent tellement l'enfance.

— Mon enfance ne sentait rien de tout cela, mademoiselle Alice. Mon enfance sentait les soirs précoces, les gens qui rentraient chez eux tête basse, les épaules écrasées par le travail de la journée, l'obscurité des chemins de terre, la saleté des faubourgs qui recouvrait la pauvreté des existences et il n'y avait chez moi ni alcool blanc, ni craies, ni bois ciré. Mais je ne me plains pas, mes parents étaient des gens formidables, ce n'était pas le cas pour tous mes copains. Promettez-moi de ne pas dire à M. Daldry que mon anglais est bien meilleur qu'il ne le croit, je prends tellement de plaisir à le faire enrager.

— Je vous le promets. Vous auriez pu me mettre dans la confidence.

— Je crois que c'est ce que je viens de faire.

La surveillante tapota sur sa table avec une règle en fer pour les faire taire. Alice se redressa sur sa chaise et se tint droite comme un bâton. Voyant cela, Can mit la main devant sa bouche pour étouffer son rire. Le directeur apparut et les fit entrer dans son bureau.

Trop heureux de pouvoir montrer qu'il parlait couramment anglais, l'homme ignora Can, ne

s'adressant qu'à Alice. Le guide fit un clin d'œil complice à sa cliente ; après tout, seul le résultat comptait. Dès qu'Alice eut fait état de sa demande, le directeur lui répondit qu'en 1915 l'école n'accueillait pas encore de filles. Il était désolé. Il raccompagna Alice et Can jusqu'à la grille et les salua en avouant qu'il aimerait bien un jour visiter l'Angleterre. Peut-être ferait-il le voyage, quand il aurait pris sa retraite.

Puis ils se rendirent à Saint-Joseph. Le père qui les reçut était un homme à l'allure austère. Il écouta avec une grande attention Can lui exposer la raison de leur visite. Il se leva et parcourut la pièce, les bras croisés dans le dos. Il s'approcha de la fenêtre pour regarder la cour de récréation où les garçons se chamaillaient.

— Pourquoi faut-il toujours qu'ils se battent ? soupira-t-il. Pensez-vous que la brutalité soit inhérente à la nature de l'homme ? Je pourrais leur poser la question en cours, cela ferait un bon sujet de devoir, vous ne trouvez pas ? questionna le père sans jamais détourner son regard de la cour de récréation.

— Probablement, dit Can, c'est même une excellente façon de les faire réfléchir à leur conduite.

— C'est à mademoiselle que je m'adressais, corrigea le supérieur.

— Je pense que cela ne servirait à rien, dit Alice

313

sans hésitation. La réponse me paraît évidente. Les garçons aiment se bagarrer, et, oui, c'est dans leur nature. Mais plus ils acquièrent de vocabulaire et plus leur violence régresse. La brutalité n'est que la conséquence d'une frustration, l'incapacité d'exprimer sa colère par des mots, alors à défaut de paroles, ce sont les poings qui parlent.

Le supérieur se retourna vers Alice.

— Vous auriez eu une bonne note. Vous aimiez l'école ?

— Surtout quand je la quittais le soir, répondit Alice.

— Je m'en doutais. Je n'ai pas le temps de faire vos recherches, et je n'ai pas assez de personnel pour déléguer cette tâche. La seule chose que je puisse vous proposer serait de vous installer en salle d'étude et de vous laisser consulter les registres qui sont aux archives. Bien entendu, il est interdit de parler en salle d'étude, sous peine de renvoi immédiat.

— Bien entendu, s'empressa de répondre Can.

— C'était encore à mademoiselle que je m'adressais, dit le supérieur.

Can baissa la tête et admira le parquet ciré.

— Bien, suivez-moi, je vais vous accompagner. Le concierge vous apportera les registres d'admissions, dès qu'il aura mis la main dessus. Vous avez jusqu'à dix-huit heures, ne perdez pas votre temps. Dix-huit heures et pas une minute de plus, nous sommes d'accord ?

314

– Vous pouvez compter sur nous, répondit Alice.

– Alors allons-y, dit le supérieur en avançant à la porte de son bureau.

Il céda le passage à Alice et se retourna vers Can, qui n'avait pas bougé de sa chaise.

– Vous comptez passer l'après-midi dans mon bureau ou vous mettre au travail ? demanda-t-il d'un ton pincé.

– Je ne savais pas que cette fois vous vous adressiez également à moi, répondit Can.

Les murs de la salle d'étude étaient peints en gris à mi-hauteur et en bleu ciel jusqu'au plafond où deux rangées de néons grésillaient. Les élèves, pour la plupart en punition, ricanèrent en voyant Alice et Can prendre place sur un banc au fond de la salle. Mais le supérieur tapa du pied et le calme revint aussitôt et se maintint après son départ. Le concierge ne tarda pas à leur apporter deux dossiers noirs, ceints par un ruban. Il expliqua à Can que tout s'y trouvait, admissions, expulsions, comptes rendus de fin d'année, chaque document étant rangé par classe.

Les pages étaient séparées par une marge médiane, à gauche les noms étaient transcrits en caractères latins, à droite en écriture ottomane. Can suivit du doigt chaque ligne et étudia les registres page après page. Lorsque la pendule afficha dix-sept heures trente, il referma le second volume et regarda Alice, l'air désolé.

Ils prirent chacun un dossier sous le bras et les remirent au concierge. En franchissant la grille de Saint-Joseph, Alice se retourna et salua d'un geste le supérieur qui les épiait depuis la fenêtre de son bureau.

— Comment saviez-vous qu'il nous observait ? demanda Can en descendant la rue.

— J'avais le même quand j'étais au collège à Londres.

— Demain nous réussirons, j'en suis certain, dit Can.

— Alors nous verrons bien demain.

Can la raccompagna à son hôtel.

*

Daldry avait réservé une table au Markiz, mais, en arrivant devant la porte du restaurant, Alice hésita. Elle n'avait pas envie d'un dîner formel. La nuit était douce, et elle suggéra une promenade le long du Bosphore, au lieu de rester des heures assis dans une salle bruyante et enfumée. Si la faim les gagnait, ils trouveraient bien un endroit où s'arrêter plus tard. Daldry accepta, il n'était pas en appétit.

Sur la berge, quelques promeneurs les imitaient, trois pêcheurs tentaient leur chance en lançant leurs lignes dans les eaux noires, un vendeur de journaux bradait les nouvelles du matin, et un cireur de chaussures s'appliquait à faire briller les bottes d'un soldat.

— Vous avez l'air soucieux, dit Alice en regardant la colline d'Üsküdar, de l'autre côté du Bosphore.

— Une pensée me préoccupe, rien de grave. Comment était votre journée ?

Alice lui parla des visites qu'elle avait faites l'après-midi, sans succès.

— Vous vous souvenez de notre virée à Brighton ? dit Daldry en allumant une cigarette. Sur le chemin du retour, ni vous ni moi ne voulions accorder le moindre crédit à cette femme qui vous avait prédit l'avenir et parlé d'un passé plus mystérieux encore. Même si vous ne me le disiez pas, par courtoisie je suppose, vous vous demandiez pourquoi nous avions fait ces kilomètres inutiles, pourquoi nous avions passé le soir du réveillon de Noël à braver la neige et le froid dans une automobile mal chauffée, à risquer notre vie sur des routes verglacées. Pourtant, que de routes et de kilomètres nous avons parcourus depuis lors. Et combien d'événements qui vous semblaient impossibles se sont produits ? J'ai envie de continuer à y croire, Alice, j'ai envie de penser que nos efforts ne sont pas vains. La belle Istanbul vous a déjà révélé tant de secrets que vous ne soupçonniez pas... qui sait ? dans quelques semaines vous rencontrerez peut-être cet homme qui fera de vous la femme la plus heureuse du monde. À ce sujet, il faut que je vous parle d'une chose, dont je me sens un peu coupable...

— Mais je suis heureuse, Daldry. J'ai fait, grâce à vous, un voyage incroyable. Je peinais à ma table de travail, j'étais à court d'idées et, toujours grâce à vous, j'en ai aujourd'hui la tête pleine. Je me moque bien de savoir si cette prophétie absurde se réalisera. Pour être honnête, je lui trouve un côté détestable, pour ne pas dire vulgaire. Elle me renvoie une image de moi-même que je n'aime pas, celle d'une femme seule qui poursuit une chimère. Et puis l'homme qui transformera ma vie, je l'ai déjà rencontré.

— Ah oui, et qui est-ce ? demanda Daldry.

— Le parfumeur de Cihangir. Il m'a permis d'imaginer de nouveaux projets. Je me trompais chez lui l'autre jour, ce ne sont pas seulement des parfums d'intérieur que je cherche, mais des parfums de lieux, ceux qui nous rappellent des instants qui nous ont marqués, des moments uniques et disparus. Saviez-vous que la mémoire olfactive est la seule qui ne se délite jamais ? Les visages de ceux qu'on a le plus aimés s'effacent avec le temps, les voix s'oublient, mais les senteurs, jamais. Vous qui êtes gourmand, que resurgisse l'arôme d'un plat de votre enfance et vous verrez tout renaître, chaque détail. L'an dernier, un homme qui avait apprécié l'une de mes créations chez un parfumeur de Kensington et obtenu de lui mon adresse s'est présenté chez moi. Il est arrivé avec un coffret en fer, l'a ouvert et m'a montré son contenu : une vieille cordelette tressée, un jouet en bois, un soldat de plomb à l'uniforme écaillé, une agate, un petit drapeau usé. Toute son enfance se trouvait dans cette boîte en métal. Je lui ai demandé en quoi cela pouvait me concerner et ce qu'il attendait de moi. Il m'a alors confié qu'en découvrant mon parfum quelque chose d'étrange lui était arrivé. En rentrant chez lui, il avait ressenti le besoin urgent d'aller fouiller son grenier pour retrouver ces trésors jusque-là totalement oubliés. Il a approché le coffret pour me le faire sentir et m'a demandé d'en reproduire l'odeur, avant que celle-ci ne s'efface à jamais. Je lui ai bêtement répondu que c'était impossible. Pourtant, après son départ, j'ai noté sur une feuille de papier tout ce que j'avais senti dans cette boîte. Le métal rouillé à l'intérieur du couvercle, le chanvre de la cordelette, le plomb du soldat, l'huile d'une peinture ancienne qui avait servi à le colorier, le chêne que l'on avait sculpté pour fabriquer un jouet, la soie poussiéreuse d'un petit drapeau, une bille d'agate, et j'ai rangé cette feuille, sans savoir quoi en faire. Mais aujourd'hui je sais. Je sais comment faire ce métier, en multipliant les observations, comme vous le faites avec vos carrefours, en tentant l'impossible pour recomposer un parfum avec des dizaines de matières. Ce qui vous anime, ce sont les formes et les couleurs et moi les mots et les odeurs. J'irai revoir ce parfumeur de Cihangir, je lui demanderai la permission de passer du temps à ses côtés, de m'apprendre la façon dont il travaille. Nous échangerons nos connaissances, nos savoir-faire. Je voudrais pouvoir recréer des moments disparus, réveiller des lieux endormis. Je sais que mes explications vous paraissent confuses, mais, si vous deviez rester ici et que Londres vous manquait, imaginez ce que cela représenterait de pouvoir retrouver l'odeur d'une pluie qui vous est familière ? Nos rues ont leur propre odeur, celle des matins comme celle des soirs ; chaque saison, chaque jour, chaque minute qui compte dans nos vies a son odeur particulière.

– C'est une drôle d'idée, mais il est vrai que j'aimerais, ne serait-ce qu'une fois, retrouver l'odeur qui régnait dans le bureau de mon père. Vous avez raison, en y pensant, elle était bien plus complexe qu'il n'y paraît. Il y avait bien sûr, celle du feu de bois dans la cheminée, son tabac à pipe, le cuir de son fauteuil, différent d'ailleurs du sous-main sur lequel il écrivait. Je ne pourrais pas toutes vous les décrire, mais je me souviens aussi de celle du tapis, devant son bureau, où je jouais quand j'étais enfant. J'y ai passé des heures à mener de féroces batailles de soldats de plomb. Les stries rouges délimitaient les positions des armées napoléoniennes, les bordures vertes, celles de nos troupes. Et ce champ de bataille avait une senteur de laine et de poussière que je trouvais réconfortante. Je ne sais pas si votre idée fera notre fortune, et je doute qu'un parfum de tapis ou de rue pluvieuse séduise une grande clientèle, mais j'y vois une certaine poésie.

– Un parfum de rue peut-être pas, mais un parfum d'enfance... À la minute où je vous parle, je traverserais tout Istanbul pour retrouver dans un petit flacon l'odeur des premiers jours d'automne à Hyde Park. Il me faudra probablement des mois, reprit Alice, des années pour aboutir à quelque chose de satisfaisant, de suffisamment universel. Je me sens pour la première fois confortée dans ce métier, dont je finissais par douter et qui est pourtant celui que je veux exercer depuis toujours. Je vous serai éternellement reconnaissante, ainsi qu'à cette voyante, de m'avoir, chacun à votre façon, poussée à venir ici. Quant au désarroi que me cause ce que nous avons découvert sur le passé de mes parents... c'est un sentiment trouble qui me procure aussi une joie emplie de nostalgie, de douceur, de tristesse et de rires. À Londres, chaque fois que je passais dans la rue où nous habitions, je ne reconnaissais plus rien, ni notre immeuble ni les petits magasins où je me rendais avec ma mère, car tout a disparu. Maintenant, je sais qu'il existe encore un endroit où mes parents et moi avons été ensemble ; les parfums de la rue Isklital, les pierres des immeubles, ses tramways et mille autres choses encore m'appartiennent désormais. Et même si ma mémoire n'a pas conservé la trace de ces moments, je sais qu'ils ont eu lieu. Le soir, en guettant le sommeil, je ne penserai plus à leur absence, mais à ce que mes parents ont pu vivre ici. Je vous assure, Daldry, c'est déjà beaucoup.

— Mais vous ne renoncerez pas pour autant à aller plus avant dans vos recherches ?

— Non, je vous le promets, même si je sais que ce ne sera plus tout à fait pareil après votre départ.

— Je l'espère bien ! Même si je suis sûr du contraire. Vous vous entendez à merveille avec Can, et si je joue parfois à prendre ombrage de votre complicité, au fond je m'en réjouis. Ce bougre parle aussi bien l'anglais que le sabot d'un âne, mais il est, je l'avoue, un guide hors pair.

— Tout à l'heure, vous vouliez me confier quelque chose, de quoi s'agissait-il ?

— De rien d'important je suppose, je l'ai déjà oublié.

— Quand quittez-vous Istanbul ?

— Bientôt.

— Si tôt que cela ?

— Oui, je le crains.

La promenade se poursuivit le long du quai. Devant l'embarcadère où le dernier vapeur du soir larguait ses amarres, Alice prit la main de Daldry qui frôlait la sienne.

— Deux amis peuvent se tenir par la main, n'est-ce pas ?

322

– Je suppose que oui, répondit Daldry.

– Alors, marchons encore un peu, si vous le voulez bien.

– Oui, c'est une bonne idée, marchons encore un peu, Alice.

12.

Alice,

Vous me pardonnerez, je l'espère, ce départ impromptu. Je n'avais pas envie de nous imposer un au revoir de plus. J'y réfléchissais chaque soir cette semaine lorsque je vous quittais devant votre chambre, et l'idée de vous saluer dans le hall de l'hôtel, ma valise à la main, me semblait accablante. J'ai voulu vous l'annoncer hier, et j'y ai renoncé par peur de gâcher ces délicieux instants que je passais en votre compagnie. J'ai préféré que nous gardions le souvenir d'une dernière promenade sur les rives du Bosphore. Vous paraissiez heureuse et je l'étais aussi, qu'espérer de plus à la fin d'un voyage ? J'ai découvert en vous une femme merveilleuse, dont je suis fier d'être devenu l'ami, tout du moins je l'espère. Amie, vous l'êtes pour moi, et ce séjour à Istanbul en votre compagnie restera l'un des plus joyeux moments de ma vie. J'espère de tout mon cœur que vous atteindrez votre but. L'homme qui vous aimera devra s'accoutumer à votre caractère (un ami peut vous dire cela sans vous fâcher, n'est-ce pas ?), mais il aura à ses côtés une femme dont les éclats de rire chasseront tous les orages de sa vie.

Je suis heureux de vous avoir eue pour voisine, et je sais déjà en vous écrivant ces lignes que votre présence, même quand elle se faisait bruyante, me manquera.

Faites bonne route, fille de Cömert Eczaci, courez vers ce bonheur qui vous habille si bien.

Votre ami dévoué,

Daldry

Ethan,

J'ai trouvé votre lettre ce matin. Je vous posterai la mienne cet après-midi et je me demande combien de temps elle mettra à vous parvenir. C'est le bruissement de l'enveloppe quand vous l'avez glissée sous ma porte qui m'a sortie du lit et j'ai compris aussitôt que vous partiez. Je me suis précipitée à la fenêtre, juste à temps pour vous voir monter dans votre taxi ; lorsque vous avez relevé la tête vers notre étage, j'ai reculé d'un pas. Probablement pour les mêmes raisons que vous. Et pourtant, alors que votre voiture s'éloignait dans la rue Isklital, j'aurais voulu vous dire au revoir de vive voix, vous remercier de votre présence. Vous aussi vous avez un sacré caractère (une véritable amie peut vous dire cela sans vous vexer, n'est-ce pas ?), mais vous êtes un homme remarquable, généreux, drôle et talentueux.

D'une façon insolite, vous êtes devenu mon ami, peut-être que cette amitié n'aura vécu que quelques jours,

327

quelques semaines à Istanbul, mais, d'une façon tout aussi insolite, j'avais soudain besoin de vous ce matin.

Je vous pardonne de bon cœur la discrétion de votre départ, je crois même que vous avez bien fait d'agir ainsi, moi non plus je n'aime pas les adieux. Quelque part, je vous envie d'être bientôt à Londres. Notre vieille maison victorienne me manque, mon atelier aussi. Je vais attendre ici que le printemps revienne. Can m'a promis de m'emmener, dès les premiers beaux jours, visiter l'île aux Princes que nous avons tous deux manquée. Je vous en dépeindrai chaque recoin et, si je découvrais un carrefour digne de votre intérêt, je vous le décrirais dans ses moindres détails. Il paraît que, là-bas, le temps s'est arrêté, que lorsqu'on s'y promène on se croirait revenu au siècle dernier. Les engins motorisés y sont interdits, seuls ânes et chevaux ont le droit d'y circuler. Demain, nous retournons voir le vieux parfumeur de Cihangir, je vous écrirai aussi ma visite chez lui et vous tiendrai informé de l'avancement de mes travaux.

J'espère que le voyage n'aura pas été trop éprouvant et que votre mère aura recouvré la santé. Prenez soin d'elle et de vous aussi.

Je vous souhaite de merveilleux moments en sa compagnie.

Votre amie,

Alice

328

Chère Alice,

Votre lettre aura mis six jours exactement pour me parvenir. Le facteur me l'a portée ce matin alors que je sortais. J'imagine qu'elle aussi a voyagé en avion, mais le tampon de la poste ne dit pas sur quelle ligne, ni même si elle a fait escale à Vienne. Le lendemain de mon arrivée, après avoir remis de l'ordre dans mon appartement, je suis allé faire de même dans le vôtre. Je vous rassure, je n'ai touché à aucune de vos affaires et me suis contenté de chasser la poussière qui s'était autorisée, en votre absence, à s'installer chez vous impunément. Vous m'auriez aperçu, en tablier et fichu sur la tête avec mon balai et mon seau à la main, vous vous moqueriez encore de moi. C'est d'ailleurs ce que doit faire en ce moment même notre voisine du dessous, celle qui vous ennuie parfois avec son piano et que j'ai eu le malheur de croiser ainsi accoutré en descendant les poubelles. Votre logis a retrouvé la clarté du printemps qui, je l'espère, ne se fera pas trop attendre. Vous dire qu'il règne un froid humide sur le royaume d'Angleterre serait d'une banalité évidente et, bien que cela soit l'un de mes sujets de conversation préférés, je ne vous ennuierai pas avec le temps qu'il fait. Sachez toutefois que la pluie n'a cessé depuis mon retour et qu'il a plu tout le mois, d'après ce que j'ai pu entendre dire au pub, où j'ai repris l'habitude d'aller déjeuner chaque jour.

Le Bosphore et sa surprenante douceur hivernale me semblent bien loin.

Hier, je suis allé me promener le long de la Tamise. Vous aviez raison, je n'y ai retrouvé aucune odeur semblable à celles que vous vous amusiez à me faire découvrir lors de nos balades près du pont de Galata. Même le purin des chevaux semble différent ici, et, écrivant cela, je me demande si j'ai choisi le meilleur exemple pour illustrer mon propos.

Je me sens coupable d'être parti sans vous saluer, mais j'avais le cœur un peu lourd ce matin-là. Allez savoir pourquoi, allez savoir ce que vous m'aviez fait. Vous ne pourriez jamais comprendre ce qu'il en est d'être moi, mais d'une certaine façon, cette dernière nuit où nous nous promenions dans Istanbul, vous êtes devenue mon amie. Comme le dit une chanson, vous m'avez frôlé l'âme et vous m'avez changé, comment vous pardonner d'avoir fait naître en moi l'envie d'aimer et d'être aimé ? D'une façon très étrange, vous avez fait de moi un meilleur peintre, peut-être même un homme meilleur. Ne vous méprenez pas, cela n'est nullement de ma part l'aveu de sentiments troublés que je vous porterais, mais une sincère déclaration d'amitié. De telles choses peuvent se dire entre amis, n'est-ce pas ?

Vous me manquez, chère Alice, et le plaisir d'avoir posé mon chevalet sous votre verrière n'en est que redoublé, car ici, en vos murs, au milieu de tous ces parfums que vous m'avez appris à reconnaître, je sens un peu votre présence et elle me donne le courage de peindre un certain carrefour d'Istanbul que nous avons étudié ensemble. La tâche est ambitieuse et j'ai déjà jeté bon nombre de croquis que je trouvais trop faibles et bien insuffisants, mais je saurai être patient.

Prenez soin de vous et transmettez mes meilleures salutations à Can. Non, d'ailleurs, ne les lui transmettez pas et gardez-les entières pour vous.

Daldry

Cher Daldry,

Je viens de recevoir votre lettre et je vous remercie de ces mots si généreux que vous m'adressez. Il faut que je vous raconte la semaine qui vient de s'écouler. Le lendemain de votre départ, Can et moi avons pris l'autobus qui se rend de Taksim à Emirgan et passe par Nişantaşı. Nous avons visité tous les établissements scolaires du quartier, hélas sans aucun résultat. Chaque fois la même scène, ou presque, se répétait ; cours et préaux d'écoles identiques, des heures entières passées à éplucher de vieux registres, sans y trouver mon nom. Parfois, la visite était plus courte, parce que les archives n'existaient plus, ou parce que ces écoles n'accueillaient pas encore de filles du temps de l'Empire. C'est à croire que mes parents ne m'ont jamais scolarisée lorsque nous étions à Istanbul. Can pense qu'ils avaient peut-être choisi de ne pas le faire, en raison de la guerre. Mais de ne figurer nulle part, ni sur les registres du consulat, ni dans ceux d'aucune école, me fait parfois me demander si seulement j'existais.

Je sais que cette pensée n'a aucun sens, et j'ai décidé avant-hier de cesser ces recherches qui me sont devenues pénibles.

Depuis, nous sommes retournés voir le parfumeur de Cihangir, et les deux dernières journées passées en sa compagnie furent bien plus captivantes que les précédentes. Grâce aux excellentes traductions de Can, dont l'anglais s'est grandement amélioré depuis votre départ, je lui ai tout expliqué de mes projets. Au début, l'artisan a pensé que j'étais folle, mais, pour le convaincre, j'ai usé d'un petit stratagème. Je lui ai parlé de mes concitoyens, de tous ceux qui n'auront pas la chance de visiter Istanbul, ceux qui ne grimperont jamais en haut de la colline de Cihangir, ceux qui ne marcheront pas dans les ruelles empierrées qui descendent vers le Bosphore, ceux qui ne verront qu'en carte postale les reflets argentés de la lune sur ses eaux tumultueuses, ceux qui n'entendront jamais la corne des vapeurs voguant vers Üsküdar. Je lui ai dit qu'il serait merveilleux de leur offrir la possibilité d'imaginer la magie d'Istanbul dans un parfum qui leur raconte toutes ses beautés. Et comme notre vieux parfumeur aime sa ville plus que tout, il a cessé de rire et m'a soudain prêté toute son attention. J'ai recopié sur une feuille la longue liste des odeurs que j'avais perçues dans les ruelles de Cihangir, et Can lui en a fait la lecture. Le vieil homme a été très impressionné. Je sais que ce projet est d'une ambition folle, mais je me suis prise à rêver éveillée, à rêver qu'un jour, dans la vitrine d'une parfumerie de Kensington ou de Piccadilly, se trouvera un flacon de parfum baptisé *Istanbul*. Je vous en supplie, ne vous moquez pas de moi, j'ai réussi à convaincre l'artisan de Cihangir et j'ai besoin de tout votre soutien moral.

Nos approches sont différentes, il ne pense qu'en absolus, moi en chimiste, mais sa façon de travailler me ramène à l'essentiel, elle m'ouvre des horizons nouveaux. Nos démarches deviennent chaque jour un peu plus complémentaires. Recréer un parfum ne se fait pas qu'en mélangeant des molécules, mais en commençant par écrire tout ce que notre sens olfactif nous dicte, toutes les impressions qu'il grave en nos mémoires comme l'aiguillon d'un enregistreur grave une musique dans la cire d'un microsillon.

Maintenant, mon cher Daldry, si je vous raconte tout cela, ce n'est pas dans le seul but de vous parler de moi, bien que ce soit un exercice auquel je prenne goût, mais aussi pour savoir, à mon tour, où vous en êtes de vos travaux.

Nous sommes associés, et il est hors de question que je sois la seule à me mettre au travail. Si vous n'avez rien oublié de l'accord que nous avions scellé dans un merveilleux restaurant de Londres, vous vous souvenez sans doute que vous deviez, vous aussi, affirmer votre talent en peignant le plus beau des carrefours d'Istanbul. Je serais bien heureuse de lire dans votre prochaine lettre la liste la plus exhaustive possible de ce que vous notiez pendant que je vous attendais sur le pont de Galata. Je n'ai rien oublié de cette journée et j'espère que vous non plus, car je voudrais qu'il ne manque aucun détail sur votre tableau. Prenez cela comme une interrogation écrite et ne levez pas les yeux au ciel... même si je vous imagine déjà le faire. J'ai un peu trop fréquenté les écoles ces derniers jours.

Si vous le préférez, comprenez que par cette requête, mon cher Daldry, je vous lance un défi. Lorsque je rentrerai à Londres, je vous promets de venir vous remettre le parfum que j'aurai créé et, en le respirant, vous revisiterez tous les souvenirs que vous avez emportés avec vous. J'espère bien qu'en retour vous me présenterez votre tableau achevé. Ils auront un point commun, puisque chacun à sa façon racontera les journées que nous passions à Cihangir et à Galata.

À mon tour de vous demander pardon, pour cette façon détournée de vous faire deviner que je vais rester ici plus longtemps.

J'en ressens le besoin et l'envie. Je suis heureuse, Daldry, vraiment heureuse. Je me sens plus libre que jamais, je crois même pouvoir affirmer que je n'ai jamais connu une telle liberté et qu'elle m'enivre. Pour autant, je ne veux pas être une charge financière qui consume votre héritage. Vos mandats hebdomadaires m'ont permis de vivre dans des conditions bien trop privilégiées et je ne n'ai pas besoin d'un tel confort ni d'un tel luxe. Can, dont la compagnie est précieuse, s'est arrangé pour me trouver une jolie chambre dans une maison d'Üsküdar, non loin de chez lui. C'est l'une de ses tantes qui me la louera. Je suis folle de joie, je vais quitter l'hôtel demain et commencer à vivre la vie d'une vraie Stambouliote. Il me faudra presque une heure chaque matin pour me rendre chez notre parfumeur, un peu plus le soir pour rentrer, mais je ne m'en plains pas, au contraire, traverser deux fois par jour le Bosphore à bord d'un *vapur*, comme ils le disent ici, n'est pas aussi pénible que de s'engouffrer dans les profondeurs de notre métro londonien. La tante de Can m'a proposé un emploi de serveuse dans le restaurant qu'elle tient à Üsküdar, c'est le meilleur du quartier et les touristes y viennent de plus en plus nombreux. Pour elle, employer une anglophone est un avantage. Can m'apprendra à déchiffrer la carte et à savoir dire en turc de quoi sont composés les plats préparés par le mari de Mama Can qui règne en maître sur la cuisine du restaurant. J'y travaillerai les trois derniers jours de la semaine et mon salaire sera amplement suffisant pour subvenir aux besoins d'une vie certes plus modeste que celle que nous avons partagée, mais à laquelle j'étais habituée avant de vous connaître.

Mon cher Daldry, la nuit est tombée depuis longtemps sur Istanbul, ma dernière dans cet hôtel, et je vais profiter avant de dormir du luxe de ma chambre. Chaque soir, en passant devant celle que vous occupiez, je vous disais bonsoir ; je continuerai à le faire lorsque je serai installée à Üsküdar, depuis ma fenêtre qui donne sur le Bosphore.

Je vous en indique l'adresse au dos de cette lettre, j'attends impatiemment celle que vous m'enverrez en retour, et j'espère qu'elle contiendra la liste que je vous force à m'écrire.

Prenez soin de vous.

Je vous embrasse, comme une amie.

Alice

336

Alice,

Puisque je suis aux ordres...

En ce qui concerne le tramway :
Intérieur plaqué de bois, lattes de plancher usées, une porte en vitre de couleur indigo séparant le conducteur des voyageurs, la manivelle en fer du machiniste, deux plafonniers blafards, une vieille peinture crème, écaillée en de multiples endroits.

En ce qui concerne le pont de Galata :
Un tablier couvert de pavés de guingois, où s'engagent les rails des deux lignes de tramway dont le parallélisme est loin d'être parfait ; des trottoirs irréguliers, des parapets en pierre, deux garde-corps noirs en fer forgé, tachés de rouille et présentant des traces de corrosion aux points d'insertion du métal dans la pierre ; cinq pêcheurs accoudés, dont un gosse qui ferait mieux d'être à l'école au lieu de pêcher en plein milieu de la semaine. Un vendeur de pastèques debout derrière sa charrette bâchée

d'une toile à rayures rouges et blanches ; un vendeur de journaux avec une besace en toile de jute en bandoulière, une casquette de travers sur la tête et qui mâche une chique de tabac (qu'il recrachera un peu plus tard) ; un vendeur de breloques regardant le Bosphore en se demandant si ce ne serait pas plus simple d'y balancer sa marchandise et lui avec ; un pickpocket, ou tout au moins un type qui traîne avec un air patibulaire ; sur le trottoir d'en face, un homme d'affaires qui n'a pas dû en faire de bonnes depuis longtemps à voir sa mine défaite, il est vêtu d'un complet bleu nuit, porte un chapeau et des chaussures à claques blanches ; deux femmes marchant côte à côte, probablement deux sœurs, étant donné leur ressemblance ; à dix pieds derrière elles, un cocu qui n'a pas l'air de se faire d'illusions ; un peu plus loin, un marin qui descend l'escalier vers la berge.

Et, puisque je vous parle de la berge, on y voit deux pontons flottants, où sont amarrées des barques colorées, certaines aux coques rayées de rouge indigo, d'autre de jaune jonquille. Un embarcadère où attendent cinq hommes, trois femmes et deux gamins.

La perspective de la ruelle qui file vers les hauteurs permet de discerner, si l'on y prête suffisamment attention, la devanture d'un fleuriste ; en enfilade, celle d'une papeterie, d'un bureau de tabac, d'un marchand de quatre saisons, d'une épicerie, et d'un magasin de café ; au-delà, la ruelle tourne et mes yeux ne voient plus.

Je vous épargne les variations de couleurs dans le ciel que je garde pour moi, vous les découvrirez sur la toile, quant au Bosphore, nous l'avons suffisamment contemplé ensemble pour que vous imaginiez les reflets de lumière qui apparaissent dans les tourbillons d'eau, à la poupe des vapeurs.

Au loin, la colline d'Üsküdar et ses maisons perchées que je détaillerai avec bien plus d'attention maintenant que j'apprends que vous allez y vivre ; les cônes des minarets ; les centaines de navires, chaloupes, yoles et cotres qui sillonnent la baie... Tout cela est un peu en désordre je vous le concède, mais j'espère avoir réussi haut la main mon examen de passage.

Je vous posterai donc cette lettre à la nouvelle adresse que vous m'avez indiquée, en espérant qu'elle vous parvienne dans ce quartier que je n'ai pas eu le privilège de visiter.

Votre dévoué

Daldry

P-S : Ne vous sentez pas obligée de transmettre mes salutations à Can, à sa tante non plus d'ailleurs. J'oubliais, il a plu lundi, mardi et jeudi, le temps fut mitigé mercredi, mais très ensoleillé vendredi...

Daldry,

Voici venus les derniers jours de mars. Je n'ai pas pu vous écrire la semaine dernière. Entre les journées passées dans l'atelier de l'artisan de Cihangir et les soirées dans le restaurant d'Üsküdar, il n'est pas rare que je m'endorme à peine allongée sur mon lit en regagnant mon studio. Je travaille désormais au restaurant tous les jours de la semaine. Vous seriez fier de moi, j'ai acquis une belle agilité dans le maniement des plats et des assiettes, je réussis à en porter jusqu'à trois sur chaque bras, sans trop de casse... Mama Can, c'est le nom qu'ici tout le monde donne à la tante de notre guide, est adorable avec moi. Si je mangeais tout ce qu'elle m'offre, je reviendrais à Londres grosse comme une outre.

Tous les matins, Can vient me chercher en bas de chez moi, et nous marchons jusqu'à l'embarcadère. La promenade dure quinze bonnes minutes, mais elle est agréable, sauf quand souffle le vent du nord. Ces dernières semaines, il faisait bien plus froid que lorsque vous étiez là.

La traversée du Bosphore est toujours un émerveillement. Je m'amuse chaque fois en pensant que je pars travailler en Europe et que je rentrerai le soir en Asie où je réside. À peine débarqués, nous prenons l'autobus, et quand nous sommes un peu en retard, ce qui arrive de temps en temps à cause de moi, je dépense ce que j'ai gagné la veille en pourboires en grimpant dans un dolmuş. C'est un peu plus cher qu'un ticket de bus, mais bien moins qu'une course en taxi.

Une fois à Cihangir, il nous faut encore gravir ses ruelles escarpées. Mes horaires étant assez réguliers, je croise souvent un cordonnier ambulant, au moment où il sort de sa maison, il porte à la taille un gros coffre en bois qui semble peser presque aussi lourd que lui. Nous nous saluons et il descend le coteau en chantant tandis que je le monte. Il y a aussi, quelques habitations plus loin, cette femme qui regarde partir ses deux enfants, depuis le pas de sa porte, cartables au dos ; elle les suit du regard jusqu'à ce qu'ils disparaissent au coin de la rue. Quand je passe près d'elle, elle me sourit et je sens dans ses yeux une inquiétude qui ne cessera qu'à la fin du jour, quand sa progéniture sera rentrée au nid.

J'ai sympathisé avec un épicier qui m'offre tous les matins, allez savoir pourquoi, un fruit que je dois choisir sur son étal. Il me dit que j'ai la peau trop blanche et que ses fruits sont bons pour ma santé. Je crois qu'il m'aime bien et c'est réciproque. À midi, quand l'artisan parfumeur rejoint sa femme, j'emmène Can dans cette petite épicerie et nous y achetons de quoi déjeuner. Nous nous asseyons tous les deux au milieu d'un ravissant cimetière de quartier, sur un banc en pierre à l'ombre d'un grand figuier et nous nous amusons à réinventer les vies passées de ceux qui dorment ici. Puis je retourne à l'atelier, l'artisan m'y a installé un orgue de fortune. J'ai pu de mon côté acheter tout le matériel dont j'avais besoin. J'avance dans mes recherches. Je travaille actuellement à recréer l'illusion de la poussière. Ne vous moquez pas de moi, elle est omniprésente dans mes souvenirs, et je lui trouve ici des odeurs de terre, de vieux murets, de chemins caillouteux, de sel, de boue où se mêlent les pourritures des bois morts. L'artisan m'enseigne quelques-unes de ses trouvailles. Une vraie complicité se crée entre nous. Et puis, quand vient le soir, Can et moi rentrons par le même chemin. Nous reprenons l'autobus, l'attente du vapeur sur le quai est souvent longue, surtout lorsqu'il fait froid, mais je me mêle à la foule des Stambouliotes et, chaque jour qui passe, j'ai l'impression grandissante d'en faire partie ; je ne sais pas pourquoi cela me grise autant, mais c'est le cas. Je vis au rythme de la ville, et j'y prends goût. Si j'ai convaincu Mama Can de me laisser venir désormais tous les soirs, c'est parce que cela me rend heureuse. J'aime zigzaguer au milieu des clients, entendre hurler le cuisinier parce que ses plats sont prêts et que je ne viens pas assez vite les enlever, j'aime les sourires complices des commis chaque fois que Mama Can tape dans ses mains pour faire taire son cuisinier de mari qui braille trop fort. Dès que le restaurant ferme, l'oncle de Can pousse son dernier hurlement de la soirée pour nous appeler en cuisine. Lorsque nous sommes tous assis autour de la grande table en bois, il y jette une nappe et nous sert un dîner qui vous ravirait. Ce sont là des petits moments de la vie que je mène ici et ces moments me rendent plus heureuse que je ne l'ai jamais été.

Je n'oublie pas que c'est à vous que je dois tout cela, Daldry, à vous et à vous seul. J'aimerais un soir vous voir pousser la porte du restaurant de Mama Can, vous découvririez des plats qui vous feraient monter les larmes aux yeux. Vous me manquez souvent. J'espère recevoir bientôt de vos nouvelles, mais plus de liste cette fois, votre dernier courrier ne disait rien de vous et c'est pourtant ce que je voudrais lire.

Votre amie,

Alice

Alice,

Le facteur m'a remis ce matin votre lettre, remis est
un grand mot, il me l'a pratiquement jetée à la figure.
L'homme était de fort mauvaise humeur, il ne m'adresse
plus la parole depuis deux semaines. Il est vrai que je
m'inquiétais de ne pas avoir de vos nouvelles, j'avais peur
qu'il vous soit arrivé quelque chose et j'en blâmais
chaque jour la poste. Je m'y suis donc rendu plusieurs fois
afin de vérifier si votre courrier n'avait pas été égaré
quelque part. J'ai eu, et je vous jure que je n'y suis pour
rien cette fois, une petite altercation avec le guichetier,
tout cela parce qu'il n'a pas supporté que je mette en
cause la probité de ses services. Comme si la poste de Sa
Majesté ne connaissait jamais de pertes ou de retards ! Ce
que j'ai également suggéré au facteur qui, lui aussi, l'a
très mal pris. Ces gens en uniforme sont d'une suscepti-
bilité qui frise le ridicule.

À cause de vous, je vais devoir maintenant aller leur
présenter mes excuses. Je vous en prie, si votre emploi du

temps vous occupe au point que vous ne trouviez aucun moment à me consacrer, prenez au moins quelques minutes pour m'écrire que vous n'avez pas le temps de m'écrire. Quelques mots suffiront à faire taire une inquiétude inutile. Comprenez que je me sente responsable de votre présence à Istanbul et, donc, du fait que vous y soyez saine et sauve.

Je lis avec plaisir dans vos lignes que votre complicité avec Can ne cesse de croître, puisque vous déjeunez en sa compagnie chaque jour et, de surcroît, dans un cimetière, ce qui me paraît tout de même un endroit bien étrange pour se restaurer, mais enfin, puisque cela vous rend heureuse, je n'ai rien à dire.

Je suis très intrigué par vos travaux. Si vous cherchez vraiment à recréer l'illusion de la poussière, inutile de rester à Istanbul, rentrez chez vous au plus vite, vous constaterez que, dans votre appartement, elle est tout sauf une illusion.

Vous vouliez que je vous donne de mes nouvelles... Comme vous, je m'applique au travail et le pont de Galata commence à prendre forme sous mes pinceaux. Je me suis attelé ces derniers jours à faire des croquis des personnages que j'y installerai, et puis je travaille sur les détails des maisons d'Üsküdar.

Je me suis rendu à la bibliothèque où j'ai trouvé des gravures anciennes reproduisant de belles perspectives de la rive asiatique du Bosphore, elles me seront fort utiles. Chaque jour, quand vient midi, je quitte mon appartement pour aller prendre mon repas au bout de notre rue, vous connaissez l'endroit, inutile de vous le décrire. Vous vous souvenez de la veuve qui se trouvait seule à une table derrière nous le jour où nous y étions tous deux ? J'ai une bonne nouvelle, je crois que son deuil a pris fin et qu'elle a rencontré quelqu'un. Hier, un homme de son âge, assez mal fagoté mais au visage plutôt sympathique, est entré avec elle et je les ai vus déjeuner ensemble. J'espère que leur histoire va durer. Rien n'interdit de tomber amoureux, quel que soit l'âge, n'est-ce pas ?

En début d'après-midi, je me rends chez vous, j'y fais un peu de ménage et je peins jusqu'au soir. La lumière qui tombe de votre verrière est presque une illumination pour moi, je n'ai jamais aussi bien travaillé.

Le samedi, je vais me promener à Hyde Park. Avec la pluie qui dégringole tous les week-ends, je n'y croise presque personne et j'adore ça.

À propos de personnes que l'on croise, j'ai rencontré l'une de vos amies dans la rue en début de semaine. Une certaine Carol qui s'est spontanément présentée à moi. Son visage m'est revenu quand elle a évoqué ce soir où j'avais fait irruption chez vous. J'en profite pour vous dire que je suis désolé de m'être conduit de la sorte. Ce n'était pas pour m'en faire le reproche que votre amie m'a accosté, mais parce qu'elle savait que nous avions voyagé ensemble et avait espéré un instant que vous seriez de retour. Je lui ai dit qu'il n'en était rien et nous sommes allés prendre un thé, au cours duquel je me suis permis de lui donner de vos nouvelles. Je n'ai bien sûr pas eu le temps de tout lui raconter, elle devait commencer son service à l'hôpital ; elle est infirmière, et moi stupide de vous le dire puisque c'est l'une de vos meilleures amies, mais j'ai horreur des ratures. Carol s'est montrée passionnée par le récit de nos journées à Istanbul et je lui ai promis de dîner avec elle la semaine prochaine pour lui en conter d'autres. Ne vous inquiétez pas, ce n'est en rien une corvée, votre amie est charmante.

Voilà, chère Alice, comme vous le constaterez en lisant ces quelques lignes, ma vie est bien moins exotique que la vôtre, mais comme vous, je suis heureux.

Votre ami,

Daldry

P-S : Dans votre dernière lettre, en parlant toujours de ce cher Can, vous écrivez : « Il vient me chercher le matin en bas de chez moi. » Suggériez-vous qu'Istanbul soit devenue votre « chez-vous » ?

Anton,

C'est par une triste nouvelle que je commence cette lettre. M. Zemirli s'est éteint chez lui dimanche dernier, c'est sa cuisinière qui l'a trouvé au matin, il s'était endormi dans son fauteuil.

Can et moi avons décidé de nous rendre à ses obsèques. Je pensais que nous y serions peu nombreux et que deux âmes de plus ne seraient pas de trop pour peupler le cortège. Mais nous étions une centaine à nous presser dans le petit cimetière pour accompagner M. Zemirli jusqu'à sa tombe. Il faut croire que cet homme était devenu la mémoire de tout un quartier ; en dépit de son infirmité, le jeune Ogüz qui prétendait dompter les tramways aura réussi une belle vie, ceux qui se trouvaient là en témoignaient, partageant rires et émotions autour de son souvenir. Au cours de la cérémonie, un homme ne cessait de me regarder. Je ne sais pas ce qui a pris à Can, mais il a tant insisté pour que je fasse sa connaissance que nous sommes allés tous les trois prendre un thé dans une pâtisserie de Beyoğlu. L'homme est un neveu du défunt, il semblait avoir beaucoup de chagrin. La coïncidence est troublante, car nous l'avions tous deux déjà rencontré, il est propriétaire du magasin d'instruments de musique où j'avais acheté une trompette. Mais assez parlé de moi. Ainsi vous avez fait la rencontre de Carol ? J'en suis ravie, elle a un cœur en or et a trouvé le métier qui va avec. J'espère que vous avez passé un agréable moment en sa compagnie. Dimanche prochain, si le temps le permet, et il s'est beaucoup radouci, nous irons, avec Can et le neveu de M. Zemirli, pique-niquer sur l'île aux Princes ; je vous en ai déjà parlé dans une précédente lettre. Mama Can m'a imposé une journée de repos par semaine, alors j'obéis.

Je suis heureuse de lire que vous progressez dans votre peinture et que vous prenez plaisir à travailler sous ma verrière. Finalement, j'aime vous imaginer chez moi, vos pinceaux à la main, et j'espère que chaque soir, en partant, vous essaimez un peu de vos couleurs et de votre folie pour égayer les lieux (prenez cela comme un compliment qui se dit entre amis).

Il m'arrive souvent de vouloir vous écrire, mais la fatigue est telle que j'y renonce tout aussi souvent. D'ailleurs, j'achève cette lettre trop courte où je voudrais pouvoir encore vous raconter mille choses, car mes yeux se ferment. Sachez que je suis fidèle à votre amitié et vous envoie chaque soir depuis ma fenêtre d'Üsküdar des pensées affectueuses avant d'aller me coucher.

Je vous embrasse.

Alice

P-S : Je me suis décidée à apprendre le turc et cela me plaît beaucoup. Can me l'enseigne et je progresse avec une facilité qui le déconcerte, il me dit que je parle presque sans accent et qu'il est très fier de moi. J'espère que vous le serez aussi.

Très chère Suzie !

Ne faites pas l'étonnée... Vous m'avez bien rebaptisé Anton alors que mon prénom est Ethan et que vous m'écrivez toujours « Cher Daldry ».

Qui est cet Anton auquel vous pensiez en m'écrivant votre dernière lettre qui accusait presque autant de retard que la précédente ?

Si je n'avais pas une sainte horreur des ratures, je rayerais tout ce que je viens d'écrire et qui doit vous laisser penser que je suis de mauvaise humeur. Ce n'est pas faux, je ne suis pas satisfait du travail que j'accomplis depuis plusieurs jours. Les maisons d'Üsküdar et particulièrement celle où vous vivez me donnent un mal de chien. Comprenez que depuis le pont de Galata où nous nous trouvions, elles apparaissaient minuscules, et maintenant que je vous sais y vivre, je les voudrais immenses et bien reconnaissables pour que vous puissiez identifier la vôtre.

J'ai remarqué dans votre dernière lettre que vous ne parlez pas du tout de vos travaux. Ce n'est pas l'associé qui s'inquiète, mais l'ami qui est curieux. Où en êtes-vous ? Avez-vous réussi à recréer cette illusion de poussière ou souhaitez-vous que je vous en envoie un petit paquet ?

Ma vieille Austin a rendu l'âme. C'est bien moins triste que le décès de M. Zemirli, mais je la connaissais depuis plus longtemps que lui et, en la laissant au garage, je ne vous cache pas que j'en ai eu le cœur pincé. Le côté positif, c'est que je vais pouvoir gaspiller encore un peu de cet héritage, puisque vous avez renoncé à m'y aider, et que j'irai la semaine prochaine m'acheter une automobile toute neuve. J'espère (si vous rentrez un jour) avoir le plaisir de vous la faire conduire. Votre séjour semblant se prolonger, j'ai décidé d'acquitter votre loyer auprès de notre propriétaire commun, soyez assez aimable pour une fois de ne pas me contrarier, c'est tout à fait normal puisque je suis le seul à occuper votre appartement.

J'espère que votre promenade sur l'île aux Princes vous aura procuré tous les plaisirs attendus. À propos de sortie dominicale, je me laisse entraîner ce week-end par votre amie Carol à une séance de cinéma. C'est une idée très originale qu'elle a eue, pour moi qui n'y vais jamais.

Je ne peux pas vous donner le titre du film que l'on y joue, puisque c'est une surprise. Je vous raconterai la séance dans une prochaine lettre.

Je vous envoie mes affectueuses pensées, depuis votre appartement que je quitte, rentrant chez moi pour la soirée.

À bientôt, chère Alice. Nos dîners d'Istanbul me manquent et vos récits sur le restaurant de cette Mama Can et de son mari cuisinier m'ont mis en appétit.

Daldry

P-S : Je suis enchanté par vos dons linguistiques. Toutefois, si Can est votre seul maître en la matière, je ne saurais trop vous conseiller de vérifier dans un bon dictionnaire les traductions qu'il vous propose.

Ce n'est qu'une suggestion, bien sûr...

Daldry,

Je rentre à l'instant du restaurant et vous écris au milieu d'une nuit où je n'arriverai plus à trouver le sommeil. Il m'est arrivé quelque chose de si troublant, aujourd'hui.

Comme chaque matin, Can est venu me chercher. Nous descendions des hauteurs d'Üsküdar en direction du Bosphore. Au cours de la nuit précédente, un konak avait brûlé et, la façade de la vieille maison s'étant effondrée au beau milieu de la rue que nous empruntons d'ordinaire, il nous a fallu contourner le sinistre. Les rues voisines étant toutes encombrées, nous avons fait un grand détour.

Ne vous ai-je pas dit dans l'une de mes lettres qu'il suffit d'une odeur pour retrouver la mémoire d'un endroit disparu ? En longeant une grille de fer, où grimpait un rosier, je me suis arrêtée ; un parfum m'était étrangement familier, un mélange de tilleul et de roses sauvages. Nous avons poussé la grille et découvert au fond d'une impasse une maison oubliée du temps, oubliée de tout.

Nous avons avancé dans la cour, un vieux monsieur y entretenait avec soin la végétation qui renaît avec le printemps. J'ai reconnu soudain les senteurs de roses, l'odeur des graviers, des murs crayeux, d'un banc en pierre sous la frondaison du tilleul et cet endroit a resurgi de ma mémoire. J'ai revu cette cour quand elle était peuplée d'enfants, reconnu la porte bleue en haut des marches du perron, ces images oubliées m'apparaissaient comme au fil d'un rêve.

Le vieux monsieur s'est approché et m'a demandé ce que nous cherchions. Je l'ai interrogé afin de savoir s'il y avait eu dans le passé une école à cet endroit.

« Oui, m'a-t-il confié, ému, une minuscule école, mais elle est redevenue depuis longtemps la demeure d'un unique habitant qui joue au jardinier. »

Ce vieux monsieur m'a appris qu'il était, au début du siècle, un jeune instituteur, l'école appartenait à son père qui en était le directeur. Fermée en 1923, à la révolution, elle ne rouvrit jamais ses portes.

Il a mis ses lunettes, s'est approché tout près de moi et m'a regardée avec une telle intensité que j'en étais presque mal à l'aise. Il a posé son râteau, et m'a dit :

« Je te reconnais, tu es la petite Anouche. »

J'ai d'abord cru qu'il n'avait plus toute sa raison, mais je me suis souvenue que nous avions tous deux pensé la même chose de ce pauvre M. Zemirli, alors, chassant mes préjugés, je lui ai répondu qu'il se trompait, que je me prénommais Alice.

Il a prétendu très bien se souvenir de moi. « Ce regard de petite fille perdue, je n'ai jamais pu l'oublier », a-t-il dit, et il nous a conviés à prendre un thé chez lui. À peine étions-nous installés dans son salon qu'il a pris ma main et a soupiré :

« Ma pauvre Anouche, je suis si triste pour tes parents. »

Comment pouvait-il savoir que mes parents avaient péri dans les bombardements de Londres ? J'ai vu grandir son trouble quand je lui ai posé la question.

« Tes parents auraient réussi à fuir vers l'Angleterre ? Qu'est-ce que tu me racontes, Anouche, c'est impossible. »

Ses propos n'avaient aucun sens, mais il a continué :

« Mon père a bien connu le tien. Cette barbarie des jeunes fous de l'époque, quelle tragédie ! Nous n'avons jamais rien su de ce qu'il était advenu de ta mère. Tu sais, tu n'étais pas la seule à être en danger. C'est pour que l'on oublie tout qu'ils nous ont obligés à fermer. »

Je ne comprenais rien à son récit et ne comprends toujours pas ce que cet homme me racontait, Daldry, mais sa voix si sincère me perdait.

« Tu étais une enfant studieuse, intelligente, même si tu ne parlais jamais. Impossible d'entendre le moindre son sortir de ta gorge. Cela désespérait ta maman. C'est à peine imaginable ce que tu lui ressembles. En te voyant tout à l'heure dans l'impasse, c'est elle que j'ai d'abord cru reconnaître, mais c'était impossible bien sûr, c'était il y a si longtemps. Elle t'accompagnait parfois, le matin, tellement heureuse que tu puisses étudier ici. Mon père

356

était le seul à t'avoir acceptée dans son école, les autres refusaient à cause de ton obstination à rester silencieuse. »

J'ai harcelé cet homme de questions, pourquoi suggérait-il que ma mère avait connu un autre destin que celui de mon père, alors que je les avais vus disparaître ensemble sous les bombes ?

Il m'a regardée, l'air désolé, et m'a dit :

« Tu sais, ta nourrice a continué longtemps d'habiter sur les hauteurs d'Üsküdar, je la rencontrais parfois en faisant mon marché, mais cela fait un moment que je ne l'ai plus croisée. Elle est peut-être morte maintenant. »

Je lui ai demandé de quelle nourrice il parlait.

« Tu ne te souviens pas non plus de Mme Yilmaz ? Pourtant qu'est-ce qu'elle t'aimait... Tu lui dois beaucoup. »

Cette impuissance à retrouver la mémoire de ces années passées à Istanbul me fait enrager et cette frustration ne fait qu'empirer depuis que j'ai entendu les propos nébuleux de ce vieux maître d'école qui m'appelle par un autre prénom que le mien.

Il nous a fait visiter sa maison et m'a montré la salle de classe où j'étudiais. C'est devenu un petit salon de lecture. Il a voulu savoir ce que je faisais maintenant, si j'étais mariée, si j'avais des enfants. Je lui ai parlé de mon métier et il n'a guère été étonné que j'aie choisi cette voie, ajoutant :

« La plupart des enfants, lorsqu'on leur confie un objet, le porte à la bouche pour le goûter ; toi, tu le sentais, c'était ta façon bien particulière de l'adopter ou de le rejeter. »

Et puis il nous a raccompagnés jusqu'à la grille au bout de l'impasse, et en frôlant le grand tilleul qui verse son ombre sur la moitié de la cour j'ai à nouveau perçu ces parfums et j'ai définitivement compris que ce n'était pas la première fois que je me trouvais ici.

Can me dit que j'ai certainement fréquenté cette école, que le vieux maître n'a plus toute sa mémoire et me confond avec une autre enfant, qu'il mélange ses souvenirs comme je mélange mes parfums. Il me dit qu'après m'être souvenue de certaines choses, d'autres souvenirs resurgiront peut-être, qu'il faut être patient et faire confiance au destin. Si ce konak n'avait pas brûlé, nous ne serions jamais passés devant les grilles de cette ancienne école. Même si je sais qu'il n'a d'autre intention que de vouloir m'apaiser, Can n'a pas tout à fait tort.

Daldry, tant de questions sans réponses se bousculent dans ma tête. Pourquoi ce maître m'appelle-t-il Anouche, quelle est cette barbarie qu'il évoque ? Mes parents sont restés unis jusque dans la mort, alors pourquoi laisse-t-il entendre le contraire ? Il avait l'air si sûr de lui et si triste devant mon ignorance.

Je vous demande pardon de vous écrire ces mots qui n'ont aucun sens, j'ai pourtant entendu ces paroles aujourd'hui.

Demain, je retournerai à l'atelier de Cihangir ; après tout, j'ai appris l'essentiel. J'ai vécu ici deux années et, pour une raison que j'ignore, mes parents m'envoyaient à l'école de l'autre côté du Bosphore, dans une impasse perdue d'Üsküdar, accompagnée peut-être par une nourrice qui s'appelait Mme Yilmaz.

J'espère que de votre côté vous allez bien, que votre tableau progressant, votre plaisir augmente face à votre chevalet. Pour vous aider, sachez que ma maison s'élève sur trois étages, que ses murs ont la couleur d'une rose pâle et que ses volets sont blancs.

Je vous embrasse.

Alice

P-S : Pardonnez-moi pour cette confusion de prénoms, j'étais distraite. Anton est un vieil ami à qui j'écris parfois. Puisque l'on parle d'amis, est-ce que le film que vous êtes allé voir avec Carol vous a plu ?

Chère Alice,

(Bien qu'Anouche soit un très joli prénom.)

Je crois en effet que ce vieil instituteur vous a confondue avec une autre petite fille qui devait fréquenter cette école. Vous ne devriez plus vous laisser tourmenter par des histoires surgies de la mémoire d'un homme qui n'a plus toute sa raison.

L'heureuse nouvelle, c'est que vous ayez retrouvé l'établissement où vous étiez scolarisée lors des deux années de votre enfance passées à Istanbul. Vous avez désormais la preuve que vos parents, même en des temps difficiles, n'avaient pas négligé vos études. Que chercher de plus ?

Ayant réfléchi à vos questions restées sans réponses, je leur en ai trouvé d'une logique implacable. Pendant la guerre et dans leur situation (dois-je vous rappeler l'aide particulière qu'ils apportaient aux habitants de Beyoğlu, ce qui n'était pas sans danger), il est probable que vos parents aient préféré que vous passiez vos journées dans un autre quartier. Et, puisqu'ils travaillaient tous deux à la faculté, il est aussi probable qu'ils aient eu recours à une nourrice. Voilà la raison pour laquelle M. Zemirli n'avait aucun souvenir de vous. Lorsqu'il venait chercher ses médicaments, vous étiez en classe ou confiée à cette Mme Yilmaz. Le mystère est résolu et vous pouvez retourner sereine à vos travaux qui, je l'espère, avancent à grands pas.

De mon côté, le tableau progresse, pas aussi vite que je le souhaiterais, mais je crois que je me débrouille assez bien. Enfin, c'est ce que je me dis chaque soir en quittant votre appartement et je pense tout le contraire en y revenant le lendemain. Que voulez-vous, c'est la dure vie d'un peintre, illusions et désillusions, on croit maîtriser son sujet, mais ce sont ces satanés pinceaux qui vous dominent et n'en font qu'à leur tête. Quoiqu'ils ne soient pas les seuls dans ce cas...

D'ailleurs, puisque votre correspondance me laisse entendre que Londres vous manque de moins en moins, alors qu'il m'arrive souvent de repenser à cet excellent raki que je buvais à Istanbul en votre compagnie, je me prends à rêver certains soirs à l'idée d'un dîner dans le restaurant de Mama Can ; j'aimerais pouvoir un jour vous y rendre visite, même si je sais la chose impossible, tant je travaille ces temps-ci.

Votre dévoué

Daldry

P-S : Êtes-vous retournée pique-niquer sur l'île aux Princes, mérite-t-elle son nom, en avez-vous croisé ?

Cher Daldry,

Vous me reprocherez le retard de cette lettre, mais ne m'en veuillez pas, j'ai travaillé sans relâche ces trois dernières semaines.

J'ai fait de grands progrès, et pas seulement en turc. Avec l'artisan de Cihangir, nous approchons de quelque chose de tangible. Pour la première fois hier, nous avons obtenu un accord merveilleux. Le printemps y est pour beaucoup. Si vous saviez, mon cher Daldry, comme Istanbul a changé depuis l'arrivée des beaux jours. Can m'a emmenée le week-end dernier visiter la campagne alentour et j'y ai retrouvé des senteurs inouïes. Les environs de la ville sont désormais couverts de roses, les variétés se comptent par centaines. Les pêchers et les abricotiers sont en pleine floraison, les arbres de Judée sur les rivages du Bosphore ont pris une couleur pourpre.

Can me dit que bientôt viendra le tour des genêts, éclatants d'or, des géraniums, des bougainvilliers, des hortensias et de tant d'autres fleurs. J'ai découvert le paradis terrestre des parfumeurs, et je suis la plus chanceuse d'entre eux d'y être installée. Vous m'interrogiez sur l'île aux Princes, elle est resplendissante sous sa végétation abondante, et la colline d'Üsküdar où j'habite n'est pas en reste. À la fin de mon service, nous allons très souvent avec Can grignoter dans les petits cafés blottis au cœur des jardins cachés d'Istanbul.

Dans un mois, lorsque la chaleur se fera plus intense, nous irons à la plage nous baigner. Vous voyez, je suis si heureuse d'être là que j'en deviens presque impatiente. Le printemps n'en est qu'à mi-course, et je guette déjà l'arrivée de l'été.

Cher Daldry, je ne saurai jamais comment vous remercier de m'avoir fait connaître cette existence qui m'enivre. J'aime les heures passées auprès de l'artisan de Cihangir, mon travail dans le restaurant de Mama Can qui est devenue presque une parente pour moi tant elle se montre affectueuse, et la douceur des soirées d'Istanbul quand je rentre chez moi est une merveille.

J'aimerais tant que vous me rendiez visite, ne serait-ce qu'une petite semaine, pour vous faire partager toutes ces beautés que je découvre.

Il est tard, la ville s'endort enfin, je vais faire de même.

Je vous embrasse et vous écrirai dès que possible.

Votre amie,

Alice

P-S : Dites à Carol qu'elle me manque, je serais heureuse de recevoir de ses nouvelles.

13.

Alice s'arrêta sur le chemin du restaurant pour poster sa lettre à Daldry. En entrant dans la salle, elle entendit une vive altercation entre Mama Can et son neveu. Mais dès qu'elle s'approcha de l'office, Mama Can se tut et fit les gros yeux à Can pour qu'il se taise aussi, ce qui n'échappa nullement à Alice.

— Que se passe-t-il ? demanda-t-elle en enfilant son tablier.

— Rien, protesta Can dont le regard disait tout le contraire.

— Vous avez pourtant l'air bien fâché tous les deux, dit Alice.

— Une tante devrait avoir le droit de disputer son neveu sans que celui-ci lève les yeux au ciel et lui manque de respect, répondit Mama Can en haussant la voix.

Can sortit du restaurant en claquant la porte, oubliant même de saluer Alice.

— Ça a l'air sérieux, reprit Alice en s'approchant des fourneaux où le mari de Mama Can s'affairait.

Il se tourna vers elle une spatule à la main et lui fit goûter son ragoût.

— C'est délicieux, dit Alice.

Le cuisinier essuya ses mains sur son tablier et se dirigea sans dire un mot vers l'appentis pour y fumer une cigarette. Il jeta un regard excédé à sa femme avant de claquer la porte, à son tour.

— Belle ambiance, dit Alice.

— Ces deux-là sont toujours ligués contre moi, râla Mama Can. Le jour où je serai morte, les clients me suivront jusqu'au cimetière plutôt que de se faire servir par ces deux têtes de mules.

— Si vous me disiez ce qui se passe, je pourrais peut-être me ranger de votre côté, à deux contre deux, la partie serait plus égale.

— Mon crétin de neveu est un trop bon professeur, et toi tu apprends trop vite notre langue. Can devrait se mêler de ses affaires et tu devrais faire pareil. Va donc dans la salle au lieu de rester plantée là, tu vois des clients dans cette cuisine ? Non, alors file, ils attendent d'être servis, et ne t'avise pas de claquer la porte !

Alice ne se le fit pas répéter, elle posa sur la première étagère venue la pile d'assiettes que le commis venait d'essuyer et se rendit, carnet en main, vers la salle qui commençait à se remplir.

La porte de la cuisine à peine refermée, on entendit Mama Can hurler à son mari d'écraser sa cigarette et de retourner illico à ses fourneaux.

La soirée se poursuivit sans autre heurt, mais, chaque fois qu'Alice passait par la cuisine, elle constatait que Mama Can et son mari ne s'adressaient pas la parole.

Le lundi soir, le service d'Alice ne s'achevait jamais très tard, les derniers clients désertaient le restaurant aux alentours de vingt-trois heures. Elle termina de ranger la salle, défit son tablier, salua le mari cuisinier qui maugréa un vague au revoir, le commis, et enfin Mama Can qui la regarda sortir d'un drôle d'air.

Can l'attendait dehors, assis sur un muret.

— Mais où étais-tu passé ? Tu t'es sauvé comme un voleur. Et qu'as-tu donc fait à ta tante pour la mettre dans un état pareil ? Avec tes bêtises, nous avons tous passé une soirée affreuse, elle était d'une humeur de chien.

— Ma tante est bien plus têtue qu'un chien, nous nous sommes disputés, voilà tout, ça ira mieux demain.

— Et je peux savoir pourquoi vous vous êtes disputés ? Après tout, c'est moi qui en ai fait les frais.

— Si je vous le dis, elle sera encore plus en colère et le service de demain pire que ce soir.

— Pourquoi ? demanda Alice. Cela me concerne ?

— Je ne peux rien dire. Bon, assez bavardé, je vous raccompagne, il est tard.

— Tu sais, Can, je suis une grande fille et tu n'es pas obligé de m'escorter tous les soirs jusque chez moi. En quelques mois, j'ai eu le temps d'apprendre l'itinéraire. La maison où j'habite ne se trouve jamais qu'au bout de la rue.

— Ce n'est pas bien de vous moquer de moi, je suis payé pour m'occuper de vous, je fais juste mon travail, comme vous au restaurant.

— Comment ça, tu es payé ?

— M. Daldry continue de m'envoyer un mandat chaque semaine.

Alice regarda longuement Can et s'en alla sans rien dire. Can la rattrapa.

— Je le fais aussi par amitié.

— Ne me dis pas que c'est par amitié puisque tu es payé, dit-elle en accélérant le pas.

— Les deux ne sont pas incompatibles, et le soir les rues ne sont pas si sûres que vous le pensez. Istanbul est une grande ville.

— Mais Üsküdar est un village où tout le monde se connaît, tu me l'as répété cent fois. Maintenant, fiche-moi la paix, je connais mon chemin.

— C'est bon, soupira Can, j'écrirai à M. Daldry que je ne veux plus de son argent, ça vous va comme ça ?

— Ce qui me serait allé c'est que tu m'aies dit bien plus tôt qu'il continuait à te payer pour t'occuper de moi. Je lui avais pourtant écrit que je ne voulais plus de son aide, mais je constate qu'il n'en a fait qu'à sa tête, une fois encore, et ça me met en colère.

— Pourquoi le fait que quelqu'un vous aide vous met-il en colère ? C'est absurde.

— Parce que je ne lui ai rien demandé, et je n'ai besoin de l'aide de personne.

— C'est encore plus absurde, on a tous besoin de quelqu'un dans la vie, personne ne peut accomplir de grandes choses tout seul.

— Eh bien, moi, si !

— Eh bien, vous non plus ! Vous réussiriez à mettre au point votre parfum sans l'aide de l'artisan de Cihangir ? Vous auriez trouvé son atelier si je ne vous y avais pas emmenée ? Vous auriez rencontré le consul, et M. Zemirli, et le maître d'école ?

— N'exagère pas, le maître d'école, tu n'y es pour rien.

— Et qui a choisi de prendre la ruelle qui passait devant chez lui ? Qui ?

Alice s'arrêta et fit face à Can.

— Tu es d'une mauvaise foi incroyable. D'accord, sans toi, je n'aurais rencontré ni le consul ni M. Zemirli, je ne travaillerais pas dans le restaurant de ta tante, je n'habiterais pas à Üsküdar et j'aurais probablement déjà quitté Istanbul. C'est à toi que je dois tout cela, tu es satisfait ?

— Et vous ne seriez pas non plus passée devant l'impasse où se trouvait cette école !

— Je t'ai présenté mes excuses, nous n'allons pas passer toute la soirée là-dessus.

— Je n'ai pas dû bien saisir à quel moment vous vous êtes excusée. Et vous n'auriez rencontré aucune de ces personnes, ni trouvé un emploi chez ma tante, ni occupé la chambre qu'elle vous loue si M. Daldry ne m'avait pas embauché. Vous pourriez prolonger vos excuses et le remercier, lui aussi, au moins par la pensée. Je suis sûr qu'elles lui parviendraient d'une façon ou d'une autre.

— Je le fais dans chaque lettre que je lui écris, « monsieur je donne des leçons de morale », mais peut-être que tu dis cela uniquement pour que je ne lui interdise pas, dans ma prochaine lettre, de t'expédier tes mandats.

— Si, après tous les services que je vous ai rendus, vous voulez me faire perdre mon emploi, c'est vous que ça regarde.

— C'est bien ce que je disais, tu es d'une mauvaise foi incroyable.

— Et vous, aussi têtue que ma tante.

— C'est bon, Can, j'ai eu mon compte de disputes pour la soirée, pour tout le mois d'ailleurs.

— Alors allons prendre un thé, et faisons la paix.

Alice se laissa guider vers un café dont la terrasse, encore très fréquentée, occupait le fond d'une impasse.

Can leur commanda deux rakis, Alice préférait le thé qu'il lui avait promis, mais le guide ne l'écouta pas.

— M. Daldry n'avait pas peur de boire, lui.

— Parce que tu trouves courageux de se soûler ?

— Je ne sais pas, je ne me suis jamais posé la question.

— Et bien, tu devrais, l'ivresse est un abandon stupide. Maintenant que nous avons trinqué au raki, pour te faire plaisir, tu vas me dire en quoi cette dispute avec ta tante me concernait.

Can hésita à répondre, mais l'insistance d'Alice eut raison de ses dernières réticences.

— C'est à cause de tous ces gens que je vous ai fait rencontrer. Le consul, M. Zemirli, le maître d'école, même si pour celui-là j'ai pourtant juré à ma tante que je n'y étais pour rien et que nous étions passés devant sa maison par hasard.

— Qu'est-ce qu'elle te reproche ?

— De me mêler de ce qui ne me regarde pas.

— En quoi cela la contrarie ?

— Elle dit que lorsque l'on s'occupe trop de la vie des autres, même en croyant bien faire, on finit par ne leur apporter que du malheur.

— Eh bien, j'irai rassurer Mama Can dès demain et lui expliquerai que tu ne m'as apporté que du bonheur.

— Vous ne pouvez pas dire une chose pareille à ma tante, elle saurait que je vous ai parlé et elle serait furieuse contre moi. D'autant que ce n'est pas tout à fait vrai. Si je ne vous avais pas présenté M. Zemirli, vous n'auriez pas été triste quand il est mort, et si je ne vous avais pas amenée dans cette ruelle, vous ne vous seriez pas sentie désemparée devant ce vieil instituteur. Je ne vous avais encore jamais vue comme ça.

— Il faut que tu te décides une fois pour toutes ! Soit ce sont tes talents de guide que nous ont conduits jusqu'à cette école, soit c'est un hasard et tu n'y es pour rien.

— Disons que c'est un peu des deux, le hasard a fait brûler le konak, et moi je vous ai conduite dans la ruelle, le hasard et moi étions associés dans cette affaire.

Alice repoussa son verre vide, Can le remplit aussitôt.

— Voilà qui me rappelle mes bonnes soirées avec M. Daldry.

— Pourrais-tu oublier Daldry cinq minutes ?

— Non, je ne crois pas, répondit Can après réflexion.

— Comment cette dispute est-elle arrivée ?

— Par la cuisine.

— Je ne te demandais pas où elle avait commencé, mais comment ?

— Ah, ça, je ne peux pas le dire, Mama Can m'a fait promettre.

— Eh bien, je te libère de ta promesse. Une femme peut lever la promesse qu'un homme a faite à une autre femme à condition que celles-ci s'entendent très bien et que cela ne cause aucun préjudice à l'une ou à l'autre. Tu ne le savais pas ?

— Vous venez de l'inventer ?

— À l'instant.

— C'est bien ce que je pensais.

— Can, dis-moi comment vous en êtes arrivés à parler de moi.

— Qu'est-ce que ça peut bien vous faire ?

– Mets-toi à ma place. Imagine que tu nous aies surpris, Daldry et moi, en train de nous disputer à ton sujet, tu ne voudrais pas savoir pourquoi ?

– Pas besoin, non. J'imagine que M. Daldry m'aurait encore critiqué, que vous auriez pris ma défense et qu'il vous l'aurait reproché une fois de plus. Ce n'est pas très sorcier, vous voyez.

– Tu me rends dingue !

– Et moi, c'est ma tante qui me rend dingue à cause de vous, alors nous voilà à égalité.

– D'accord, donnant-donnant, je ne dis rien à Daldry dans ma prochaine lettre au sujet de tes mandats, et toi tu m'avoues comment cette dispute a commencé.

– C'est du chantage, et vous m'obligez à trahir Mama Can.

– Et moi, en ne disant rien à Daldry, je trahis mon indépendance, tu vois, nous sommes toujours à égalité.

Can regarda Alice et lui remplit de nouveau son verre.

– Buvez d'abord, dit-il sans la quitter des yeux.

Alice vida le verre d'un trait et le reposa brutalement sur la table.

– Je t'écoute !

– Je crois que j'ai retrouvé Mme Yilmaz, déclara Can.

Et, devant le regard hébété d'Alice, il ajouta :

– Votre nourrice... je sais où elle habite.

– Comment l'as-tu retrouvée ?

– Can est toujours le meilleur guide d'Istanbul et cela est vrai sur les deux rives du Bosphore. Voilà presque un mois que je pose des questions par-ci et par-là. J'ai sillonné toutes les rues d'Üsküdar et j'ai fini par trouver quelqu'un qui la connaissait. Je vous l'avais dit, Üsküdar est un endroit où tout le monde se connaît, ou, disons, un endroit où tout le monde connaît quelqu'un qui connaît quelqu'un... Üsküdar est un petit village.

– Quand pourrons-nous aller la voir ? demanda Alice fébrile.

– Quand le moment sera venu, et Mama Can ne devra rien savoir !

– Mais de quoi se mêle-t-elle ! Et pourquoi ne voulait-elle pas que tu m'en parles ?

– Parce que ma tante a des théories sur tout. Elle affirme que les choses du passé doivent rester dans le passé, qu'il n'est jamais bon de réveiller les vieilles histoires. On ne doit pas exhumer ce que le temps a recouvert, elle prétend que je vous ferais du mal en vous conduisant chez Mme Yilmaz.

– Mais pourquoi ? demanda Alice.

– Ça, je n'en sais rien, nous l'apprendrons peut-être en y allant quand même. Maintenant, j'ai votre promesse que vous serez patiente et que vous attendrez sans rien dire que j'organise cette visite ?

Alice promit et Can la supplia de le laisser la raccompagner chez elle, tant qu'il était encore en état de le faire. Avec le nombre de verres de raki qu'il avait sifflés en lui faisant cet aveu, il était plus qu'urgent de se mettre en route.

*

Le lendemain soir, en rentrant de l'atelier de Cihangir, Alice passa à toute vitesse chez elle se changer avant de prendre son service à dix-neuf heures.

La vie dans le restaurant de Mama Can semblait avoir repris son cours normal. Le mari cuisinier s'affairait aux fourneaux, hurlant aussitôt qu'un plat était prêt, Mama Can surveillait la salle depuis le comptoir-caisse, ne le quittant que pour aller saluer les habitués et désignant d'un regard les tables où il fallait placer les gens selon l'importance qu'elle leur accordait. Alice prenait les commandes, zigzaguait entre les clients et la cuisine, et le commis faisait du mieux qu'il pouvait.

Vers vingt et une heures, au moment du « coup de feu », Mama Can abandonna son tabouret en soupirant pour aller leur prêter main-forte.

Mama Can observait discrètement Alice qui de son côté faisait bien des efforts pour ne rien révéler du secret que lui avait confié Can.

Lorsque le dernier client s'en fut allé, Mama Can ferma le verrou de la porte, repoussa une chaise et s'installa à une table, ne quittant pas des yeux Alice qui, comme à chaque fin de service, mettait le couvert du lendemain. Elle ôtait la nappe sur la table voisine de celle qu'occupait Mama Can, quand celle-ci lui confisqua le chiffon avec lequel elle astiquait le bois et lui prit la main.

— Va donc nous préparer un thé à la menthe, ma chérie, et reviens me voir avec deux verres.

L'idée de souffler un peu n'était pas pour déplaire à Alice. Elle se rendit à la cuisine et reparut quelques instants plus tard. Mama Can ordonna au commis de fermer le volet du passe-plat, Alice posa son plateau et s'assit en face d'elle.

— Tu es heureuse ici ? demanda la patronne en leur servant le thé.

— Oui, répondit Alice, perplexe.

— Tu es courageuse, dit Mama Can, tout moi quand j'avais ton âge, le travail ne m'a jamais fait peur. C'est une drôle de situation quand on y pense, entre notre famille et toi, tu ne trouves pas ?

— Quelle situation ? demanda Alice.

— La journée mon neveu travaille pour toi, et, le soir, toi, tu travailles pour sa tante. C'est presque une affaire de famille.

— Je n'y avais jamais pensé ainsi.

— Tu sais, mon mari ne parle pas beaucoup, il dit que je ne lui en laisse pas le temps, je parle pour deux, paraît-il. Mais il t'apprécie et t'estime.

— Je suis très touchée, moi aussi je vous aime tous.

— Et la chambre que je te loue, tu t'y plais ?

– J'aime le calme qui y règne, la vue est magnifique et j'y dors très bien.

– Et Can ?

– Pardon ?

– Tu n'as pas compris ma question ?

– Can est un guide formidable, certainement le meilleur d'Istanbul ; au fil des journées que nous avons passées ensemble, il est devenu un ami.

– Ma fille, ce ne sont plus des journées, mais des semaines dont tu parles, et ces semaines sont devenues des mois. Tu as conscience du temps qu'il passe avec toi ?

– Qu'est-ce que vous essayez de me dire, Mama Can ?

– Je te demande juste de faire attention à lui. Tu sais, les coups de foudre, ça n'existe que dans les livres. Dans la vraie vie, les sentiments se construisent aussi lentement que l'on battit sa maison, pierre après pierre. Si tu imagines que je me suis pâmée d'amour devant mon cuisinier de mari la première fois que je l'ai vu ! Mais, après quarante années de vie commune, je l'aime drôlement, cet homme. J'ai appris à aimer ses qualités, à m'accommoder de ses défauts et, quand je me fâche avec lui, comme hier soir, je m'isole et je réfléchis.

– Et vous réfléchissez à quoi ? demanda Alice, amusée.

– J'imagine une balance ; sur un plateau, je pose ce qui me plaît chez lui et, sur l'autre, ce qui m'énerve. Et quand je regarde la balance, je la vois en équilibre, penchant toujours légèrement du bon côté. C'est parce que j'ai la chance d'avoir un mari sur lequel je peux compter. Can est un homme qui est bien plus intelligent que son oncle, et, à la différence de celui-ci, il est plutôt bel homme.

— Mama Can, je n'ai jamais voulu séduire votre neveu.

— Je le sais bien, mais c'est de lui que je te parle. Il serait prêt à retourner tout Istanbul pour toi, tu ne vois donc rien ?

— Je suis désolée, Mama Can, je n'avais jamais pensé que...

— Je le sais aussi, tu travailles tellement que tu n'as pas une minute pour penser. Pourquoi crois-tu que je t'aie interdit de venir ici le dimanche ? Pour que ta tête se repose un jour par semaine et que ton cœur trouve une raison de battre. Mais je vois bien que Can ne te plaît pas, tu devrais le laisser tranquille. Maintenant, tu connais bien le chemin pour aller chez ton artisan de Cihangir. Les beaux jours sont revenus, tu pourrais t'y rendre seule.

— Je lui parlerai dès demain.

— Ce n'est pas la peine, tu n'as qu'à lui dire que tu n'as plus besoin de ses services. S'il est vraiment le meilleur guide de la ville, il trouvera très vite d'autres clients.

Alice plongea son regard dans les yeux de Mama Can.

— Vous ne voulez plus que je travaille ici ?

– Je ne t'ai pas dit ça, qu'est-ce que tu vas imaginer ? Je t'apprécie beaucoup, les clients aussi, et je suis ravie de te voir chaque soir ; si tu ne venais plus, je crois même que je m'ennuierais de toi. Garde ton métier, ta chambre où tu dors si bien et où la vue est belle, occupe tes journées à Cihangir et tout ira pour le mieux.

– Je comprends, Mama Can, je vais réfléchir.

Alice ôta son tablier, le plia et le posa sur la table.

– Pourquoi vous êtes-vous fâchée avec votre mari hier soir ? demanda-t-elle en se dirigeant vers la porte du restaurant.

– Parce que je suis comme toi, ma chérie, j'ai le caractère bien trempé et je pose trop de questions. À demain ! File maintenant, je refermerai derrière toi.

*

Can attendait Alice sur un banc. À son passage, il se leva et la fit sursauter en l'abordant.

– Je ne t'avais pas entendu.

– Je suis désolé, je ne voulais pas vous effrayer. Vous faites une drôle de tête, ça ne s'est pas arrangé au restaurant ?

– Si, tout est rentré dans l'ordre.

– Avec Mama Can, les orages ne durent jamais très longtemps. Venez, je vous raccompagne.

— Il faut que je te parle, Can.

— Moi aussi, avançons. J'ai des nouvelles pour vous et je préfère vous les dire en marchant. La raison pour laquelle le vieil instituteur ne croise plus Mme Yilmaz au marché, c'est qu'elle a quitté Istanbul. Elle est retournée finir sa vie dans ce qui était jadis sa ville, elle habite maintenant Izmit et j'ai même son adresse.

— C'est loin d'ici ? Quand pourrons-nous aller la voir ?

— C'est à environ cent kilomètres, une heure de train. On peut aussi s'y rendre par la mer, je n'ai encore rien organisé.

— Qu'attends-tu ?

— Je préfère être certain que vous voulez vraiment la rencontrer.

— Évidemment, qu'est-ce qui t'en fait douter ?

— Je ne sais pas, ma tante a peut-être raison quand elle dit qu'il n'est pas bon de déterrer les choses du passé. Si vous êtes heureuse aujourd'hui, à quoi ça sert ? Autant regarder devant soi et penser à l'avenir.

— Je n'ai rien à redouter du passé, et puis chacun de nous a besoin de connaître son histoire. Je me demande sans cesse pourquoi mes parents ont occulté un pan de ma vie. À ma place, tu ne voudrais pas savoir ?

— Et s'ils avaient de bonnes raisons, si c'était pour vous protéger ?

380

— Me protéger de quoi ?

— De mauvais souvenirs ?

— J'avais cinq ans et je n'en garde aucun, et puis il n'y a rien de plus inquiétant que l'ignorance. Si je connaissais la vérité, quelle qu'elle soit, je m'en ferais au moins une raison.

— J'imagine que ce voyage en bateau pour rentrer chez eux a dû être terrible et votre mère devait bénir le ciel que vous ne vous souveniez de rien de tout cela. C'est probablement la raison de son silence.

— Je le suppose aussi, Can, mais ce n'est qu'une supposition, et pour te dire la vérité, j'aimerais tellement que l'on me parle d'eux, même pour me dire des choses anodines. Comment ma mère s'habillait, ce qu'elle me disait le matin avant que je parte à l'école, comment était notre vie dans cet appartement de la cité Roumélie, ce que nous faisions les dimanches... Ce serait une façon comme une autre de renouer avec eux, ne serait-ce que le temps d'une conversation. C'est si dur de faire son deuil quand on n'a pas pu se dire au revoir... ils me manquent autant qu'aux premiers jours de leur disparition.

— Au lieu d'aller à l'atelier de Cihangir, je vous conduirai demain chez Mme Yilmaz, mais pas un mot à ma tante, j'ai votre parole ? demanda Can, au pied de la maison d'Alice.

Elle le regarda attentivement.

— Tu as quelqu'un dans ta vie, Can ?

— J'ai beaucoup de gens dans ma vie, mademoiselle Alice. Des amis et une très grande famille, presque un peu trop nombreuse à mon goût.

— Je voulais dire quelqu'un que tu aimes.

— Si vous voulez savoir si une femme est dans mon cœur, je vous dirai que toutes les jolies filles d'Üsküdar le visitent chaque jour. Ça ne coûte rien et ça n'offense personne d'aimer en silence, n'est-ce pas ? Et vous, vous aimez quelqu'un ?

— C'est moi qui t'ai posé la question.

— Qu'est-ce que ma tante est allée vous raconter ? Elle inventerait n'importe quoi pour que j'arrête de vous aider dans vos recherches. Elle est si obstinée quand elle a une idée en tête qu'elle aurait pu vous faire croire que je comptais vous demander en mariage, mais, je vous rassure, je n'en avais pas l'intention.

Alice prit la main de Can dans la sienne.

— Je te promets que je ne l'ai pas crue une seconde.

— Ne faites pas cela, soupira Can en retirant sa main.

— C'était juste un geste d'amitié.

— Peut-être, mais l'amitié n'est jamais innocente entre deux êtres qui ne sont pas du même sexe.

— Je ne suis pas d'accord avec toi, ma plus grande amitié, je la partage avec un homme, nous nous connaissons depuis l'adolescence.

— Il ne vous manque pas ?

— Si, bien sûr, je lui écris chaque semaine.

— Et il répond à toutes vos lettres ?

— Non, mais il a une bonne excuse, je ne les lui poste pas.

Can sourit à Alice et s'en alla en marchant à reculons.

— Et vous ne vous êtes jamais demandé pourquoi vous n'envoyiez jamais ces lettres ? Je crois qu'il est temps de rentrer, il est tard.

*

Cher Daldry,

C'est le cœur en désordre que je rédige cette lettre. Je crois être arrivée au terme de ce voyage et, pourtant, si je vous écris ce soir, c'est pour vous annoncer que je ne rentrerai pas, tout du moins pas avant longtemps. En lisant les lignes qui vont suivre, vous comprendrez pourquoi.

Hier matin, j'ai retrouvé la nourrice de mon enfance. Can m'a conduite chez Mme Yilmaz. Elle habite une maison au sommet d'une ruelle pavée qui n'était dans le temps couverte que de terre. Il faut que je vous dise aussi qu'au bout de cette ruelle se trouve un grand escalier...

Comme chaque jour, ils avaient quitté Üsküdar de bon matin, mais ainsi que Can l'avait promis à Alice, ils s'étaient rendus à la gare d'Haydarpasa. Le train avait quitté le quai à neuf heures trente. Le visage collé à la vitre du compartiment, Alice s'était demandé à quoi ressemblerait sa nourrice et si son visage réveillerait des souvenirs. Arrivés à Izmit une heure plus tard, ils avaient pris un taxi qui les conduisit sur les hauteurs d'une colline, dans le plus vieux quartier de la ville.

La maison de Mme Yilmaz était bien plus âgée que sa propriétaire. Bâtie en bois, elle penchait étrangement de côté et semblait prête à s'écrouler à tout moment. Les lambris de la façade n'étaient plus retenus que par de vieux clous étêtés, les fenêtres rongées par le sel, et les morsures de maints hivers s'accrochaient péniblement à leurs châssis. Alice et Can frappèrent à la porte de cette demeure moribonde. Lorsque celui qu'elle prit pour le fils de Mme Yilmaz la fit entrer dans le salon, Alice fut saisie par l'odeur de résine du bois fumant dans la cheminée, des livres anciens qui sentaient le lait caillé, d'un tapis qui sentait la douceur sèche de la terre, d'une paire de vieilles bottes en cuir qui sentaient encore la pluie.

– Elle est en haut, dit l'homme en désignant l'étage, je ne lui ai rien dit, simplement qu'elle aurait de la visite.

Et, gravissant l'escalier bringuebalant, Alice perçut le parfum de lavande des cantonnières, l'odeur de l'huile de lin qui lustrait la rambarde, des draps amidonnés qui sentaient la farine, et, dans la chambre de Mme Yilmaz, celle de la naphtaline qui sentait la solitude.

Mme Yilmaz lisait, assise sur son lit. Elle fit glisser ses lunettes sur la pointe de son nez et regarda ce couple qui venait de frapper à sa porte.

Elle dévisagea Alice qui s'approchait, retint son souffle avant de pousser un long soupir, et ses yeux s'emplirent de larmes.

Alice ne voyait sur ce lit qu'une vieille femme qui lui était étrangère jusqu'à ce que Mme Yilmaz la prenne dans ses bras en sanglotant et la serre contre elle...

... le nez plongé dans sa nuque, j'ai reconnu l'accord parfait de mon enfance, retrouvé les odeurs du passé, le parfum des baisers reçus avant d'aller au lit. J'ai entendu, surgi de cette enfance, le bruissement des rideaux qui s'ouvraient le matin, la voix de ma nourrice me criant : « Anouche, lève-toi, il y a un si joli bateau dans la rade, il faut que tu viennes voir ça. »

J'ai retrouvé l'odeur du lait chaud dans la cuisine, revu les pieds d'une table en merisier sous laquelle j'aimais tant me cacher. J'ai entendu les marches de l'escalier craquer sous les pas de mon père, et j'ai revu soudain, sur un dessin à l'encre noire, deux visages que j'avais oubliés.

J'ai eu deux mères et deux pères, Daldry, je n'en ai plus aucun.

Il a fallu du temps pour que Mme Yilmaz sèche ses larmes, ses mains me caressaient les joues et ses lèvres me couvraient de baisers. Elle murmurait mon prénom sans pouvoir s'arrêter : « Anouche, Anouche, ma toute petite

Anouche, mon soleil, tu es revenue voir ta vieille nourrice. » Et, à mon tour, j'ai pleuré, Daldry. J'ai pleuré, de toute mon ignorance, de n'avoir jamais su que ceux qui m'ont fait naître ne m'ont pas vue grandir, que ceux que j'ai aimés et qui m'ont élevée m'avaient adoptée pour me sauver la vie. Je ne me prénomme pas Alice, mais Anouche, avant d'être une Anglaise, je suis une Arménienne et mon vrai nom n'est pas Pendelbury.

À cinq ans, j'étais une enfant silencieuse, une petite fille qui refusait de parler sans que l'on sache pourquoi. Mon univers n'était fait que d'odeurs, elles étaient mon langage. Mon père, cordonnier, possédait un grand atelier et deux commerces, sur l'une et l'autre rive du Bosphore. Il était, m'a affirmé Mme Yilmaz, le plus réputé d'Istanbul et on venait le voir de tous les faubourgs de la ville. Mon père s'occupait du magasin de Péra, ma mère gérait celui de Kadıköy et, chaque matin, Mme Yilmaz me conduisait à l'école, au fond d'une petite impasse d'Üsküdar. Mes parents travaillaient beaucoup, mais le dimanche mon père nous emmenait toujours nous promener en calèche.

Au début de l'année 1914, un énième médecin avait suggéré à mes parents que mon mutisme n'était pas une fatalité, que certaines plantes médicinales pourraient calmer mes nuits troublées par de violents cauchemars et que le sommeil retrouvé me délierait la langue. Mon père avait pour client un jeune pharmacien anglais qui aidait des familles en difficulté. Chaque semaine, Mme Yilmaz et moi nous rendions rue Isklital.

Dès que je voyais la femme de ce pharmacien, paraît-il, je criais son prénom d'une voix claire.

Les potions de M. Pendelbury eurent des vertus miraculeuses. Au bout de six mois de traitement, je dormais comme un ange et retrouvais de jour en jour le goût de la parole. La vie redevint heureuse, jusqu'au 25 avril 1915.

Ce jour-là, à Istanbul, notables, intellectuels et journalistes, médecins, enseignants et commerçants arméniens furent arrêtés au cours d'une rafle sanglante. La plupart des hommes furent exécutés sans jugement, et ceux qui avaient survécu furent déportés vers Adana et Alep.

En fin d'après-midi, la rumeur des massacres parvint jusqu'à l'atelier de mon père. Des amis turcs étaient venus le prévenir de mettre sa famille à l'abri au plus vite. On accusait les Arméniens de comploter avec les Russes, ennemis de l'époque. Rien de cela n'était vrai, mais la fureur nationaliste avait embrasé les esprits et, en dépit des manifestations de bien des Stambouliotes, les assassinats s'étaient perpétrés dans la plus grande impunité.

Mon père se précipita pour venir nous rejoindre, en chemin, il croisa une patrouille.

« Ton père était un homme bon, me répétait Mme Yilmaz, il courait dans la nuit pour venir vous sauver. C'est près du port qu'ils l'ont attrapé. Ton père était aussi le plus courageux des hommes, lorsque les fous sauvages ont fini leur sale besogne et l'ont laissé pour mort, il s'est relevé. En dépit de ses blessures, il a marché et trouvé le moyen de traverser le détroit. La barbarie n'avait pas encore gagné Kadıköy.

« Nous l'avons vu rentrer en sang au milieu de la nuit, le visage tuméfié, il était méconnaissable. Il est allé vous voir dans la chambre où vous dormiez et puis il a supplié ta mère de ne pas pleurer, pour ne pas vous réveiller. Il nous a réunies ta mère et moi dans le salon et nous a expliqué ce qui se passait en ville, les meurtres qu'on y commettait, les maisons qu'on brûlait, les femmes qu'on molestait. L'horreur dont les hommes sont capables quand ils perdent leur humanité. Il nous a dit qu'il fallait à tout prix vous protéger, quitter la ville sur-le-champ, atteler la carriole et fuir vers la province où les choses seraient certainement plus calmes. Ton père m'a suppliée de vous héberger dans ma famille, ici, dans cette maison d'Izmit où tu as passé quelques mois. Et, quand ta mère en larmes lui a demandé pourquoi il laissait entendre qu'il ne ferait pas partie du voyage, ton père lui a répondu, je m'en souviens encore : "Je vais m'asseoir un peu, mais seulement parce que je suis fatigué."

« Il y avait de la fierté chez lui, de celle qui vous tient droit comme le fer d'une lance, de celle qui vous oblige à vous tenir debout, en toutes circonstances.

« Assis sur sa chaise, il a fermé les yeux, ta mère agenouillée l'enlaçait. Il a posé une main sur sa joue, lui a souri, et puis il a poussé un long soupir, sa tête s'est inclinée de côté et il n'a plus rien dit. Ton père est mort le sourire aux lèvres, en regardant ta mère, comme il l'avait décidé.

« Je me souviens, quand tes parents se disputaient, ton père me disait : "Vous savez, madame Yilmaz, elle est en colère parce que nous travaillons trop, mais quand nous serons vieux, je lui achèterai une belle demeure à la campagne, avec des terres autour et elle sera la plus heureuse des femmes. Et moi, madame Yilmaz, quand je mourrai dans cette maison qui sera le fruit de nos efforts, le jour où je m'en irai, ce sont les yeux de ma femme que je veux voir au tout dernier moment."

« Ton père me racontait cela en parlant très fort pour que ta mère l'entende. Alors elle laissait passer quelques minutes et, quand il mettait son manteau, elle venait à la porte et elle lui disait : "D'abord, rien ne dit que tu me quitteras le premier, et moi le jour où je mourrai, à cause de tes satanées cordonneries qui m'auront épuisée, ce sont des semelles en cuir que je verrai dans mon dernier délire."

« Et puis ta mère l'embrassait en lui jurant qu'il était le cordonnier le plus exigeant de la ville, mais qu'elle n'en aurait voulu aucun autre pour mari.

« Nous avons couché ton père dans son lit, ta mère l'a bordé, comme s'il dormait. Elle l'embrassait et lui chuchotait des mots d'amour qui ne regardent qu'eux. Elle m'a demandé d'aller vous réveiller et puis nous sommes partis puisque ton père nous l'avait ordonné.

« Pendant que j'attelais la carriole, ta mère finissait de préparer une valise, elle y a mis quelques affaires et ce dessin d'elle et de ton père que tu vois là, sur la commode, entre les deux fenêtres de ma chambre. »

Daldry, j'ai avancé vers la fenêtre et pris le cadre dans mes mains. Je n'ai reconnu aucun de leurs visages, mais cet homme et cette femme qui me souriaient dans leur éternité étaient mes vrais parents.

« Nous avons roulé une bonne partie de la nuit, a poursuivi Mme Yilmaz, et sommes arrivés avant l'aube à Izmit, où ma famille vous a accueillis.

« Ta mère était inconsolable. Elle passait la plupart de ses journées assise au pied du grand tilleul que tu peux voir depuis la fenêtre. Quand elle allait mieux, elle t'emmenait marcher dans les champs, cueillir des bouquets de roses et de jasmin. En chemin tu nous récitais toutes les odeurs que tu rencontrais.

« On croyait être en paix, que la folie barbare avait été contenue, que les horreurs qu'Istanbul avait connues étaient celles d'une seule nuit. Mais nous nous trompions. La haine gangrenait tout le pays. Au mois de juin, mon jeune neveu arriva essoufflé, criant qu'on arrêtait les Arméniens dans les quartiers bas de la ville. On les regroupait sans ménagement aux alentours de la gare avant de les faire grimper dans des wagons à bestiaux, en les malmenant plus que les animaux que l'on destine à l'abattoir.

« J'avais une sœur qui vivait dans une grande demeure sur le Bosphore, cette sotte était si belle qu'elle avait séduit un riche notable, un homme bien trop puissant pour que l'on ose entrer dans sa maison sans y avoir été convié. Elle et son mari avaient un cœur en or et ils n'auraient jamais laissé quelqu'un, et pour quelque raison que ce soit, toucher à un cheveu d'une femme ou de l'un de ses enfants. Nous avons réuni un conseil de famille et décidé que, dès la nuit tombée, je vous y conduirais. À dix heures du soir, mon Anouche, je m'en souviens comme si c'était hier, nous avons pris la petite valise noire, et nous sommes partis dans l'obscurité des ruelles d'Izmit. Du haut de l'escalier qui se trouve au bout de notre rue, on pouvait voir des feux s'élever dans le ciel. Les maisons des Arméniens brûlaient près du port. Nous nous sommes faufilés, évitant plusieurs fois des régiments sauvages qui décimaient la communauté arménienne. Nous nous sommes cachés dans les ruines d'une vieille église. Comme des innocents, nous avons cru que le pire était passé, alors nous sommes sortis. Ta mère te tenait par la main et, soudain, ils nous ont vus. »

Mme Yilmaz s'est arrêtée de parler, elle sanglotait, et moi je la consolais dans mes bras. Elle a pris son mouchoir, s'est essuyé le visage et elle a continué son pénible récit.

« Il faut que tu me pardonnes, Anouche, plus de trente-cinq années ont passé, et je n'arrive toujours pas à en parler sans pleurer. Ta mère s'est agenouillée devant toi, elle t'a dit que tu étais sa vie, sa petite merveille, qu'il fallait que tu survives à tout prix, que, quoi qu'il lui arrive, elle veillerait toujours sur toi, et que tu serais toujours dans son cœur, où que tu sois. Elle t'a dit qu'elle devait te laisser, mais qu'elle ne te quitterait jamais. Elle s'est approchée de moi, a glissé ta main dans la mienne, et nous a poussées dans l'ombre d'une porte cochère. Elle nous a tous embrassés et m'a suppliée de vous protéger. Puis elle est partie seule dans la nuit, au-devant de la colonne des barbares. Pour qu'ils ne viennent pas vers nous, pour qu'ils ne nous voient pas, c'est elle qui est allée vers eux.

« Quand ils l'ont emmenée, je vous ai fait descendre la colline à travers des sentiers que je connais depuis toujours. Mon cousin nous attendait dans une crique, sur sa barque de pêche amarrée au ponton. Nous avons pris la mer et, bien avant que le jour se lève, nous avons accosté. On a marché encore, et enfin nous sommes arrivés dans la maison de ma sœur. »

J'ai demandé à Mme Yilmaz ce qu'il était advenu de ma mère.

« Nous n'avons jamais rien su de précis, m'a-t-elle répondu. Rien qu'à Izmit, quatre mille Arméniens furent déportés, et dans tout l'Empire, au cours de ce tragique été, on les assassina par centaines de milliers. Aujourd'hui plus personne n'en parle, tout le monde se tait. Ils sont si peu nombreux, ceux qui ont survécu et qui ont trouvé la force de témoigner. On n'a pas voulu les écouter. Il faut beaucoup d'humilité et de courage pour demander pardon. On a parlé de déplacements de population, mais c'était bien autre chose, crois-moi. J'ai entendu murmurer que des colonnes de femmes, d'hommes et d'enfants, longues de plusieurs kilomètres, ont traversé le pays vers le sud. Ceux que l'on n'avait pas embarqués dans des wagons à bestiaux longeaient les rails à pied, sans eau, sans nourriture. On achevait dans le fossé d'une balle dans la tête ceux qui ne pouvaient plus avancer. Les autres ont été emmenés au milieu du désert et on les a laissés mourir d'épuisement, de soif et de faim.

« Lorsque je te gardais chez ma sœur pendant cet été-là, j'ignorais tout cela, même si je redoutais le pire. J'avais vu partir ta mère et je devinais qu'elle ne reviendrait pas. J'ai eu peur pour toi.

« Au lendemain de cette tragédie, tu as rejoint ton monde silencieux, tu ne voulais plus parler.

« Un mois plus tard, alors que ma sœur et son mari s'étaient assurés qu'Istanbul était redevenue calme, je t'ai accompagnée chez le pharmacien de la rue Isklital. Lorsque tu as revu sa femme, tu as souri à nouveau, tu lui as ouvert les bras et tu as couru vers elle. Je leur ai raconté ce qui vous était arrivé.

« Il faut que tu me comprennes, Anouche, c'était un choix terrible à faire, c'est pour te protéger que j'ai accepté.

« La femme du pharmacien avait une grande affection pour toi et tu le lui rendais bien. Avec elle, tu acceptais de prononcer quelques mots. De temps en temps, elle me rejoignait dans les jardins de Taksim où je t'emmenais jouer, elle te faisait sentir des feuilles, des herbes et des fleurs et t'apprenait à dire leurs noms ; avec elle, tu revivais. Un soir où je venais chercher tes remèdes, le pharmacien m'a annoncé qu'ils allaient bientôt repartir dans leur pays, et il m'a proposé de t'emmener avec eux. Il m'a promis que, là-bas, en Angleterre, tu ne craindrais plus jamais rien, qu'ils t'offriraient la vie que sa femme et lui avaient rêvé de donner à l'enfant qu'ils ne pouvaient avoir. Ils m'ont assuré qu'auprès d'eux tu ne serais plus une orpheline, que tu ne manquerais jamais de rien, et surtout ni d'amour ni de tendresse.

« Te laisser partir était un déchirement, mais je n'étais qu'une nourrice, ma sœur ne pouvait vous garder plus longtemps et je n'avais pas les moyens de vous élever tous les deux. Tu étais la plus fragile et lui était trop jeune pour un tel voyage, alors c'est toi ma chérie que j'ai voulu sauver. »

Cher Daldry, à la fin de ce récit, j'imaginais avoir versé toutes mes larmes, et pourtant, croyez-moi, il m'en restait encore.

J'ai demandé à Mme Yilmaz pourquoi elle disait tout le temps « vous » et de qui elle parlait en me disant que, des deux, j'étais la plus fragile.

Elle a pris mon visage entre ses mains et m'a demandé pardon. Pardon de m'avoir séparée de mon frère.

Cinq ans après mon arrivée à Londres avec ma nouvelle famille, l'armée de notre roi occupa Izmit dans l'Empire vaincu, quelle ironie, n'est-ce pas ?

Au cours de l'année 1923, alors que la révolution grondait, le beau-frère de Mme Yilmaz perdit ses privilèges et, peu de temps après, la vie.

Sa sœur, comme beaucoup d'autres, a fui l'Empire défait alors que naissait la nouvelle république. Elle immigra en Angleterre, et s'installa, avec quelques bijoux pour seule fortune, au bord de la mer, dans la région de Brighton.

La voyante avait raison en tous points. Je suis bien née à Istanbul, et non à Holborn. J'ai rencontré une à une les personnes qui devaient me conduire jusqu'à l'homme qui compterait le plus dans ma vie.

Je vais partir à sa recherche puisque je sais désormais qu'il existe.

Quelque part, j'ai un frère et il s'appelle Rafael.

Je vous embrasse.

Alice

*

Alice passa la journée en compagnie de Mme Yilmaz.

Elle l'aida à descendre l'escalier et, après un déjeuner sous la tonnelle en compagnie de Can et du neveu de Mme Yilmaz, elles allèrent toutes les deux s'asseoir au pied du grand tilleul.

Cet après-midi-là, sa nourrice lui raconta des histoires d'un passé où le père d'Anouche était un cordonnier d'Istanbul et sa mère une femme heureuse d'avoir deux beaux enfants.

Lorsqu'elles se séparèrent, Alice promit de revenir la voir, souvent.

Elle demanda à Can de rentrer par la mer ; alors que le bateau qui les ramenait à Istanbul accostait, elle regarda tous les yalis de la berge et sentit l'émotion la gagner.

Le soir qui suivit, elle redescendit au milieu de la nuit poster sa lettre à Daldry. Il la reçut une semaine plus tard et ne confia jamais à Alice que lui aussi, en la lisant, avait pleuré.

14.

De retour à Istanbul, Alice n'eut plus qu'une idée en tête, retrouver son frère. Mme Yilmaz lui avait confié qu'il s'en était allé, le jour de ses dix-sept ans, tenter sa chance à Istanbul. Il venait lui rendre visite une fois par an et lui écrivait de temps à autre une carte postale. Il était devenu pêcheur et passait la plupart de sa vie en mer à bord de grands thoniers.

Durant l'été, tous les dimanches, Alice arpenta les ports le long du Bosphore. Dès qu'un bateau de pêche accostait, elle se précipitait sur le quai et demandait aux marins qui descendaient s'ils connaissaient un certain Rafael Kachadorian.

Juillet, août et septembre passèrent.

Un dimanche, profitant de la douceur d'une soirée d'automne, Can invita Alice à dîner dans le petit restaurant que Daldry avait tant aimé. En cette saison, les tables s'étendaient en terrasse, le long de la jetée.

Au milieu de leur discussion, Can s'arrêta soudain de parler. Il prit la main d'Alice avec une infinie tendresse.

— Il y a un point sur lequel j'avais tort, et un autre sur lequel j'ai toujours eu raison, reprit-il.

— Je t'écoute, dit Alice, amusée.

— Je m'étais trompé, l'amitié entre un homme et une femme peut vraiment exister, vous êtes devenue mon amie, Alice Anouche Pendelbury.

— Et sur quel point as-tu toujours eu raison ? demanda Alice, le sourire aux lèvres.

— Je suis réellement le meilleur guide d'Istanbul, répondit Can dans un grand éclat de rire.

— Je n'en ai jamais douté ! s'exclama Alice alors que le fou rire de Can la gagnait, mais pourquoi me dis-tu cela maintenant ?

— Parce que si vous avez un sosie masculin, il est assis à deux tables derrière vous.

Alice cessa de rire, se retourna et retint son souffle.

Dans son dos, un homme un peu plus jeune qu'elle dînait en compagnie d'une femme.

Alice repoussa sa chaise et se leva. Les quelques mètres à parcourir lui semblaient interminables. Lorsqu'elle arriva devant lui, elle s'excusa d'interrompre sa conversation et demanda s'il se prénommait Rafael.

Les traits de l'homme se figèrent quand il découvrit dans la pâle lumière des lampions le visage de l'étrangère qui venait de lui poser cette question.

Il se leva et son regard plongea dans les yeux d'Alice.

– Je crois que je suis votre sœur, dit-elle, d'une voix fragile. Je suis Anouche, je t'ai cherché partout.

15.

— Je me sens bien dans ta maison, dit Alice en avançant vers la fenêtre.

— Elle est toute petite, mais, de mon lit, je vois le Bosphore, et puis je n'y suis pas souvent.

— Tu vois, Rafael, je ne croyais pas à la destinée, aux petits signes de la vie censés nous guider vers les chemins à prendre. Je ne croyais pas aux histoires des diseuses de bonne aventure, aux cartes qui vous prédisent l'avenir, je ne croyais pas à la félicité et encore moins que je te rencontrerais un jour.

Rafael se leva et rejoignit Alice. Un cargo s'engageait dans le détroit.

— Tu penses que ta voyante de Brighton pourrait être la sœur de Yaya ?

— Yaya ?

— C'est ainsi que tu appelais notre nourrice quand tu étais petite, tu étais incapable de prononcer correctement son nom. Pour moi, elle a toujours été Yaya. Elle m'a dit qu'une fois partie en

Angleterre, sa sœur ne lui a plus jamais donné signe de vie. Elle avait fui, et je suppose que, quelque part, Yaya avait honte de cela. Le monde serait drôlement petit, si c'était vraiment elle.

— Il fallait bien qu'il le soit pour que je te retrouve.

— Pourquoi me regardes-tu comme ça ?

— Parce que je pourrais te regarder des heures entières. Je me croyais seule au monde et je t'ai.

— Et maintenant, que comptes-tu faire ?

— M'installer définitivement ici. J'ai un métier, une passion qui me permettra peut-être un jour de quitter le restaurant de Mama Can et de m'offrir un logement un peu plus grand, et puis je veux renouer avec mes origines, rattraper le temps perdu, apprendre à te connaître.

— Je suis souvent en mer, mais je crois que je serais heureux que tu restes.

— Et toi, Rafael, tu n'as jamais eu envie de quitter la Turquie ?

— Pour aller où ? C'est le plus beau pays du monde, et c'est le mien.

— Et pour la mort de nos parents, tu as pardonné ?

— Il fallait pardonner, tous n'étaient pas complices. Pense à Yaya, à sa famille qui nous ont sauvés. Ceux qui m'ont élevé étaient turcs et m'ont appris la tolérance. Le courage d'un juste répond à l'inhumanité de mille coupables. Regarde par cette fenêtre comme Istanbul est belle.

– Tu n'as jamais eu envie de me chercher ?

– Quand j'étais enfant, j'ignorais ton existence.
Yaya ne m'a parlé de toi que le jour de mes seize
ans, et encore, à cause d'une indiscrétion de son
neveu. Elle m'a avoué ce jour-là que j'avais eu une
sœur aînée, elle ne savait même pas si tu étais encore
en vie. Elle m'a parlé du choix qu'elle avait dû faire.
Elle ne pouvait pas nous élever tous les deux. Ne lui
en veux pas de m'avoir choisi, le sort d'une fille à
cette époque était très incertain, alors qu'un garçon
représentait une promesse pour les vieux jours de
qui l'élevait. Deux fois par an, je lui envoie un peu
d'argent. Ce n'est pas parce qu'elle t'aimait moins
qu'elle t'a abandonnée, mais parce que c'était la
seule chose à faire.

– Je sais, dit Alice en regardant son frère, elle
m'a même avoué qu'elle avait une préférence pour
toi et qu'il lui était impossible de te laisser partir
loin d'elle.

– Yaya t'a vraiment dit cela ?

– Je te le promets.

– Ce n'est pas très gentil pour toi, mais je serais
malhonnête si je ne te disais pas que cela me fait
quand même plaisir.

– À la fin du mois, j'aurai assez d'argent pour
me rendre à Londres. Je n'y resterai que quelques
jours, le temps d'empaqueter mes affaires, de les
expédier, de dire au revoir à mes amis et de donner
pour de bon les clés de mon appartement à mon
voisin qui en sera ravi.

— Tu pourrais aussi en profiter pour le remercier, nous lui devons d'être réunis.

— C'est un drôle de bonhomme, tu sais, et le plus étrange c'est qu'il n'a jamais douté. Il n'imaginait pas une seconde que cet homme que je rencontrerais au bout de ce voyage serait mon frère, mais il savait que tu existais.

— Il croyait plus à la voyance que toi.

— Si tu veux mon avis, il espérait surtout pouvoir installer son chevalet sous ma verrière. Je reconnais néanmoins que je lui dois beaucoup. Je lui écrirai ce soir pour lui annoncer mon passage à Londres.

*

Chère Alice-Anouche,

Vos précédentes lettres me bouleversaient, celle que je reçois ce soir me touche encore plus.

Ainsi, vous avez décidé de poursuivre votre vie à Istanbul. Dieu que ma voisine me manquera, mais de vous savoir heureuse me donne une raison de l'être aussi.

Vous arriverez donc à Londres à la fin du mois pour n'y passer que quelques jours. J'aurais tant aimé vous revoir, mais la vie en a décidé autrement.

Je me suis engagé à partir en vacances cette semaine-là avec une amie et il m'est impossible de modifier ces projets. Elle a déjà adressé sa demande de congés et vous savez comme il est difficile de changer les choses établies dans ce fichu pays qui est le nôtre.

Je n'arrive pas à me résoudre à l'idée que nous allons nous croiser. Vous auriez dû rester plus longtemps, mais je comprends que de votre côté vous ayez également des obligations. Votre Mama Can a déjà été fort aimable de vous accorder quelques jours de congé.

J'ai fait le nécessaire et enlevé de votre appartement mon chevalet, mes peintures et pinceaux pour que vous vous y sentiez chez vous. Vous le trouverez dans un état parfait. J'ai profité de votre absence pour faire réparer le châssis de la verrière qui laissait entrer l'hiver, tant il était en mauvais état. Si nous avions dû attendre que ce radin de propriétaire en assure l'entretien, vous auriez fini par mourir de froid. Qu'importe maintenant, quand viendra décembre, vous vivrez sous des latitudes plus clémentes que celles du sud de l'Angleterre.

Alice, vous me remerciez encore de ce que j'ai fait pour vous, sachez bien que vous m'avez offert le plus beau voyage qu'un homme rêverait de faire. Les semaines que nous avons passées ensemble à Istanbul me laisseront les plus jolis souvenirs de ma vie, et quelle que soit la distance qui nous séparera désormais, vous resterez à tout jamais dans mon cœur une fidèle amie. J'espère venir vous voir un jour dans cette merveilleuse ville et que vous trouverez le temps de me faire découvrir votre nouvelle vie.

Ma chère Alice, ma fidèle compagne de voyage, j'espère aussi que notre correspondance se poursuivra, même si je devine qu'elle sera moins régulière.

Vous me manquerez, mais je vous l'ai déjà écrit. Je vous embrasse, puisque cela se dit entre amis. Votre dévoué

Daldry

P-S : C'est drôle, alors que le facteur (nous nous sommes réconciliés au pub) me remettait votre dernière lettre, j'achevais justement mon tableau. Je pensais vous l'expédier, mais c'est idiot, il vous suffira désormais d'ouvrir vos fenêtres pour voir, en bien plus beau, ce que j'ai peint pendant tous ces longs mois en votre absence.

*

Alice referma la porte de sa chambre. Elle remonta la rue une grande valise dans une main, une petite dans l'autre. Lorsqu'elle entra dans le restaurant, Mama Can, son mari et le meilleur guide d'Istanbul l'attendaient. Mama Can se leva, la prit par la main et l'entraîna vers une table où cinq couverts étaient dressés.

– Aujourd'hui, c'est toi qui as les honneurs de la maison, dit-elle, j'ai pris un extra pendant ton absence, et seulement pendant ton absence ! Assieds-toi, tu dois manger avant de faire ce long voyage. Ton frère ne vient pas ?

– Son bateau devait accoster ce matin, j'espère

406

qu'il arrivera à temps, il a promis de m'accompagner à l'aéroport.

— Mais c'est moi qui vous y conduis ! protesta Can.

— Il a une voiture maintenant, tu ne peux pas lui refuser cela, il serait terriblement vexé, dit Mama Can en regardant son neveu.

— Presque neuve ! Elle n'a connu que deux propriétaires avant moi, dont un Américain très méticuleux. J'ai renoncé aux mandats de M. Daldry et, depuis que je ne travaille plus pour vous, j'ai été embauché par plusieurs autres clients qui me paient royalement. Le meilleur guide d'Istanbul se devait de pouvoir conduire ses clients partout en ville et même au-delà. La semaine dernière, j'ai emmené un couple visiter le fort de Rumeli au bord de la mer Noire et nous n'avons mis que deux heures pour y aller.

Alice guettait par la vitrine l'arrivée de Rafael, mais, le repas achevé, il n'était toujours pas là.

— Tu sais, dit Mama Can, c'est la mer qui commande, et si la pêche est très bonne ou très mauvaise, ils ne rentreront peut-être que demain.

— Je sais, soupira Alice. De toute façon, je reviendrai bientôt.

— Il faut y aller, dit Can, sinon vous allez rater l'avion.

Mama Can embrassa Alice et la raccompagna jusqu'à la belle voiture de Can. Son mari déposa les deux valises dans le coffre. Can lui ouvrit la portière passager.

— Tu me laisses le volant ? dit-elle.

— Vous plaisantez ?

— J'ai appris à conduire, tu sais.

— Pas celle-là ! dit Can en poussant Alice à l'intérieur.

Il fit tourner la clé de contact et écouta avec fierté le moteur ronronner.

Alice entendit crier : « Anouche », elle sortit de la voiture, son frère courait vers elle.

— Je sais, dit-il en s'installant sur la banquette arrière, je suis très en retard, mais ce n'est pas de ma faute, nous avons accroché un filet. Je suis venu du port aussi vite que possible.

Can fit patiner l'embrayage, et la Ford s'engagea dans les ruelles d'Üsküdar.

Une heure plus tard, ils arrivèrent à l'aéroport Atatürk. Devant le terminal, Can souhaita bon voyage à Alice et la laissa en compagnie de son frère.

Alice se présenta au comptoir de la compagnie aérienne, elle enregistra un bagage et garda l'autre à la main.

L'hôtesse lui indiqua qu'elle devait se rendre sur-le-champ au contrôle des passeports, elle était la dernière passagère à embarquer, on n'attendait plus qu'elle.

— Pendant que j'étais en mer, lui dit Rafael en l'accompagnant à la porte, j'ai beaucoup réfléchi à cette histoire de voyante. Je ne sais pas si elle est ou non la sœur de Yaya, mais, si tu en as le temps, ce serait intéressant que tu retournes la voir, parce qu'elle s'est trompée sur un point important.

— De quoi parles-tu ? demanda Alice.

— Pendant que tu l'écoutais, cette voyante t'a bien dit que l'homme qui compterait le plus dans ta vie venait de passer dans ton dos, n'est-ce pas ?

— Oui, répondit Alice, ce sont ses mots.

— Alors, ma chère sœur, je suis désolé de te dire que cet homme, ce ne peut être moi. Je n'ai jamais quitté la Turquie et je n'étais pas à Brighton le 23 décembre dernier.

Alice regarda pendant quelques instants son frère.

— Tu penses à quelqu'un d'autre qui aurait pu se trouver derrière toi ce soir-là ? demanda Rafael.

— Peut-être, répondit Alice en serrant sa valise contre elle.

— Je te rappelle que tu vas passer la douane, qu'est-ce que tu caches dans cet étui que tu gardes avec toi si précieusement ?

— Une trompette.

— Une trompette ?

— Oui, une trompette, et peut-être aussi la réponse à la question que tu m'as posée, lui dit-elle en souriant.

Alice embrassa son frère et lui chuchota à l'oreille :

— Si je tarde un peu, ne m'en veux pas, je te promets que je reviendrai.

16.

Londres, mercredi 31 octobre 1951

Le taxi se rangea en bas de la maison victorienne. Alice récupéra ses bagages et monta
l'escalier. Le palier du dernier étage était silencieux,
elle regarda la porte de son voisin et rentra chez elle.

L'appartement sentait le bois ciré. L'atelier était
tel qu'elle l'avait laissé ; sur le tabouret près du lit,
elle découvrit trois tulipes blanches dans un vase.

Elle ôta son manteau et alla s'asseoir à sa table
de travail. Elle effleura le plateau en bois et regarda
le ciel gris de Londres par-delà la verrière.

Puis elle retourna près du lit, ouvrit l'étui où
elle avait mis à l'abri une trompette et un flacon de
parfum soigneusement empaqueté qu'elle posa
devant elle.

Elle n'avait rien avalé depuis le matin, et il était
encore temps d'aller faire quelques courses chez
l'épicier au bout de la rue.

Il pleuvait, elle n'avait pas de parapluie, mais l'imperméable de Daldry pendait au portemanteau. Alice le passa sur ses épaules et ressortit.

L'épicier fut ravi de la revoir, cela faisait des mois qu'elle ne venait plus faire ses courses chez lui et il s'en était étonné. Remplissant son panier, Alice lui raconta qu'elle avait fait un long voyage et qu'elle repartait bientôt.

Au moment où l'épicier lui présenta la note, elle fouilla les poches de l'imperméable, oubliant que ce n'était pas le sien, et trouva un trousseau de clés dans l'une, un morceau de papier dans l'autre. Elle sourit en reconnaissant le ticket d'entrée que Daldry avait acheté le soir où il l'avait conduite à la fête foraine de Brighton. Alors qu'Alice cherchait dans son porte-monnaie de quoi payer l'épicier, le papier glissa et atterrit sur le sol. Elle repartit les bras chargés ; elle avait, comme d'habitude, acheté beaucoup trop de choses.

De retour chez elle, Alice rangea ses courses et, regardant son réveil, vit qu'il était grand temps de se préparer. Ce soir, elle allait rendre visite à Anton. Elle referma l'étui de la trompette et réfléchit à la robe qu'elle porterait.

Pendant qu'elle se maquillait devant le petit miroir de l'entrée, Alice fut prise d'un doute, un détail la tracassait.

— Les guichets étaient fermés ce soir-là, l'entrée était gratuite, laissa-t-elle échapper.

Elle referma son tube de rouge à lèvres, se précipita vers l'imperméable, en fouilla à nouveau les poches, mais ne trouva que le trousseau de clés. Elle dévala l'escalier et se mit à courir jusqu'à l'épicerie.

— Tout à l'heure, dit-elle à l'épicier en poussant sa porte, j'ai laissé tomber un papier par terre, est-ce que vous l'avez vu ?

L'épicier lui fit remarquer que son établissement était impeccablement tenu ; si elle avait jeté un papier par terre, il se trouvait probablement déjà dans la corbeille.

— Où est cette corbeille ? demanda Alice.

— Je viens de la vider dans la poubelle, comme il se doit, mademoiselle, et la poubelle se trouve dans la cour, mais vous n'avez quand même pas l'intention...

L'épicier n'eut pas le temps de terminer sa phrase, Alice avait déjà traversé son magasin et ouvert la porte qui donnait sur la cour. Affolé, il la rejoignit et leva les bras au ciel en voyant sa cliente, agenouillée, triant les déchets, au milieu du désordre qu'elle avait provoqué.

Il s'accroupit à ses côtés et lui demanda à quoi ressemblait ce si précieux trésor qu'elle cherchait.

— C'est un ticket, dit-elle.

— De loterie, j'espère ?

— Non, juste un vieux ticket d'entrée au Pier de Brighton.

— Je suppose qu'il a une grande valeur sentimentale ?

— Peut-être, répondit Alice en repoussant du bout des doigts une pelure d'orange.

— Seulement peut-être ? s'exclama l'épicier, et vous ne pouviez pas vous en assurer avant de renverser ma poubelle ?

Alice ne répondit pas à la question de l'épicier, du moins pas tout de suite. Son regard se fixa sur un bout de papier.

Elle le prit, le déplia et, découvrant la date qui figurait sur le ticket d'entrée du Pier de Brighton, dit à l'épicier :

— Oui, il a une immense valeur sentimentale.

17.

Daldry montait les escaliers à pas de loup. En arrivant devant sa porte, il trouva un flacon de verre et une petite enveloppe sur son paillasson. Sur l'étiquette du flacon était inscrit *Istanbul* et sur la carte jointe : « Moi, au moins, j'ai tenu ma promesse... »

Daldry ôta le bouchon, ferma les yeux et respira le parfum. La note de tête était parfaite. Les yeux clos, Daldry fut transporté sous la frondaison des arbres de Judée qui bordent le Bosphore. Il eut l'impression de remonter les ruelles escarpées de Cihangir, d'entendre la voix claire d'Alice quand elle l'appelait parce qu'il ne grimpait pas assez vite. Il sentit l'odeur suave d'un accord de terre, de fleur et de poussière, de l'eau fraîche qui coule sur la pierre usée des fontaines. Il entendit les cris d'enfants dans les cours ombragées, la corne des vapeurs, le crissement des tramways dans la rue Isklital.

— Vous avez réussi, vous avez gagné votre pari, ma chère, soupira Daldry en ouvrant la porte de son appartement.

Il alluma la lumière et sursauta en découvrant sa voisine de palier, assise dans son fauteuil, au milieu du salon.

— Que faites-vous là ? demanda-t-il en posant son parapluie.

— Et vous ?

— Eh bien, dit Daldry d'une toute petite voix, aussi étrange que cela puisse vous paraître, je rentre chez moi.

— Vous n'êtes pas en vacances ?

— Je n'ai pas vraiment d'emploi, alors vous savez, les vacances...

— Ce n'est pas pour vous faire un compliment, mais c'est bien plus beau que ce que je vois depuis mes fenêtres, dit Alice en désignant le grand tableau sur son chevalet près de la fenêtre.

— C'en est un malgré tout, surtout venant de quelqu'un qui vit à Istanbul. Pardonnez cette question tout à fait secondaire, mais comment êtes-vous entrée ?

— Avec la clé qui se trouvait au fond de la poche de votre imperméable.

— Vous l'avez retrouvé ? Tant mieux. C'est un imperméable que j'aime beaucoup et cela fait deux jours que je le cherche partout.

— Il était suspendu à mon portemanteau.

— Ceci explique cela.

Alice se leva du fauteuil et avança vers Daldry.

— J'ai une question à vous poser, mais vous

devez me promettre d'y répondre sans mentir, pour une fois !

— Qu'est-ce que ça veut dire, ce « pour une fois » ?

— Vous ne deviez pas être en voyage en charmante compagnie ?

— Mes projets se sont annulés, maugréa Daldry.

— Votre compagnie s'appelle Carol ?

— Mais non, je n'ai croisé votre amie que deux fois, et c'était toujours chez vous, lorsque j'ai fait irruption comme un sauvage et quand vous avez eu de la fièvre. Et une troisième, au pub au coin de la rue, mais elle ne m'a même pas reconnu, alors ça ne compte pas.

— Je croyais que vous étiez allés au cinéma ensemble ? demanda Alice en avançant d'un pas.

— Bon, d'accord, il m'est arrivé de mentir, mais seulement quand c'était nécessaire.

— Et il était nécessaire de me dire que vous aviez sympathisé avec ma meilleure amie.

— J'avais mes raisons !

— Et ce piano contre le mur, je croyais que c'était la voisine du dessous qui en jouait ?

— Ça ? Cette vieille chose que j'ai récupérée dans un mess d'officiers ? Je n'appelle pas cela un piano... Bon, alors, votre question ? Et oui, je vous jure de dire la vérité.

— Étiez-vous le soir du 23 décembre dernier sur la jetée de Brighton ?

— Pourquoi me demandez-vous cela ?

— Parce que dans l'autre poche de votre imperméable se trouvait ceci, dit Alice en lui tendant le ticket.

— Votre question n'est pas très fair-play, puisque vous connaissez la réponse, dit Daldry en baissant les yeux.

— Depuis quand ? demanda Alice.

Daldry inspira profondément.

— Depuis le premier jour où vous êtes entrée dans cette maison, depuis la première fois où je vous ai vue monter cet escalier, et le trouble n'a cessé d'empirer.

— Si vous aviez des sentiments pour moi, pourquoi avoir tout fait pour m'éloigner de vous ? Ce voyage à Istanbul, c'était bien pour vous éloigner de moi, n'est-ce pas ?

— Si cette voyante avait pu choisir la lune au lieu de la Turquie, je m'en serais encore mieux porté. Vous me demandez pourquoi ? Vous n'imaginez pas ce que cela représente pour un homme qui a reçu mon éducation de se rendre compte qu'il est en train de devenir fou d'amour. De toute ma vie, je n'avais jamais craint quelqu'un comme je vous ai crainte. L'idée de vous aimer autant me faisait plus que jamais redouter de ressembler à mon père, et pour rien au monde je n'aurais imposé pareille peine à la femme que j'aime. Je vous serais particulièrement reconnaissant d'oublier sur-le-champ tout ce que je viens de vous dire.

Alice fit un pas de plus vers Daldry, elle posa un doigt sur sa bouche et lui murmura à l'oreille :

– Taisez-vous et embrassez-moi, Daldry.

*

Aux premières heures du jour, Daldry et Alice furent réveillés par la lumière qui traversait la verrière.

Alice prépara un thé, Daldry refusait de sortir du lit tant qu'elle ne lui prêterait pas une tenue décente, et il était hors de question qu'il enfile la robe de chambre qu'elle lui avait proposée.

Alice posa le plateau sur le lit et, pendant que Daldry beurrait un toast, elle lui demanda d'une voix espiègle :

– Vos mots d'hier, que j'ai dû oublier puisque je vous en ai fait la promesse, ce n'est pas une nouvelle ruse de votre part pour continuer à peindre sous ma verrière ?

– Si vous en doutiez, ne serait-ce qu'un instant, je serais prêt à renoncer à mes pinceaux jusqu'à la fin de mes jours.

– Ce serait un terrible gâchis, répondit Alice, et d'autant plus stupide que c'est lorsque vous m'avez dit peindre des carrefours que je me suis éprise de vous.

Épilogue

Le 24 décembre 1951, Alice et Daldry se rendirent à Brighton. Le vent du nord s'était levé et il faisait, cet après-midi-là, un froid terrible sur le Pier. Les stands des forains étaient ouverts, à l'exception de celui d'une voyante dont la roulotte avait été démontée.

Alice et Daldry apprirent qu'elle était morte à l'automne et que, à sa demande, ses cendres avaient été dispersées dans la mer, au bout de la jetée.

Accoudé à la rambarde, et regardant le large, Daldry serrait Alice tout contre lui.

— Nous ne saurons donc jamais si elle était ou non la sœur de votre Yaya, dit-il, songeur.

— Non, mais qu'est-ce que cela peut bien faire maintenant ?

— Je ne suis pas tout à fait d'accord, cela a son importance. Supposons qu'elle fût bien la sœur de votre nourrice, alors elle n'a pas vraiment « vu » votre avenir, elle vous avait peut-être reconnue... Ce n'est pas pareil.

– Vous êtes d'une mauvaise foi incroyable. Elle a vu que j'étais née à Istanbul, elle a prédit le voyage que nous ferions, elle a compté les six personnes que je devais rencontrer, Can, le consul, M. Zemirli, le vieil instituteur de Kadıköy, Mme Yilmaz et mon frère Rafael, avant de pouvoir retrouver la septième personne, l'homme qui compterait le plus dans ma vie, vous.

Daldry prit une cigarette et renonça à l'allumer, le vent soufflait trop fort.

– Oui, enfin le septième... le septième, bougonna-t-il. À condition que ça dure !

Alice sentit l'étreinte de Daldry se resserrer.

– Pourquoi, vous n'en avez pas l'intention ?

– Si, bien sûr, mais vous ? Vous ne connaissez pas encore tous mes défauts. Peut-être qu'avec le temps, vous ne les supporterez plus.

– Et si je ne connaissais pas encore toutes vos qualités ?

– Ah, en effet, je n'avais pas pensé à cela...

Merci à

Pauline, Louis et Georges.
Raymond, Danièle et Lorraine.
Rafael et Lucie.

Susanna Lea.
Emmanuelle Hardouin.
Nicole Lattès, Leonello Brandolini, Antoine Caro,
Brigitte Lannaud
Élisabeth Villeneuve, Anne-Marie Lenfant, Arié Sberro,
Sylvie Bardeau,
Tine Gerber, Lydie Leroy,
toutes les équipes des Éditions Robert Laffont.
Pauline Normand, Marie-Ève Provost.
Léonard Anthony, Sébastien Canot, Romain Ruetsch,
Danielle Melconian,
Katrin Hodapp, Laura Mamelok, Kerry Glencorse,
Moïna Macé.
Brigitte et Sarah Forissier.
Véronique Peyraud-Damas et Renaud Leblanc, Docu-
mentation musée Air France,
Jim Davies, musée British Airways (BOAA)

et

Olivia Giacobetti,
Pierre Brouwers, Laurence Jourdan, Ernest Mamboury,
Yves Ternon,
dont les œuvres ont éclairé mes recherches.

www.laffont.fr
www.marclevy.info

*Ce volume a été composé et mis en pages
par ÉTIANNE COMPOSITION
à Montrouge.*